dtv

D1867177

Margaret Moss ist mal wieder pleite. Und da sie auch noch durch die Taxischeinprüfung gefallen ist, muß sie jetzt einigermaßen unliebsame Aufträge annehmen: Fischer Bertelsen beauftragt sie, nach seiner spurlos verschwundenen Tochter Bente zu suchen. Als Moss zusammen mit ihm in den Oslofjord hinausfährt, treibt dort die Leiche eines unbekannten Mädchens, etwa in Bentes Alter. Margaret Moss wird es immer unbehaglicher zumute, da auch sie seit Wochen nichts von ihrer Tochter Karen gehört hat. Verschiedene Spuren führen Moss schließlich zu einem als Massagesalon getarnten Bordell. Und dann beginnt eine Reihe obskurer und gefährlicher Ereignisse, die darauf hindeuten, daß irgend jemand Margaret Moss' Einmischung in fremde Angelegenheiten gar nicht schätzt ...

Kjersti Scheen wurde 1943 in Oslo geboren. Sie begann als Buchillustratorin, arbeitete dann zehn Jahre lang als Journalistin und hatte ihr schriftstellerisches Debüt 1976. Seither verfaßt sie erfolgreich Romane und Krimis für Kinder, Jugendliche und Erwachsene. Nach ›Vorhang zum Tod‹ (1998) und ›Kein Applaus für den Mörder‹ (1999) ist dies ihr dritter Moss-Krimi.

Kjersti Scheen

Die Spur der toten Engel

Roman

Deutsch von
Annika Krummacher

Deutscher Taschenbuch Verlag

Von Kjersti Scheen
ist im Deutschen Taschenbuch Verlag erschienen:
Kein Applaus für den Mörder (20199)

Deutsche Erstausgabe
Mai 2000
Deutscher Taschenbuch Verlag GmbH & Co. KG,
München
www.dtv.de
© 1998 Gyldendal Norsk Forlag ASA, Oslo
Titel der norwegischen Originalausgabe:
›Englemakerne‹
© 2000 der deutschsprachigen Ausgabe:
Deutscher Taschenbuch Verlag GmbH & Co. KG,
München
Umschlagkonzept: Balk & Brumshagen
Umschlagbild: Ausschnitt des Gemäldes ›Die Geburt der Venus‹
(1863) von Alexandre Cabanel (© AKG, Berlin)
Gesetzt aus der Garamond 10/11,5' (3B2)
Gesamtherstellung: C. H. Beck'sche Buchdruckerei,
Nördlingen
Gedruckt auf säurefreiem, chlorfrei gebleichtem Papier
Printed in Germany · ISBN 3-423-20339-0

I

In the still of the night.

Cole Porter

Noch herrschte schwarze Nacht.

Vorn zumindest – achtern leuchtete die Großstadt –, von den giftgelben Laternen am Containerhafen von Nedre Bekkelaget bis zum weißen Strahlenglanz von Aker Brygge.

Die See war dunkel und still, doch direkt unter ihr schäumte es grünlich, wo sich der Bug vorwärtspflügte, begleitet vom regelmäßigen Tuckern des Motors. Margaret Moss hing über der Reling und verfolgte mit den Augen die Bugwelle, die sich emporwälzte und nach hinten brauste. Sie fror, wollte aber nicht ins Steuerhaus zu Fischer Bertelsen.

Später, nicht jetzt.

Er würde nur von seiner Tochter sprechen.

Ihre eigene Tochter Karen hatte seit vielen Wochen kein Lebenszeichen mehr von sich gegeben. Margaret Moss kam heute nacht gut ohne die Töchter anderer Leute aus. Soweit es möglich war.

Sie schauderte.

Sie hatten gerade Langøyene und Rambergøya passiert. Vor ihnen lag der verlassene Fährkai von Nesoddtangen und wartete auf den nächsten Tag, der neue Passagiere mit Kreuzworträtseln und Walkmans bringen würde, die sich auf den Weg von der einigermaßen ländlichen Ruhe in Nesodden zu Oslos eher urbanem Rhythmus machten, ja, ja, Moss schauderte wieder.

Furchtbar, wie depressiv und ironisch sie sich in letzter

Zeit fühlte. Ihr alter Begleiter und Alter ego, die Stimme im Kopf, die altmodisches Hörspiel produzierte, sendete mehr Störgeräusche als je zuvor: *Und hier ist Margaret Moss (nennen Sie mich Moss, das ist am einfachsten), auf ihrem Weg aus den dunklen Hafenvierteln und hinaus zu einem neuen Fall, und die Nacht ist ebenso dunkel wie das Gewissen eines Pfarrers in Gesellschaft eines Transvestiten,* hu, sie schüttelte sich wieder.

Seitliche Wellen brachten den Fischkutter kräftig ins Schaukeln, sie lehnte sich gegen die breite Reling und stemmte die Joggingschuhe gegen das Deck. Sie wartete, bis das Boot einen regelmäßigen südlichen Kurs erreicht hatte und aus dem Fjord hinausfuhr, dann richtete sie sich auf und atmete tief durch.

Schrecklich, wie angespannt sie heute nacht war.

Sie wußte nicht, wie es kam; düster starrte sie auf den Leuchtturm von Dyna, der steuerbords lag. Vielleicht sollte sie sich für den Posten eines Leuchtturmwärters an irgendeinem gottverlassenen Ort bewerben. Ein sogenanntes inneres Exil, wobei es sich da wohl eher um ein äußeres handeln würde, und außerdem waren die Leuchttürme heutzutage längst automatisiert und wärterlos.

Die meisten jedenfalls.

»Hallo! Kaffee!«

Sie drehte sich um. Willy Bertelsens Gesicht leuchtete bleich im Halbdunkel. Sie seufzte, dann nickte sie und balancierte nach achtern über das rutschige Deck.

Bald war es fünf. Es war Ende März, und der Tag dämmerte über den Hügeln im Osten.

Es war gemütlich drinnen im Steuerhaus, und der Kaffee war heiß. Sie trank ihre zweite Tasse, stand hinter Bertelsen und hatte etwas wacklige Beine. Eine Dünung, ein Gruß vom starken Wind der vergangenen Nacht, brachte den Fischkutter ins Schlingern. Willys Sohn Bjørn stieg die vordere Treppe hinauf, streckte sich und setzte sich auf die

Luke. Er holte ein Päckchen Tabak aus der Hosentasche und begann, sich eine Zigarette zu drehen.

»Wie alt ist er?« fragte Moss und nickte hinüber zu dem Jungen dort draußen.

»Bald zwanzig«, sagte Willy Bertelsen. »Zwei Jahre älter als Bente.«

Sie bemerkte, wie er ihr einen raschen Blick zuwarf – der Frau, die er um Hilfe gebeten hatte, als seine Tochter verschwunden war. Sie stand mit dem Kaffeebecher in der Hand da, im Parka und mit einer Falte zwischen den Augenbrauen. »Dann ist er ein Jahr älter als meine Tochter«, sagte sie. »Karen.«

»Und was macht Ihre Tochter?« fragte Bertelsen höflich. Seine Tochter war seit mehreren Wochen spurlos verschwunden, und vermutlich pfiff er darauf, was anderer Leute Töchter trieben. Er hob die Hand und machte dem Jungen dort draußen ein Zeichen, vielleicht näherten sie sich den ersten Netzen.

»Sie macht gerade den ex. phil.«, sagte Moss. »Zulassungsprüfungen für die Uni. Aber sie lernt ja nicht, deshalb läuft es vermutlich nicht so doll.«

Genau wie ihre Mutter, glaubt, daß sie alles kann, ohne ein Buch zu öffnen, ja, ja.

»Sie wohnt also zu Hause, Ihre Tochter«, sagte Bertelsen.

»Nein«, sagte Moss.

Karen war in eine Wohngemeinschaft in der Altstadt gezogen. Inzwischen war sie offenbar nicht mehr nur Wochenendpunkerin. Zu Hause meldete sie sich auch nicht. Margaret Moss hatte das unangenehme Gefühl, daß ihre Tochter nichts von sich hören ließ, weil sie sich mit Dingen beschäftigte, über die sie nicht ausgefragt werden wollte. Und was hatte das zu bedeuten?

Alles.

Der Kutter hatte die Geschwindigkeit verringert. Sie befanden sich irgendwo zwischen Spro und Fagerstrand, dort vorne lag dunkel Håøya. Margaret trat aus dem Steuerhaus und atmete den Geruch von Meer ein: Ein sanfter Märzmorgen war im Entstehen begriffen, der schönes Wetter verhieß. Die Reling war feucht vom Tau, sie hielt sich fest und spürte, wie sich das Tuckern des Motors durch den ganzen Körper fortpflanzte. Sie wollte nicht an Karen denken, bestimmt ging es ihr gut. Daß sie nicht angerufen hatte, konnte ebensogut darauf hindeuten, daß sie sich darin übte, ihr eigenes Leben zu führen.

Es war nichts passiert.

Sie war inzwischen ein großes Mädchen und konnte auf sich selbst aufpassen. Außerdem waren es eher die Jungen, denen etwas zustieß, sie fielen der unprovozierten Gewalt, die unter ihnen herrschte, zum Opfer – dort in der Stadt hinter ihnen, die noch immer unterhalb der Hügel schlief. Sie drehte sich um, doch sie war nicht mehr zu sehen.

Auch auf See regte sich nichts.

Im inneren Oslofjord waren zwar nicht besonders viele Fischer registriert, aber einige gab es doch. Vielleicht lagen sie außerhalb des Drøbaksterskelen, sie wußte, einige von ihnen verfügten über Boote, die so schnell waren, daß sie in aller Herrgottsfrühe bis nach Færder und wieder zurückfahren konnten.

Ein Ruf des Jungen unterbrach die Stille.

Hinter ihr sagte Willy Bertelsen irgend etwas, und sie drehte sich um. »Er sagt, da vorne treibt irgendwas.«

Bjørn stand mit dem einen Fuß auf der Reling und zeigte ins Wasser. »Es sieht aus wie ein Netz«, rief er nach hinten. »Es hat einen Benzinkanister als Boje, der muß sich gelöst haben, er treibt herum. Sollen wir ihn hochnehmen?«

»Nein!« rief sein Vater zurück. »Paß nur auf, daß er nicht in die Schiffsschraube gerät!«

Er bereitete sich darauf vor, ihn in einem Bogen zu umschiffen, da rief der Junge wieder: »Stop! Warte mal, fahr rückwärts, verdammt! Rückwärts!«

Margaret ging nach vorne, während Bertelsen die Maschine auf Rückwärtsgang einstellte und die Gischt achtern aufschäumte. Sie lehnte sich vor, der Parka flatterte, und das Haar flog ihr um die Ohren.

»Da!« sagte der Junge und zeigte. »Da! Was zum Teufel ist das?«

Sie folgte seinem Blick. Etwas Schweres lag da und wurde im Wasser hin- und hergetrieben, am einen Ende war ein Plastikkanister befestigt, und als der Kutter langsam näherglitt, rollte es zur Seite und schlug gegen die Bootswand.

Sie trat schnell einen Schritt nach hinten.

»Eine Leiche«, sagte sie leise, so leise, daß sie glaubte, es wiederholen zu müssen, obwohl Bjørn Bertelsen sicher dasselbe sah wie sie. »Es ist eine Leiche!« rief sie, und jetzt hatte auch Willy es gehört, er kam mit langen Schritten nach vorne.

Der Motor tuckerte im Leerlauf, das Boot drehte sich langsam mit der Breitseite in die Wellen, während sie sich alle drei über die Reling lehnten.

»Verdammt«, sagte Willy Bertelsen schließlich. »Sicher ist das eine Leiche.«

Sie holten sie nicht an Bord.

Der Junge hing über der Reling und hielt sie mit einem Bootshaken fest, während sein Vater über Sprechfunk die Polizei anrief. Dann kam er wieder heraus. »Übernimm mal da drin«, sagte er kurz, und der Sohn nickte und ging. Sein Gesicht war in der Umgebung des Mundes ganz weiß.

Willy Bertelsen schob den Bootshaken etwas besser unter die Seile, mit denen zwei Füße in schwarzen Stiefeln zusammengebunden waren, und hatte einen verbissenen Gesichtsausdruck. »Ja, ja«, sagte er bloß. »Da ist ja für Sie aus der Angeltour nichts geworden, Moss.«

Sie antwortete nicht.

Weder das Alter noch das Geschlecht der Person dort unten im Meer ließ sich bestimmen. Die Haare wie Seegras um den Kopf, das Gesicht nach unten, der Rücken nach oben, halb in die Wasseroberfläche getaucht, ein Hosenboden, der dunkel von Feuchtigkeit war, ein rotes T-Shirt und dazwischen ein breiter Streifen bläulich weißer Haut. Sie räusperte sich. »Es ist auf jeden Fall kein Selbstmörder«, sagte sie mit rostiger Stimme. »Hier wollte irgend jemand etwas Lästiges loswerden.«

Willy Bertelsen wechselte die Hand, die Knöchel, die den Bootshaken umklammerten, waren weiß, denn es war mühsam, gegen die Wellen anzukämpfen. »Woher wissen Sie das?« fragte er.

»Ich weiß gar nichts«, sagte sie. »Aber hätten Sie sich Ihre Füße so zusammengebunden, wenn Sie vorhätten, ins Meer zu springen?«

Er sah sie an und schüttelte den Kopf. »Ich frage mich bloß, warum ein Schwimmer daran befestigt ist«, antwortete er nur.

»Der Kanister war vermutlich mit Sand oder Wasser gefüllt«, sagte Moss. »Er sollte wohl als Ballast dienen, nicht als Schwimmer. Dann ist irgendwas schiefgelaufen, und das Wasser, oder was auch immer, ist ausgelaufen. Wieviel faßt der Kanister, was meinen Sie?«

»Sieht aus wie ein Fünfundzwanzig-Liter-Kanister«, sagte Bertelsen.

»Der Verschluß sitzt noch drauf«, sagte Moss. »Kann es sein, daß der Kanister leckgeschlagen ist?«

»Gestern war doch so ein schreckliches Wetter«, sagte Bertelsen und blickte über die Reling. »Sturmböen, haben sie beim Wetterdienst gesagt. Anscheinend ist zuviel Lose gegeben worden.«

»Lose?«

»Sehen Sie nicht die Leine da, zwischen ... na ja, von der Leiche zum Kanister? Sie ist mindestens anderthalb Meter lang. Bei den Wellen gestern war der Kanister wahrscheinlich einem ziemlichen Zug ausgesetzt, vor allem, wenn ... das da, die Leiche, nach oben wollte. Die füllen sich mit Luft, wissen Sie. Ein unglaublicher Auftrieb. Und dann ist der Kanister über den Meeresgrund geschleift worden, in dieser Gegend gibt es viel scharfen Schiefer, und dann ist er wohl leckgeschlagen. Er sieht nicht aus wie die Kanister, die man sonst verwendet, das Plastik ist so dünn, vielleicht ist er eher fürs Campen geeignet.«

Er schaute wieder ins Wasser.

Margaret Moss tat dasselbe. Der eine Arm der Leiche klatschte gegen die Bootswand. Die Hand war klein. Vielleicht war es ein Mädchen? Sie konnte sich nicht dagegen wehren: Schnell versuchte sie sich zu erinnern, ob Karen ein rotes T-Shirt besaß.

Sie wußte es nicht.

Selbstverständlich war es nicht Karen.

Natürlich nicht!

Sie warf Bertelsen einen raschen Blick zu. Er hatte erzählt, daß Bente blond sei, konnte die hier blondes Haar gehabt haben, bevor es so salzwassernaß und tangartig geworden war? Sie glaubte es zwar nicht, hatte aber auch keinerlei Erfahrung mit Wasserleichen. Im Lauf der kurzen Zeit, die sie bei der Polizei gewesen war, hatte sie nur eine Wasserleiche gesehen, einen Penner, der vom Bootssteg gefallen war. Er hatte einige Tage im Wasser gelegen. Wie lange diese Leiche an den Stränden entlanggetrieben war, ließ sich nicht ohne weiteres sagen, aber der Körper in dem T-Shirt wirkte so aufgedunsen, daß es wohl schon eine ganze Weile sein mußte. Es graute ihr davor, daß die Polizei kommen und die Leiche umdrehen würde.

Sie blickte schnell zu Bertelsen hinüber. »Kommt die Wasserschutzpolizei hierher?«

»Ja«, sagte er, hielt den Bootshaken mit aller Kraft fest und versuchte, die Leiche ruhig treiben zu lassen.

Margaret dachte, es ging doch mit dem Teufel zu, daß sie ausgerechnet auf diese Tour mitgekommen war, auf der Bertelsen und sein Sohn eine Wasserleiche fanden. Sie schniefte und wischte sich mit dem Ärmel die Nase. Sie überlegte, ob sie Bertelsen bitten könnte, sie als seine Cousine oder so auszugeben, aber noch bevor sie den Gedanken zu Ende gedacht hatte, war ihr klar, daß das ein alberner Einfall war. Sie war Zeugin, sie würde auf dem Präsidium verhört werden, und sie würde gezwungen sein zu sagen, wer sie war.

Die erfolgloseste Detektivin der Stadt – at it again!

Verdammt!

Sie schniefte erneut und hielt sich an der Reling fest, während das Boot hin- und herschlingerte, und blickte hinüber zu den nördlichen Hügeln.

Das da im Meer war definitiv nicht sehenswert.

2

All your fears are foolish fancies, maybe.

Norton/Burnett

Es war Vormittag in Grønlandsleiret, der rote Gelenkbus schaukelte vorwärts und hielt mit einem so lauten Zischen der Druckluftbremsen, daß sich die Tauben von dem gelblich bleichen und matschigen Rasen im Park erhoben und fächerförmig in Richtung Polizeipräsidium flatterten.

Margaret Moss wühlte in ihrem Parka nach ihrer Fahrkarte. Nachdem sie sie entwertet hatte, setzte sie sich auf einen der hintersten Plätze und starrte müde und mit kleinen Augen durch ein Fenster, das grau von Schmutzspritzern war. Der Winter war lang gewesen, und jetzt war Frühling.

Eine Art Frühling jedenfalls. Unter den Büschen im Park lagen noch Schneereste, die aussahen wie die Laken in den Zimmern der Studentenwohnheime von Margarets Jugendlieben: grau.

Frühling in Oslo, der schmutzigsten Stadt der Welt.

Ein einziger Lichtstrahl im schwarzen Tunnel dieses Tages: Inspektor Averøy, ihr ehemaliger Vorgesetzter und alter Feind, hatte nicht mitbekommen, daß sie im Präsidium war. Das war immerhin etwas. Sie hatte sich für jemand von auswärts ausgegeben, aus Nordnorwegen.

Und die Leiche war die eines Mädchens. Das hatten sie gesehen, sobald die Wasserschutzpolizei gekommen war und sie aus dem Wasser geholt hatte. Jetzt durchforsteten sie vermutlich die Listen über vermißte Personen, versuchten herauszufinden, wie lange sie im Meer gelegen hatte, ob sie tot gewesen war, bevor man sie ins Wasser geworfen hatte.

Solche Sachen.

Mit denen Margaret Moss zum Glück nichts zu tun hatte. Zumindest war es kein Mädchen gewesen, das sie gekannt hatte.

Es zog im Magen. Wurde sie plötzlich reisekrank?

Da fiel ihr ein, daß sie seit beinahe achtzehn Stunden nichts mehr gegessen hatte. Der Bus hielt mit einem verdrießlichen Rülpser am Oslo City Einkaufszentrum, und ohne weiter nachzudenken, stieg sie aus. Es gab massenhaft Cafés im Oslo City.

Und eine Filiale des staatlichen Wein- und Spirituosenhandels.

Das brauchte sie.

Es würde ein langer Tag werden. Das tote Mädchen trieb in ihre Gedanken hinein und wieder hinaus, genau wie es von der See hin- und hergetrieben worden war.

Nach einem Krabbenbrot und einer Tasse Tee fühlte Moss sich allmählich etwas besser. Sie würde sich jedenfalls nicht mehr übergeben müssen.

Sie gähnte lange und schüttelte sich, sie spürte, daß sie einen pelzigen Belag auf den Zähnen hatte, und das Haar hatte sich draußen auf See verfilzt. Vermutlich hätte sie einen Blick in einen Spiegel werfen sollen, bevor sie ins Café ging. Besonders stadtfein war sie auch nicht in ihrem ausgeblichenen Parka, den verwaschenen Jeans und den schmutzigen Joggingschuhen.

Die Fahrt heute nacht war vergeblich gewesen, in jeder Hinsicht.

Warum hatte sie sich überhaupt in die Sache mit Bertelsens verschwundener Tochter hineinziehen lassen?

Gib's zu, Moss. Du hast es nicht verwunden, daß du bei der Ortskundigkeitsprüfung für den Taxischein durchgefallen bist!

Nein, vermutlich hatte sie das nicht.

Sie hatte versucht, den Taxischein zu machen, hatte gemeint, es müsse ein leichtes Spiel sein für eine, die die Stadt wie ihre eigene Westentasche kannte. Eine, die in kalten und defekten Autos in jeder verdammten Nebenstraße von Oslo gesessen hatte, auf der Jagd nach untreuen Ehemännern und ebensolchen Ehefrauen. Daher hatte sie es mit dem Lernen nicht so genau genommen. Allerdings war sie deshalb durchgefallen, und so würde es weiterhin kein Zubrot zu dem wenigen geben, was sie als Privatdetektivin zusammenzukratzen vermochte. Typisch fehlgeschlagener Plan. Und davon hatte sie ja genug gehabt in ihrem Leben, von dem Tag, an dem sie als mittelmäßig erfolgreiche Schauspielerin das Nationaltheater verlassen hatte, über ein miserables juristisches Examen auf der Grenze zum Nichtbestehen, bis zu dem Tag, an dem sie im Jähzorn beim Polizeipräsidium von Oslo gekündigt hatte, noch vor Abschluß des praktischen Teils der Ausbildung, und als Privatdetektivin begonnen hatte.

Aus diesem Grund hatte sie auch keine Zulassung als Rechtsanwältin.

Und jetzt bekam sie nicht einmal eine Zulassung als Taxifahrerin.

Shit!

Und Karen wollte nicht mehr zu Hause wohnen, und anrufen tat sie auch nicht. Die depressive und ironische Verfassung war also kein Wunder. Und Moss wußte, daß eine solche Stimmung sie zu merkwürdigen Dingen verleitete. Zum Beispiel, nach den ausgerissenen Gören anderer Leute zu suchen. Die berühmten Nadeln im Heuhaufen. Normalerweise übernahm sie keine solchen Fälle, es hatte keinen Sinn, die Jugendlichen hauten aus freien Stücken ab und kamen erst zurück, wenn sie selbst Lust dazu hatten. Aber offenbar hatte sie ihren empfindsamen Tag gehabt, als Bertelsen sie gefragt hatte, ob sie ihm helfen könne. Der freundliche Bertelsen, bei dem sie manchmal Fisch kaufte, wenn er mit seinem Fischkutter unten an der Anlegebrücke beim Rathaus lag.

Das war vor drei Tagen. Sie war an den Beinen zu dünn bekleidet gewesen, hatte sich auf einen verräterischen Föhnwind verlassen und die hochhackigen Lederstiefeletten mit der dünnen Sohle angezogen. Mit klappernden Absätzen war sie gutgelaunt in die Stadt gegangen und hatte sich lediglich die Zeit genommen, von unterwegs anzurufen und sich nach dieser Taxiprüfung zu erkundigen.

Und dann war sie durchgefallen.

Sie hatte auf dem Platz vor dem Rathaus gestanden, und der Tag war plötzlich kalt und grau geworden.

Sie spürte, daß sie an den Beinen fror und wie die Blasenentzündung bereits wieder hinter der nächsten Ecke lauerte. Sie dachte daran, daß es heute auf den Tag vier Wochen her war, seit sie eine Art Lebenszeichen von Karen bekommen hatte, und daß zu Hause Rechnungen in Höhe von etwa 15 000 Kronen lagen. Da war sie aus der Telefonzelle und über den großen Platz gegangen, hatte das Glokkenspiel der Rathausuhr eine seltsame Version des Volksliedes ›På solen jeg ser‹ spielen hören und hatte sich dann in der Schlange bei Bertelsens Fischkutter wiedergefunden, wo sie um einen Liter Krabben und eine Portion Kabeljau gebeten hatte.

Irgend etwas mußte sie ja unternehmen.

Das Schiff hieß *Oslopiken,* das Oslomädel, und es hatte seinen Liegeplatz auf Nedre Bekkelaget. Baujahr 1939, der Motor war 1955 ausgewechselt worden, und jedes Frühjahr war das Deck lackiert und alles unterhalb der Wasserlinie mit Antifouling bestrichen worden.

Bertelsen selbst war etwa fünfzig Jahre alt, dünn und sehnig und mit einem Isländerpulli und einer orangefarbenen Kunststoffhose bekleidet. Er hatte sie mit einem hellblauen und bekümmerten Blick angesehen und gefragt, ob sie tatsächlich Detektivin sei.

So war es gekommen, daß Moss für eine Weile bei Bertelsen anmusterte.

Sie war über ein Deck geschlittert, das glatt war von Seewasser und Fischeingeweiden, und war ungeschickt die steile Treppe hinuntergeklettert.

Unter Deck roch es nach Sonnenöl, Fisch und Petterøes Tabakmischung. Warm war es außerdem, sie öffnete ihre Jacke und sah sich neugierig um. *Oslopiken* war gut instand gehalten. Ein Kessel brodelte auf dem Propangasherd, und Willy Bertelsen schüttete aus einer Papiertüte Kaffee hinein.

»Der gute alte Kochkaffee«, sagte er, wobei er ihr den Rücken zuwandte. »Es heißt, er sei voller Cholesterin, aber egal. Möchten Sie Sahne?«

»Nein danke«, sagte Moss und nahm den Becher in Empfang, der nach Waldwanderungen und fünfziger Jahren roch.

Unter der niedrigen Decke war es neblig von Zigarettenrauch gewesen, bis Bertelsen endlich auf das Thema gekommen war, das ihm am Herzen lag.

»Sie ist früher schon mal verschwunden«, sagte er. »Und man will ja auch nicht überreagieren. Das sag ich zu meiner Frau. Sie ist vielleicht bei einer Freundin, sag ich.«

»Wie lange ist sie schon weg?« fragte Moss.

Er sah sie unglücklich an. »Das ist es ja, was wir nicht wissen. Sie hat seit einem Jahr ein Zimmer bei ihrer Oma, eine Art Mansardenzimmer. In Tøyen. Aber sie – also die Oma, die Mutter meiner Frau –, die ist ja so senil und verwirrt, daß sie nicht mitkriegt, wenn jemand kommt oder geht, vermutlich wollte Bente deshalb so gerne da wohnen. Sie dachte, sie könnte machen, was sie wollte. Und die Alte, also die Oma, die kann sich nicht mehr daran erinnern, wann Bente zuletzt zu Hause war.«

Er blickte düster in den dickwandigen weißen Becher. »Viel Hilfe können wir von ihr also nicht erwarten!« Er blickte Moss mit rotgeränderten Augen an. »Das heißt, es kann schon viele Wochen hersein.«

»Und die Polizei?«

»Nein, das wollen wir ja nicht. Wenn sie jetzt beispielsweise nur einen Kerl kennengelernt hat ... Wissen Sie, sie bringt uns um, wenn wir die Polizei einschalten. Sie ist so eigensinnig, unsere Bente, das ist sie immer schon gewesen, hat gemacht, was sie wollte. Aber diesmal sind wir unruhig, das sind wir wirklich.«

Moss trank Kaffee und dachte nach. »Was hatten Sie denn gedacht, was ich machen sollte?« fragte sie schließlich.

Da schluckte Willy Bertelsen, so daß sein großer Adamsapfel hüpfte. »Ich dachte, Sie könnten mal einen abendlichen Stadtbummel machen«, sagte er dann.

So kam es, daß Moss in der Abenddämmerung des folgenden Tages, ausgerüstet mit dem Konfirmationsbild von Willy Bertelsens Tochter, in die Stadt ging. Sie lief die ganze Tollbugata hinunter und sah sich an jeder Straßenecke gut um, ging die Prinsensgate wieder hinauf, machte einen Schlenker durch die Øvre Vollgate und ging durch die Akersgata zurück zum Wessels plass. Sie ging und ging durch die frühlingsblaue Dunkelheit, während Straßenbahnen klingelten und Autos Wolken von Abgasen verbreiteten, und sie sah an den Straßenecken und Toreinfahrten mehr als genug verwahrloste und verfrorene Mädchen, aber keines, das Bente Bertelsen ähnlich sah.

Schließlich blieb sie bei einer stehen, die auf der Treppe vor dem Papierwarenladen in der Dronningens gate saß.

»Kann ich dich was fragen?«

Das Mädchen blickte auf, sie hatte blondiertes, beinahe weißes Haar und einen Herpesausschlag am Mund, der schlimm aussah. Sie antwortete nicht. Margaret Moss wühlte in ihrer Tasche. »Hier. Hast du die irgendwo gesehen?«

Das Mädchen nahm das Bild nicht, sie saß da, die Arme um den Körper geschlungen, und sah aus, als wäre ihr furchtbar kalt.

»Bist du von der Polizei?« fragte sie und verfolgte mit den Augen ein Auto, das gerade langsam vorbeifuhr.

»Nein«, sagte Moss. »Ich frage im Auftrag eines Vaters, der sich verdammte Sorgen macht.«

Das Mädchen streckte widerwillig die Hand aus, betrachtete das Bild und zuckte mit den Schultern. »Kommt mir nicht bekannt vor. Wie alt ist sie denn?«

»Fünfzehn auf dem Bild, inzwischen achtzehn«, sagte Moss.

Das Mädchen schüttelte den Kopf und gab ihr das Bild zurück.

»Hättest du es mir gesagt, wenn du gewußt hättest, wer es ist?« fragte Moss. Das Mädchen zuckte wieder mit den Schultern. »Weiß nicht. Wenn ich wüßte, daß sie nicht will, daß ihre Leute sie finden, hätte ich nichts gesagt. Aber ich kenne sie nicht. Echt nicht.«

Sie schob die Hände unter die Pobacken, fröstelte.

»Es muß verdammt kalt sein, auf dieser Treppe zu sitzen«, brach es aus Moss hervor.

»Kalt? Verdammt, ich hab jetzt schon seit vier Monaten 'ne Blasenentzündung! Die Antibiotika helfen nicht.«

»Du hättest dich wärmer anziehen sollen«, sagte Moss, die auch eine Mutter war.

Das Mädchen verzog den Mund, so daß die Wunde im Mundwinkel aufplatzte. »Wollunterhosen? In diesem Job? Gute Idee. Hör mal, kannst du nicht abhauen? Du vergraulst mir die Kunden, ich will hier echt nicht länger sitzen als nötig!«

»Brauchst du Geld?« fragte Moss und fühlte sich dumm.

»Wenn du zweitausend Kröten hast, schon«, sagte das Mädchen.

Moss, die gerade mal hundertzwanzig Kronen im Portemonnaie hatte, drehte sich um und ging.

Als sie zu Hause war, rief sie Willy Bertelsen an. Er sprach leise und murmelnd, und sie begriff, daß er seiner Frau nichts davon erzählt hatte, daß er jemanden in die Stadt geschickt hatte, um nach der Tochter zu suchen. »Können Sie nicht morgen mal zum Anleger runterkommen, dann können wir uns näher unterhalten«, hatte er gesagt, und da hatte sie aus einem Impuls heraus geantwortet, daß sie gerne mitkommen und Netze einholen würde.

Er hatte gezögert. Hatte gesagt, daß es kalt sei und daß sie schon um vier Uhr morgens losführen.

»Ist in Ordnung«, hatte Moss erwidert. »Ich fühle mich wohl auf See, und ich habe nichts vor, was ich versäumen würde.«

Und das war der Grund gewesen, warum sie zehn Stunden später auf dem Vordeck gestanden hatte, als die *Oslopikken* auf das schwarze Wasser des Bunnefjord hinausgetukkert war.

Margaret Moss sah auf ihre Armbanduhr, es war bald zwei. Sie erhob sich, nahm ihre Umhängetasche und den Beutel aus dem Schnapsladen und ging steifbeinig zur Rolltreppe, auf der sich die Rentner aus Bjerke und Etterstad drängten, auf der Jagd nach Adrenalinstößen im Alltag.

Draußen wehte ihr Straßenstaub in großen Wolken entgegen, sie kniff die Augen zusammen und stemmte sich gegen den Wind. Während sie an der Ampel wartete, sah sie plötzlich, wie ihr eine bekannte Gestalt auf dem Bürgersteig entgegenkam, ihr Herz übersprang einen Schlag und raste dann davon.

Es war Karen.

Zusammen mit einem langen Kerl mit rasiertem Kopf, Lederjacke, Skaterhose und einem riesigen Hund, dessen Leine am ehesten einer Wäscheleine ähnelte.

Sie öffnete den Mund, um zu rufen, doch da hatte Karen sie schon entdeckt, und im Handumdrehen war sie auf der Straße. Sie rannte, daß ihr Haar flatterte, bahnte sich einen Weg zwischen den hupenden Autos und lief hinüber auf die andere Straßenseite.

»Verdammt noch mal!« rief Margaret in den Verkehrslärm. »Stop!«

Ob sie die Autos oder ihre Tochter meinte, wußte sie nicht einmal selbst. Sie begann auch zu laufen, aber ein riesiger Schatten glitt von links heran, und sie hielt sofort an.

Mit einer Straßenbahn sollte man sich lieber nicht anlegen. Sie hat einen langen Bremsweg und hat einem die Beine abgetrennt, ehe man selbst und der Fahrer sich's versehen haben.

Als die Verkehrslage endlich wieder etwas klarer war, sah sie den Jungen und Karen drüben auf der anderen Straßenseite, ganz hinten am Zeitungskiosk. Er hielt sie am Arm und blickte zu Margaret hinüber, die die Straße bei grünem Licht überquerte. Sie hatte das unangenehme Gefühl, daß er und nicht ihre Tochter stehengeblieben war, um zu warten.

Seine Augen unter den dunklen Brauen waren überraschend leberblümchenblau. Als sie bei ihnen war, ließ er Karen los und drehte sich zum Gehen. »Bis später«, sagte er über die Schulter hinweg, dann gingen er und der Hund über die Straße in Richtung Kirkeristen.

Karen begegnete dem Blick ihrer Mutter und zuckte mit den Schultern. »Okay«, sagte sie. »Es ist ja gar nicht so, daß ich nicht mit dir reden will.«

»Aha«, sagte Moss.

3

Look at me, I'm as helpless
as a kitten up a tree.

Burke/Garner

»Du hast mir da überhaupt nicht reinzureden«, sagte Karen, als sie im Taxi saßen, und starrte vor sich hin. »Du hast doch selbst niemals ein geordnetes Leben geführt.«

Nein, das hatte sie natürlich nicht, Margaret Moss sah aus dem Autofenster. Sie fuhren Richtung Smestad, so schnell, daß der Kies eines langen Winters hochspritzte. »Kannst du begreifen, warum sie nie die Straßen kehren?«

»Nein«, sagte Karen.

»Dafür bezahlen wir doch Steuern, oder etwa nicht?« sagte Margaret.

»Weiß nicht, ich hab noch nie welche gezahlt«, sagte Karen. »Mama, er ist ein anständiger Typ, echt jetzt.«

»Warum meldest du dich denn nie zu Hause?« fragte Margaret.

»Ach Mann«, sagte Karen. Dann schwieg sie und kaute auf der Innenseite ihrer Wange.

»Hat er gesessen?« fragte Margaret.

»Nein!«

Karen kaute weiter, blickte hartnäckig aus dem Fenster.

»Okay, was ist es dann?« sagte Margaret.

»Ich wußte, daß du Streß machst«, sagte Karen. Dann drehte sie sich um und betrachtete ihre Mutter eingehend. »Pfui Teufel, wie siehst du eigentlich aus? Hast du dich heute nicht gekämmt, oder was?«

»Nein«, sagte Margaret. »Ich ... ach, Karen, ich ... wir

haben eine Wasserleiche gefunden! Heute frühmorgens, draußen bei Fagerstrand, sie lag mit dem Gesicht im Wasser, und einen ganz kurzen Moment habe ich gedacht, du bist das!«

Ohne Vorwarnung begann sie zu weinen. Sie beugte sich vornüber und preßte die eine Hand vor den Mund.

»Was?« sagte Karen. »Wo bist du gewesen?«

»Auf einem Schiff«, sagte Margaret, ohne die Hand wegzunehmen. »Sie hatte ein rotes T-Shirt an, und ich wußte nicht, ob es deines war, ich wasche ja nicht mehr deine Wäsche.«

Sie weinte und weinte, und als das Taxi in Smestad vor der verfallenen Villa im funktionalistischen Baustil anhielt, mußte Karen in ihrer Umhängetasche nach Geld suchen, um zu zahlen. Dann stiegen sie aus, und Karen sah unentschlossen aus, bevor sie einen Arm um den Rücken ihrer Mutter legte und sie die schmale Auffahrt entlang stützte.

Als sie an die Haustür kamen, stand dort eine alte Dame in schmutzigen rosafarbenen Pantoffeln, heruntergerutschten Kreppstrümpfen und einem Tweedrock voll weißer Katzenhaare. Margarets Tante Maisen.

»Das schlägt doch dem Faß den Boden aus!« sagte sie und tippte die Asche von ihrer Zigarette ab, die sie zwischen zwei Fingern hielt. »Wart ihr alle beide auf Zechtour?«

Eine Viertelstunde später lag Margaret in der Badewanne und hörte ihre Tante und Karen draußen in der Küche laut reden. Maisen lachte ihr gackerndes Lachen, dann erklangen Karens schnelle Schritte im Flur, und die Tür öffnete sich mit einem Knall.

»Willst du Tee oder Kaffee?«

»Kaffee«, sagte Margaret, die eigentlich vorgehabt hatte, sich einen Wodka zu gönnen. »Ich habe schon im Oslo City Tee getrunken.«

»Oh Mann«, sagte Karen. »Du hältst dich aber auch an

den merkwürdigsten Orten auf. Vermutlich wolltest du in die Weinhandlung.«

»Ja, das wollte ich vermutlich», sagte Margaret Moss laut zu sich selbst, denn Karen hatte schon die Tür hinter sich geschlossen und war wieder in die Küche gegangen.

Dann saßen sie zusammen wie schon so oft. Tante Maisen, die mit zitternden, blau geäderten Händen ihre Tasse festhielt, während die Zigarettenasche über ihren Pullover rieselte, der früher vielleicht sogar schön und teuer gewesen war, Karen mit ihrer neuesten Frisur, streichholzkurz und schwarz-blau-gestreift, und Margaret im Frotteebademantel, das Haar in ein Handtuch gewickelt.

Plötzlich ging es ihr beinahe richtig gut.

Sie spürte, wie Wochen der Unruhe von ihr glitten, weil ihre Tochter hier saß und weder ertrunken noch unglücklich war. Jedenfalls nicht unglücklicher als sonst.

»Leg mal diese Miene ab, die du gerade machst, ich hab nicht vor, wieder nach Hause zu ziehen«, sagte Karen und schenkte sich Tee nach.

»Schon gut«, sagte Moss. »Kannst du ein bißchen erzählen, was du gerade so machst?«

Es stellte sich heraus, daß der Junge aus der Nähe von Tønsberg stammte und Vebjørn hieß, aber der Name schien ihm nicht besonders zu gefallen, denn er nannte sich Vokter, der Wächter.

»Ach Gott«, sagte Margaret. »Warum denn das?«

»Weiß ich nicht«, antwortete Karen. »Es gefällt ihm wohl einfach. Mama! Es ist nicht so, wie du denkst! Er hat nicht ... er hat nicht in Ullersmo oder so gesessen! Er ist nur ... er hat bloß ... Ach, Mama! Er ist total nett. Wirklich!«

Es wurde still. Die Kolsås-Bahn arbeitete sich von der Haltestelle Smestad aus langsam bergauf, eine Kohlmeise hing kopfüber in der halben Kokosnuß vor dem Fenster und sang *zizibäh-zizibäh.*

»Eigentlich sah eher der Hund aus wie ein Wächter«, sagte Margaret schließlich.

»Er heißt Vebjørn«, sagte Karen. »Ist das nicht witzig?«

»Doch«, sagte Margaret und seufzte.

»Ich hab mir einen Job besorgt«, sagte Karen nach einer Weile.

»Wo denn?« fragten Margaret Moss und die Tante im Chor.

»Im Kindergarten«, antwortete Karen und blickte triumphierend in die Runde. »Oben auf Ekeberg. Wirklich wahr. Ich hab ihn gestern gekriegt. Ich bleib auf alle Fälle bis zum Sommer. Vielleicht auch länger.«

»Hat er denn Arbeit, dein Typ?« fragte Margaret und hätte sich selbst ins Gesicht schlagen können, weil sie so dumm war, denn natürlich hatte er keine Arbeit, und jetzt hatte sie den großen Auftritt von Karen vermasselt.

Von Karen, die noch nie einen Job gehabt hatte.

»Er kriegt demnächst eine«, sagte Karen und sah an ihrer Mutter vorbei. »Es liegt nicht daran, daß er es nicht versuchen würde. Aber er muß so viel anderes machen. Ich meine, er hat zwischendurch immer mal wieder irgendwelche Jobs.«

»Ich glaube, ich brauche jetzt trotzdem einen Wodka«, sagte Margaret und erhob sich langsam. »Und du, Maisen?«

»Meine Güte, es ist ja ein bißchen früh, und eigentlich mag ich ja keinen Wodka«, sagte die Tante und sah munter aus. »Aber ich kann mich ja hinterher immer noch ein bißchen hinlegen.«

Und während der Märztag verging, Tante Maisens Zigaretten das Wohnzimmer mit blauem Rauch füllten und der Wodka seine Wirkung auf Margaret Moss' Nerven und das Mundwerk der Tante zeigte, saß Karen mit angezogenen Füßen da, wippte eine halbleere Teetasse hin und her und gähnte.

Maisen befand sich mitten in einer ihrer längeren Ausführungen über das Leben am Theater, damals, als sie Schauspielerin und alles viel besser gewesen war. Margaret schwebte in einem Nebel von Müdigkeit und Alkohol und rief sich ins Gedächtnis, daß sie noch immer nicht vernünftig mit ihrer Tochter gesprochen hatte. »... und damals war er brillant, sag ich euch, er ... oh, ihr wißt, wen ich meine, der mit dem Schnurrbart, er ist inzwischen tot, aber, ach, wie hieß er noch, hilf mir mal, Margaret!« unterbrach die Tante irritiert ihre Gedanken.

»Mjøen«, sagte Margaret aufs Geratewohl. Das stimmte oft, denn es hatte in dieser Familie viele Schauspieler gegeben. Und auch jetzt schien es zuzutreffen, die Tante zwitscherte erleichtert weiter, während Margaret Karen im Sofa anschaute.

Sie wohnte in der Altstadt mit einem Typen zusammen, über den sie nicht sprechen wollte.

Sie wirkte auch mager, die Schlüsselbeine traten auf eine ungesunde Weise hervor, wie sie es sonst nicht taten.

»Ißt du auch mal was?« fragte Margaret und unterbrach den Redestrom ihrer Tante.

»Essen?« erwiderte Karen. »Was meinst du?«

»Imbißbudenessen?« meinte Moss.

»Bohnen«, antwortete Karen. »Linsen, Kichererbsen, mengenweise Gemüse. Kauf ich in Einwanderergeschäften. Sehr billig und viel gesünder als das ganze eklige Zeug, das du dir so reinstopfst. Wenn du dir überhaupt mal was reinstopfst – ich wette mit dir, daß du hier diejenige bist, die an der Imbißbude ißt!«

Margaret sah beschämt unter sich. Es stimmte, daß sie es mit dem Kochen nicht so genau nahm, jetzt, wo Karen nicht mehr zu Hause wohnte. Eine begnadete Köchin war sie ohnehin nie gewesen.

»Du bist so dünn«, sagte sie sauer.

»Ja, das kann man von dir jedenfalls nicht behaupten«, sagte Karen.

Tante Maisen, die Konfrontationen haßte, griff sich ihre Zigaretten und das Feuerzeug, während sie sich und den Sessel, auf dem sie gesessen hatte, von Asche befreite. »Nein, ich glaube, ich leg mich ein bißchen hin«, sagte sie rasch.

»Früher war das anders. Da konnte ich die ganze Nacht aufbleiben.«

»Das kannst du immer noch«, sagte Karen. »Wenn du dich nur vorher etwas ausruhst.«

Sie versöhnten sich über einem Nudelgericht, das sie in trauter Zweisamkeit zubereiteten. Es gelang Margaret, sich nach nichts anderem als dem Essen zu erkundigen, und Karen ihrerseits war versöhnlich genug, um ihrer Mutter beizubringen, wie man Spaghettisoße kocht, ohne etwas im Schrank zu haben.

»Hab ich von Vokter gelernt«, sagte sie geschäftig und raspelte alte Käserinden in einen tiefen Teller. »Er kann fast alles, weißt du?«

Sie aßen, während Margarets Augen die ganze Zeit zuzufallen drohten, und Karen erzählte eifrig vom Kindergarten Eikenøtten, von ihrer Wohngemeinschaft und der Kunst, Sauerteigbrot zu backen, während die Dunkelheit draußen sich verdichtete. Das letzte, was Margaret in ihrem müden Gehirn wahrnahm, bevor sie am Tisch einschlief, war das Haar des ertrunkenen Mädchens: Wie Seegras oder braune Bindfäden schwamm es auf der Wasseroberfläche.

4

Well, it's down at the end of
Lonely Street, Heartbreak Hotel.

Durden/Axton/Presley

Es klingelte.

Margaret Moss arbeitete sich durch Schichten von Schlaf und richtete sich im Bett auf. Es war weder das Telefon noch der Wecker. Offenbar stand jemand unten an der Tür und klingelte, sie zog eine Grimasse und strich sich das Haar nach hinten.

Es war halb elf, und die Sonne strömte durchs Fenster, sie hatte vergessen, gestern abend das Rollo hinunterzuziehen.

Es klingelte erneut.

Sie murmelte etwas, schob die Bettdecke beiseite, öffnete die Schranktür und suchte nach einem Bademantel, bis ihr einfiel, daß sie ihn am Abend vorher getragen hatte. Schließlich fand sie ihn halb unter dem Bett verborgen. Sie ging hinaus in die Küche und schaute aus dem Fenster.

Ein großer, glatzköpfiger Mann stand unten auf der Treppe und hatte gerade die Hand erhoben, um noch einmal auf die Klingel zu drücken, als sie das Fenster öffnete und sich hinauslehnte.

Der Mann war über einen Meter neunzig groß, mit langem Hals und schiefen Schultern.

Unten, wo der Körper in einer grauen Windjacke und einer weiten, grauen Hose verschwand, war er seltsam gedrungen und formlos. Er trug eine randlose Brille, seine Haut war gelblichbleich, und er hielt etwas in der Hand, was wie eine Art Melone aussah.

»Ja?« sagte Margaret. »Was ist denn?«

Er zuckte zusammen und blickte hinauf, blinzelte in dem scharfen Frühlingslicht.

»Mein Name ist Kolbjørnsen«, sagte er. »Dürfte ich bitte hineinkommen?«

»Was ist denn?« fragte Margaret. »Zeugen Jehovas?«

»Keineswegs«, antwortete er würdevoll.

»Aha«, sagte Margaret und zog ihren Bademantel enger zusammen. »Worum geht es denn dann?«

»Sind Sie nicht Margaret Moss?« fragte er und holte seine Brieftasche aus dem Inneren seiner Windjacke. Er zog etwas heraus, das aussah wie ein Zeitungsausschnitt. »Hier steht es. Margaret Moss, Privatdetektivin. Aufträge aller Art. Preiswert.«

»Ach ja, das«, sagte Margaret Moss und runzelte die Stirn. Es war eine Anzeige, die sie vor Ewigkeiten einmal in einem Anfall von Übermut ins ›Dagbladet‹ gesetzt hatte. »Es ist so gedacht, daß man vorher anruft. Ich empfange hier keine Kunden.«

»Aber ich habe vorher angerufen«, sagte dieser Kolbjørnsen. »Mehrmals. Aber Sie sind ja nie zu Hause.«

»Es war aber keine Nachricht auf meinem Anrufbeantworter«, sagte Moss abweisend.

»Ich bin es nicht gewohnt, mich solcher Dinge zu bedienen«, sagte er und errötete sofort bis über beide Ohren, als ob sie ihm Noppenkondome empfohlen hätte.

»Ach so«, sagte Margaret. »Aber ich bin jetzt leider gerade nicht angezogen. Wenn Sie sagen, wo Sie wohnen, kann ich im Laufe der Woche mal vorbeischauen. Wenn es was Eiliges ist.«

Er blickte unentschlossen vor sich hin, dann suchte er wieder in seiner Brieftasche und holte eine Visitenkarte heraus, die er ihr entgegenhielt, als könne sie sie auf diesen Abstand lesen.

»Stecken Sie sie in den Briefschlitz in der Tür«, sagte sie und schloß das Fenster mit einem Knall. Sie mochte es nicht, wenn sie vor dem Frühstück mit Kunden konfrontiert wurde.

Aber ein Kunde war immerhin ein Kunde.

Der Briefschlitz war eine Erfindung früherer Zeiten, heutzutage wurden Zeitungen und Post in den Briefkasten neben der Einfahrt gesteckt. Sie ging barfuß die Treppe hinunter, hob das kleine, weiße Rechteck auf und wartete. Dann hörte sie, wie sich seine Schritte auf dem Kies entfernten, und sie atmete erleichtert auf. Sie hatte befürchtet, daß er noch einmal klingeln würde.

»Kristoffer Kolbjørnsen – Vårsolsvingen 18 b« stand auf der Karte.

Vårsolsvingen. Das mußte in einer der Trabantenstädte sein, sie blickte auf die Postleitzahl. Manglerud oder so etwas.

Sie mußte hinfahren. Sie brauchte wirklich das Geld.

Die Tante öffnete ihre Wohnungstür.

»Es ist nichts«, sagte Margaret abweisend. Genauso schlimm wie Kunden war Tante Maisen vor dem Frühstück. »Da war nur jemand, der was abgeben wollte.«

»Ein Kunde?« fragte die Tante hoffnungsvoll. »Du könntest das Geld gebrauchen, oder? Aber er sah ja etwas merkwürdig aus.«

»Du selbst siehst ja auch nicht so besonders aus«, sagte Margaret mürrisch. Ihre Nase in alles stecken, das konnte Tante Maisen gut, aber die Tür öffnen, wenn man selbst noch im Bett lag, das konnte sie nicht.

»Willst du einen Kaffee?« fragte die Tante ungerührt. »Ich habe gerade welchen gekocht.«

Margaret zögerte. Die Küche der Tante war in erster Linie davon geprägt, daß sie sich eine Katze hielt, aber es duftete von dort drinnen zweifellos wunderbar nach Kaffee. Noch während sie das registrierte, ging ihr auf, daß das entfernte Klingeln, das sie hörte, nicht aus ihrem eigenen Kopf stammte, sondern vom Telefon im ersten Stock. Sie raffte den Bademantel zusammen und wollte die Treppe hochlaufen, da stolperte sie über den alten weißen Kater, der für gut befunden hatte zu untersuchen, wer sich im Flur unterhielt. Sie fiel beinahe hin, klammerte sich ans Treppengeländer und fluchte, bis sie das Gleichgewicht wiedererlangt hatte.

Als sie oben in ihrem Wohnzimmer war, hatte das Klingeln aufgehört, aber dafür blinkte der Anrufbeantworter. Sie atmete tief durch und drückte den richtigen Knopf. Willy Bertelsens Stimme klang metallisch durch den Raum: *Jemand hat Bente in Bislett gesehen, könnten Sie mich bitte zurückrufen? Wir machen uns solche Sorgen, meine Frau und ich! Ob Sie vielleicht hinfahren könnten, sobald Sie Zeit finden?*

Es war ein unscheinbares Mietshaus in einer kleinen Straße hinter dem Stadion von Bislett. Es hatte vier Stockwerke, stammte aus den 1880er Jahren und war voller verwitterter Stuckornamente und Taubenmist. Margaret Moss betrachtete die Namensschilder am Hauseingang: Kurierdienst Blitzexpreß und Bislett Massage. Sonst nur normale Wohnungen, schien es.

Aha.

Es mußte nicht so sein, wie Bertelsen befürchtete, selbst wenn der aufmerksame Nachbar, der zuerst meinte, Bente im Rotlichtviertel gesehen zu haben, jetzt glaubte, daß er sie hier in diesem Haus gesehen hätte. Ein verdächtiger Nachbar, fand Moss. Was trieb der wohl an solchen Orten? Das hatte sie auch zu Bertelsen gesagt, aber er hatte gemeint, daß das Leben seines Nachbarn ihn nichts anginge und daß dieser ansonsten ein zurückhaltender und zuverlässiger Mann mit einer wahren Xanthippe als Ehefrau sei und daß er sich auf seine Informationen verlasse. Moss legte den Kopf in den Nacken. Sie betrachtete die Fassade mit den vielen Fenstern. Überall schmucke Gardinen.

Durch die Haustür von Nummer fünfzehn kam und ging niemand, während sie dort stand. Außer einem Postauto fuhren keinerlei Fahrzeuge vorbei, eine richtig verschlafene Ecke war das, mit Resten von Kiesbelag auf der Nordseite.

Es war ja auch noch früh. Moss gähnte, und das Alter ego meldete sich mit seiner gerissensten Hörspielstimme: *Es war ein Morgen von der Art, die man bei Sonnenaufgang erschießt, Privatdetektivin Moss schauderte und ging mit schweren Schritten hinaus in die herzlose Stadt, die niemand verläßt, bevor ...* Verdammt, da war das Alter ego wohl über Hamsun gestolpert. Ja, ja, sie mußte tun, wofür sie hierhergekommen war. Sie hatte vorher angerufen, gesagt, wie sie hieß, und um einen Massagetermin gebeten.

Es hatte alles ganz normal gewirkt, kein bißchen verdächtig.

Während sie vor dem Haus stand, dachte sie schnell an Roland Rud.

Den Ritter der Landstraße.

In den vergangenen Jahren waren er und sein Lastzug immer wieder in ihr Leben hinein- und wieder hinausgefahren, aber jetzt war es eine ganze Weile her, daß sie sich zuletzt gesehen hatten. Er hatte gut massieren können. Merkwürdig, daß man an Leute in der Vergangenheitsform dachte, nur weil man sie schon länger nicht gesehen hatte. Vermutlich war er noch immer ein geschickter Masseur, nur daß er jetzt wahrscheinlich seine Frau massierte.

Als ob sie ihn jemals vermißt hätte!

Fuck you, Rud!

Dann drückte sie den Klingelknopf von Bislett Massage und ließ alles auf sich zukommen.

Das Massageinstitut befand sich im Keller. Ein handbemaltes Schild mit einer fröhlichen Sonne war an die Tür geschraubt. Darunter war ein eher alltäglicher Zettel angebracht, der die Kunden höflich darum bat, die Tür zur Straße nicht offenstehen zu lassen, die Anwohner würden sich sonst beschweren.

Die Rezeption war eng, aber nett eingerichtet: ein Tresen

mit Telefon, Regale aus Rattan mit dicken Frotteehandtüchern, und der Boden des Flurs, der sich weiter hinten gabelte, war mit rotem Teppichboden ausgelegt. Hinter dem Tresen stand eine hochgewachsene junge Frau mit blondem Pferdeschwanz, weißem Pullover und schwarzen Leggings. Sie drehte Margaret den Rücken zu und war gerade damit beschäftigt, Mineralwasserflaschen in einem Kühlschrank mit Glastür zu stapeln. Auf einer Korkpinnwand befanden sich Ansichtskarten, Notizzettel und überbelichtete Fotos von Menschen in Partylaune, die auf dem Weg nach Rhodos und Lanzarote waren. Ein Radio, das Moss nicht sehen konnte, schmetterte gerade die Erkennungsmelodie von P4 – so laut, daß es eiskalt in den Zähnen zog. Das Mädchen drehte sich zu Margaret um und sah sie an. »Ja?« fragte sie.

»Mein Name ist Moss«, sagte Margaret. »Ich hatte einen Termin vereinbart.«

Die junge Frau musterte sie einen Moment lang, dann sagte sie, daß sie nachsehen werde. Sie holte ein protokollartiges Buch hervor und ließ einen Finger mit langen, silberfarbenen Nägeln über die Seiten laufen.

Peee-viiieeer! gellte es wieder durch die Rezeption, und Margaret Moss wechselte von einem Fuß auf den anderen und fühlte sich in ihrem Wintermantel zu warm angezogen.

Die junge Frau warf einen konzentrierten Blick über Margarets Schulter, dann lächelte sie richtig nett und sagte, ja sicher, klar wäre ein Termin vorgesehen, hier seien ein Handtuch und ein Bademantel, dort drüben sei der Umkleideraum, und dann Kabine sieben, ganz hinten im Flur!

Margaret nahm die Sachen in Empfang, drehte sich um und lief einem Mann in die Arme, der direkt hinter ihr stand. Er war klein und stämmig, trug ein T-Shirt und Jeans, die sich unter seinem Bierbauch an die Hüften klammerten. Er hatte eine Trittleiter in der Hand, ein Goldkettchen um den Hals und einen Zigarettenstummel im Mundwinkel. Er blickte sie mit einem unergründlichen Blick an, dann sah er zu dem Mädchen hinüber und fragte: »Hast du Schrauben gekauft?«

Der Umkleideraum war leer. Braune Schränke mit Rolltüren, in denen reihenweise Kleiderbügel an Stangen hingen. Margaret zog sich aus und wickelte sich so schnell wie möglich in den Bademantel. Es war ihr unangenehm, daß es keine Tür gab, nur ein Vorhang trennte den Umkleideraum vom Flur, aber vielleicht war heute Frauentag? Dann trabte sie den Flur hinunter, auf der Suche nach Kabine sieben.

Die befand sich ganz richtig am Ende des Gangs, und sie war leer. Es roch nach Massageöl, eine prosaische Bank mit einer frotteebezogenen Schaumstoffmatratze stand mitten im Raum, ansonsten war wenig Platz für andere Dinge. An drei Wänden entlang verlief ein Regal, in dem es Ölflaschen, eine große Rolle Haushaltspapier und ein vergessenes Haarband aus hellblauer Seide gab. Kein Fenster, ein riesiges Plakat mit einem Sonnenuntergang und Palmen sollte die Illusion von Licht und Raum vermitteln. Margaret zögerte, sich den Bademantel auszuziehen, sie fühlte sich merkwürdig verunsichert.

Die Frau, die schließlich hineinkam, war klein und zierlich und trug einen hellrosa Baumwollpullover, der ihr ständig die Schulter hinunterrutschte, und dünne Baumwolleggings aus demselben Material. »Hallo«, sagte sie leise und streckte Margaret die Hand entgegen. »Ich bin Nina. Ziehen Sie sich aus, dann fangen wir an. Sie können sich selbst ein Öl aussuchen. Lavendel wirkt beruhigend.«

»Dann nehmen wir das«, sagte Moss.

Sie lag auf dem Bauch und fühlte sich unbehaglich. Teils, weil sie sich noch nie – nicht einmal nach all den Jahren am Theater – unbekleidet in Gesellschaft fremder Menschen wohlgefühlt hatte, gleichgültig, welchen Geschlechts, teils, weil es auf der Massagebank anders als bei Physiotherapeuten und Chiropraktikern keine Aussparungen fürs Gesicht gab. Wenn sie bei einer Massage den Nacken verdrehen mußte, war das Ganze wirklich vergebliche Liebesmüh.

Nach einer Weile sagte sie in die Papierschicht hinein, die das Mädchen auf der Massagebank drapiert hatte: »Sie könnten nicht vielleicht ein bißchen härter zupacken?«

»Ich kann's versuchen«, antwortete es gehorsam hinter ihr, und die kleinen Finger glitten mit ein wenig mehr Kraft über ihren Rücken.

»Wie nennt man das?« fragte Moss im Konversationston.

»Entspannungsmassage«, sagte die junge Frau, die Nina hieß.

Es wurde wieder still. Irgendwo knallte eine Tür, und im Radio lief noch immer P4, aber jetzt weiter entfernt.

»Ich habe Probleme mit dem Nacken«, sagte Moss.

»Ja, das haben viele Leute«, sagte die dünne Stimme. Dann zögerte sie etwas und fuhr fort: »Es könnte sein, daß Sie eigentlich eine richtige Behandlung brauchen, wissen Sie, medizinische Massage, aber das machen wir hier nicht.«

»Ach so«, sagte Moss. »Sie kennen nicht zufällig ein Mädchen, das Bente heißt?«

Die junge Frau mit Namen Nina hielt inne.

»Nein«, sagte sie.

»Ich hätte so gerne mit ihr geredet«, sagte Moss. »Ich hab gehört, sie soll hier arbeiten.«

Noch immer keine Fortsetzung der Massage.

»Wir sind ziemlich viele, und einige von uns arbeiten auch in Schichten«, sagte die Stimme schließlich. »Aber ich weiß nichts von einer Bente. Ich kann aber mal für Sie nachfragen. Sie sind jetzt fertig.«

Aha.

Moss blieb nichts anderes übrig, als wieder auf die Beine zu kommen. Sie stand im Bademantel da und fühlte sich klebrig und nach Lavendel stinkend, als Nina zurückkam. »Nein, hier gibt's keine, die so heißt«, sagte sie, begann die

Ölflaschen zu sortieren und das Papier wegzuwerfen, auf dem Margaret gelegen hatte.

Moss zuckte die Schultern. »Okay«, sagte sie. »Wo kann ich duschen?«

Das Mädchen blickte sie mit großen, dunkelblauen Augen an. »Wenn Sie aus dem Umkleideraum kommen, links«, sagte sie und zog ihren Pullover zurecht, der wieder hinuntergerutscht war.

Dann ging sie.

Der Duschraum war ganz in Ordnung, mit vier Duschen in jeweils einer eigenen Nische, die Wände und der Fußboden waren weiß gefliest. Moss zog den Bademantel aus, bevor sie sich unter eine der Duschen stellte. Sie mühte sich ein bißchen ab, bevor sie die richtige Temperatur eingestellt hatte. Dann nahm sie sich Seife aus einer Seifenschale an der Wand und dachte, daß Behälter mit Flüssigseife hygienischer wären als diese kleinen, glitschigen Seifenstücke, und sie drehte den Hahn auf, um das Wasser in Gang zu bekommen. Als sie sich schließlich umdrehte und die Augen öffnete, stand dort ein Mann.

Ein dicker, nackter Mann mit schwarzem Haar und Stielaugen. Er blickte sie direkt an, weder neugierig noch erschrocken, er sah sie nur an, bevor er quer durch den Raum ging und durch eine Tür auf der entgegengesetzten Seite verschwand.

»Was zum Teufel ...«, sagte Margaret laut, drehte die Dusche ab und schlüpfte in den Bademantel. Dann platschte sie barfuß in den Umkleideraum und beeilte sich so, die Kleider auf den noch nassen Körper zu ziehen, daß der Träger von ihrem schönsten Spitzenunterhemd abriß. Mit nassen Haaren und Mörderblick ging sie, den Bademantel über dem Arm, zur Rezeption.

Der Sender P4 war offenbar der Meinung, daß es Zeit für etwas Geräuschkulisse sei, und es erklang ein schmetternder Song in einer solchen Lautstärke, daß das blonde Mädchen hinter dem Tresen sie zuerst gar nicht bemerkte, doch dann hob sie den Blick von der Zeitschrift auf ihrem Schoß, stand auf und kam zum Tresen hinüber.

»Hören Sie«, sagte Margaret Moss so ruhig sie konnte. »Da ist doch tatsächlich ein Mann reingekommen, als ich gerade duschte!«

»O Mann, gerade neulich hab ich einen Zettel an die Tür gemacht, aber es gibt Leute, die sehen das einfach nicht«, sagte das Mädchen und kratzte sich mit einem langen Fingernagel im Haar. »Das macht dreihundert Kronen.«

Moss hätte nicht übel Lust gehabt, eine Menge zu sagen, doch sie hielt den Mund und holte das Geld heraus. »Arbeitet hier eine, die Bente heißt?« fragte sie nur. Es konnte nicht schaden, noch einmal nachzufragen.

»Nein«, antwortete die junge Frau und schob die Schublade zu, in der die Kasse lag. »Hier gibt's keine Bente.«

In diesem Moment öffnete sich die Tür hinter ihr, und ein Mann kam heraus. Nicht der Dicke von vorhin, dieser hier war groß und dünn und trug einen Anzug und einen großen Aktenordner. Er musterte Moss. Mit einem konzentrierten und langen Blick. Sie spürte, wie ihr die Hitze in die Wangen stieg, und ging schnell hinaus.

Erst auf der Straße merkte sie, wie wütend sie eigentlich war, erniedrigt und wütend, verdammte, schwarze Hölle! Wenn das mal nicht ein Massageinstitut von der ekligeren Sorte war! Warum zum Teufel hatte das Klappergestell hinter dem Tresen nicht gleich am Telefon abgesagt, als sie angerufen hatte, um einen Termin zu vereinbaren!

Moss, woher sollte sie wissen, daß du kein Bulle bist!

Korrekt.

Aber wie peinlich! Wie verdammt ... widerlich!

Sie spürte, wie Hitzewellen sie durchspülten, und mochte den Mantel nicht zuknöpfen. Voller Rachegedanken ging sie mit langen Schritten am Stadion vorbei und war schon längst in Pilestret, als sie sich endlich beruhigte.

Sie bog Richtung Westen ab, entdeckte im Parkvei eine Eckkneipe und bestellte sich ein großes Bier.

Sie trank es aus und bestellte sich noch eins.

Verdammt noch mal!

Splitterfasernackt hatte sie dagestanden, während jeder x-beliebige ... verdammt! Und dann der Blick, den ihr der Dicke mit den Stielaugen zugeworfen hatte! Dieser selbstverständlich taxierende Blick, der über ihren Körper geglitten war, er hatte wohl geglaubt, daß sie sich da gerade einen Job abwusch! Ihr Herz pochte so sehr, daß sie glaubte, bald einen Herzschlag bekommen zu müssen, sie streckte die Hand in die Luft, und die junge Kellnerin kam. »Haben Sie nichts Stärkeres?«

»Doch, natürlich«, sagte das Mädchen.

»Dann einen Gammeldansk. Und noch ein großes Bier.«

Eine halbe Stunde später hatte sie einen weiteren Gammeldansk getrunken, an ihrem letzten Pils nippte sie allerdings nur. Sie fühlte sich benebelt und abwesend, und ihre Oberlippe kribbelte.

Sie wurde allmählich betrunken.

Aufs Klo mußte sie auch, sie erhob sich und ging langsam und würdevoll auf die Damentoilette. Dort saß sie eine ganze Weile mit heruntergelassener Jeans und starrte auf die Toilettentür, in deren Lackierung jemand »Trude ist eine Hure« geritzt hatte. »Ja, ja«, sagte sie laut. »Wir werden immer mehr!«

Wieder im Lokal, ging sie zum Münzfernsprecher. Nachdem sie eine Weile gezögert hatte, fummelte sie ein Zehnkronenstück aus der Tasche und steckte es in den Apparat.

Sie wählte die Nummer, zuerst die falsche, doch dann traf sie die richtigen Tasten.

»Rud«, meldete sich eine Stimme am anderen Ende kurz angebunden, als die Münze durchgefallen war. Sie schluckte. »Hallo, also ... du könntest nicht mal eben in die Stadt kommen?«

Es wurde ganz still.

»Margaret?«

»Ja, ich bin im Lorry.«

Erneute Pause.

»Wir essen hier bald zu Abend«, sagte der Ritter der Landstraße schließlich. Pause. Dann: »Ist was passiert?«

»Natürlich, verdammt noch mal, warum sollte ich sonst anrufen!«

»Wirst du von jemandem verfolgt?«

Jetzt war Margaret an der Reihe zu schweigen, die Nase kribbelte auf eine Weise, die nur eins bedeuten konnte.

»Verfolgt dich jemand?«

Die Stimme am anderen Ende war jetzt leise, aber eindringlich. »Nein, schon gut«, sagte sie und merkte, daß ihre Stimme sich auf eine peinliche und entlarvende Weise überschlug. »Ich bin nur massiert worden!«

Na gut, dann kam er eben nicht.

Familienväter verließen nicht Frau und Kinder mitten beim Abendessen.

Sie müßte eigentlich auch etwas essen.

Gestern besoffen und heute besoffen – das war nicht gerade überzeugend, wenn man sich vorgenommen hatte, mit dem Trinken aufzuhören. Das Alter ego meldete sich plötzlich zu Wort: *Privatdetektivin Moss sah mit schmalem Blick vor sich. »Die anderen oder ich«, murmelte sie durch die Zähne.*

Wie murmelte man durch die Zähne? dachte Moss. Ach, diese alten Klischees, was war eigentlich mit ihnen passiert? Sie taugten zu gar nichts mehr.

Die alten Klischees sind ins Altersheim gekommen, sagte das Alter ego, das offenbar ebenfalls getrunken hatte. *Dort sitzen sie und erinnern sich nicht mehr daran, wer sie sind, und bekommen das Essen zerkleinert. Die alten Klischees leiden unter Inkontinenz und haben zittrige Hände, das ist es, was mit den alten Klischees passiert ist.*

»Ruhe da!« sagte Moss.

Sie bekam eine Speisekarte. Voller Selbstmitleid sah sie vor sich, was wohl die Familie auf Prinsdal aß, Mutter, Vater und zwei Töchter.

Fischstäbchen vermutlich, mit Tiefkühlgemüse, ach ja.

Sie starrte lange auf die Speisekarte, ohne sich entscheiden zu können. Die Kellnerin betrachtete geduldig ihre Nägel. »Haben Sie Fischstäbchen?« fragte Moss schließlich mürrisch.

»Nein«, sagte das Mädchen. »Aber wir haben Fish 'n' Chips.«

»Dann hätte ich das gerne«, sagte Moss.

Als das Essen zusammen mit einem Salat aus Chinakohl und Thousand-Islands-Dressing kam, sah es aus wie Fischstäbchen.

Es schmeckte ... wie hieß das noch?

Sortentypisch – und intensiv im Abgang.

5

Nice work if you can get it
and you can get it if you try.

Gershwin/Gershwin

Wie sie vermutet hatte, lag Vårsolsvingen in Manglerud. Margaret Moss manövrierte den alten Renault zwischen zwei Reihen geparkter Autos und fand sowohl die richtige Adresse als auch einen freien Parkplatz. Es war ein Tag nach dem Besuch in Bislett, und sie hatte Bente Bertelsen für eine Weile hinter sich gelassen.

Neue Horizonte, das war es, was sie brauchte.

Sie wußte nicht, auf wen sie am wütendsten war, auf Roland Rud oder sich selbst.

There's no trusting a man, sagte die theatralische Radiostimme in ihrem Kopf, mit einem unerwarteten englischen Akzent. *They are all playthings of their passion.*

»Aha«, sagte Moss laut. »Und wer war das jetzt? Shakespeare?«

Dickens war das, antwortete das Alter ego, bevor sie aus dem Renault stieg und die Tür zweimal hinter sich zuknallen mußte, ehe sie ins Schloß fiel.

Es war ein Mietsblock aus den frühen sechziger Jahren, drei Stockwerke, gut instand gehalten. Schneeglöckchen schauten an der Hauswand aus der Erde, und die Haustür war offenbar frisch gestrichen. Sie suchte sich durch die Reihe der Hausklingeln, doch bevor sie bei Kolbjørnsen angelangt war, wurde die Tür von innen geöffnet, und eine spitznäsige Alte tauchte auf. Sie ähnelte so sehr dem Bild der Hexe im Märchen, daß Margaret zusammenzuckte. Der

Kopf war zwischen den Schultern versunken, das dünne, gelblichweiße Haar war hinten zu einem strengen Knoten zusammengefaßt, und der Mund war wegen der fehlenden Zähne zusammengeschrumpft.

»Wo wollen Sie hin?« kreischte sie.

Margaret räusperte sich. »Zu Kolbjørnsen«, sagte sie.

»Aha, und was wollen Sie da?«

»Das geht Sie doch wohl eigentlich nichts an«, sagte Margaret und spürte, wie ihre Wangen zu glühen begannen.

»Mich geht alles hier im Haus was an«, sagte die Frau, und ein beinahe lautloses Lachen drang aus ihrer Mundöffnung.

Warum benutzte sie kein Gebiß?

Margaret Moss steckte die Hände in die Manteltaschen und schob sich nicht allzu behutsam vorbei. »Dritter Stock!« gellte es hinter ihr. »Und es gibt keinen Fahrstuhl!«

Moss seufzte und begann die Treppen hinaufzusteigen.

Er öffnete, sobald sie geklingelt hatte. Ohne Windjacke wirkten seine Schultern noch schiefer, der lange Hals verbreiterte sich sozusagen und trug ein grauweißes Nylonhemd und eine dunkelblaue Strickjacke, bis das Ganze unten in braunen Hausschuhen endete.

»Guten Tag«, sagte Margaret Moss. »Jemand hat mich unten hineingelassen. Eine alte zahnlose Frau.«

»Ach so, ja, das war wohl Frau Gundersen«, sagte Kolbjørnsen und trat zur Seite, um sie eintreten zu lassen. »Sie sagt, daß sie sich den Gaumen aufscheuert, wenn sie ein Gebiß trägt. Sie ist ganz harmlos, aber, wie soll ich sagen, etwas schroff. Ein einsames altes Weib, sie hat einen Sohn, der aber nicht viel wert ist, und ein einziges Interesse im Leben, nämlich mitzuverfolgen, was im Haus passiert. Ja, und dann hat sie, glaube ich, noch eine kleine Hütte oder so in Bjørkelangen. Früher war sie die Hälfte des Jahres dort, aber jetzt, wo sie so alt ist ...«

Er sprach nicht weiter, war offenbar fertig mit der Konversation und ging voraus ins Wohnzimmer, wo der Kaffeetisch gedeckt war, mit Tassen, Kuchentellern, Thermoskanne, silbernem Sahnekännchen und einem kleinen Glasteller mit gefüllten Keksen. Margaret setzte sich auf die Kante des mit beigem Velours bezogenen Ohrensessels, Kolbjørnsen ließ sich schwer aufs Sofa fallen.

»Es ist nämlich so«, sagte er und preßte die langen, gelblichweißen Hände im Schoß gegeneinander, »daß meine Mutter vor nicht allzu langer Zeit gestorben ist. Sie hat bis zum Schluß zu Hause gewohnt und mein Bruder und seine Frau im oberen Stock, sie haben täglich nach ihr gesehen. Der Ort liegt in einem kleinen Ort in Vestlandet, ein Stück südlich von Ålesund. Meine Mutter hat keinerlei Erbe hinterlassen. Wir waren da und haben ein paar Kleinigkeiten geholt, wissen Sie, alte Erinnerungen, aber sonst gab es nichts.«

»Aha«, sagte Margaret und fixierte die Kaffeekanne. Er folgte ihrem Blick, war aber offenbar so konzentriert dabei, seine Angelegenheit darzulegen, daß er nicht reagierte. Er verzog die Augenbrauen und fuhr fort: »Die Sache ist die, wir haben von anderer Seite erfahren, daß mein Bruder auf einmal Geld in die Hände bekommen hat. Viel Geld, heißt es. Es gibt keinen ersichtlichen Grund dafür, er hat nie einen richtigen Beruf gehabt, sondern mal hier, mal da gelebt, bis er sich schließlich zu Hause zur Ruhe gesetzt hat. Damals lebte mein Vater noch. Wir hatten eine Wiese unten am Fjord, und da baute er – also mein Bruder – irgendwann in den siebziger Jahren ein paar Campinghütten. Keine große Sache, nur zehn bis zwölf Campinghütten unten am Fähranleger.«

Es wurde still.

Endlich richtete er seinen Blick auf die Thermoskanne, schraubte den Deckel auf und schenkte sich und Margaret ein. Eine halbe Tasse für jeden. Dann schob er den Teller mit den Keksen etwas näher zu ihr, bevor er sich lange und umständlich räusperte und wieder ansetzte.

»Wir sehen einfach keinen Grund für das viele Geld. Wir würden gerne ein bißchen mehr darüber wissen. Ob er irgendwas bei der Bank eingezahlt hat, zum Beispiel.«

»Glauben Sie, daß Ihre Mutter doch etwas hinterlassen hat?«

»Das ist es ja«, sagte er und rieb mit den Händen über die Knie, als hätte er dort Schmerzen, »genau das haben wir uns auch überlegt. Es gab kein Testament, das haben wir schon abgeklärt, aber sie kann irgendwo ein paar hübsche Sümmchen versteckt haben, alte Leute machen ja so was. Mein Bruder leugnet das, und ich will ihn nicht bedrängen, bevor ich nicht mehr weiß.«

»Wäre es nicht einfacher, wenn Sie selbst hinreisten und sich erkundigten?« sagte Moss, die spürte, wie sich seine umständliche Redeweise auf sie übertrug. »Sie kennen ja die Verhältnisse und die Menschen dort.«

»Genau das geht nicht«, sagte Kolbjørnsen und erhob sich. »Der Ort ist sehr klein. Es würde Gerüchte geben.«

Er ging zur Tür und verschwand im Flur.

Margaret sah sich um. Das Wohnzimmer war geprägt von der Angewohnheit älterer Menschen, Dinge anzuhäufen, sogar die Wände waren so voller gerahmter Fotografien, daß die Tapete kaum zu sehen war. Sie erhob sich halbwegs und betrachtete die Bilder, die am nächsten hingen. »Das Heilige Land, 1972« stand mit spitzer Schrift darunter. Daneben war eine ganze Gruppe von Damen und Herren mittleren Alters auf einer Verandatreppe abgebildet, Moss erkannte überrascht den stellvertretenden Vorsitzenden der Christdemokraten, natürlich saß er auch hier im rechten Flügel und sah so selbstgefällig aus wie immer. Das eckige Gesicht mit den buschigen Augenbrauen war ihr aus Fernsehen und Zeitungen wohlbekannt, insbesondere dann, wenn es um Abtreibung und Homosexuelle ging, aha, sie waren offenbar Anhänger von Dombestein.

Im Flur waren Schritte zu hören, sie zuckte zusammen und griff schuldbewußt nach der Kaffeetasse.

Kolbjørnsen kam wieder herein. Hinter ihm trippelte eine kleine, gebrechliche Dame. Margaret Moss dachte, es sei seine Frau, doch er trat beiseite, wies auf sie und sagte: »Das ist meine Schwester Marta.«

Marta Kolbjørnsen trug einen grauen Plisseerock und ein rosa Twinset. Ein Haarnetz war sorgfältig über die steifen, weißen Locken gezogen. Die Nase war so krumm wie die ihres Bruders, aber Frau Kolbjørnsen mußte früher einmal schön gewesen sein.

Jetzt sah sie in erster Linie gekränkt aus. Margaret dachte bei sich, daß das ein passender Gesichtsausdruck für eine alte Schönheit war, die mit ihrem Bruder in Manglerud gelandet war, aber es stellte sich heraus, daß sie ganz andere Dinge beschäftigten.

»Er ist ein gottloser Mensch«, sagte sie und setzte sich sofort aufs Sofa, daß die Federn quietschten. »Und seine Frau ist um keinen Deut besser!«

Der Vestlandsdialekt hatte bei ihr besser überwintert als bei ihrem Bruder.

Die Stimme war dünn und hitzig wie das Summen von Bienen: »Wir wollen unser Geld!« sagte sie und sah Moss eindringlich an. »Das ist es, was wir wollen. Was nicht unser ist, wollen wir niemandem nehmen, aber wenn es uns gehört, möchten wir es auch haben!«

»Ach so«, sagte Moss und räusperte sich.

»Es ist ja nicht so«, sagte Kolbjørnsen rasch und versuchte offenbar zu vermitteln, »es ist ja gar nicht so, daß wir auf großem Fuß leben. Das wollen wir auch gar nicht, aber es gibt da Sachen, die wir unterstützen wollen.«

»Eine Sache«, verbesserte seine Schwester schnell.

»Ja, ja, vor allem eine Sache«, sagte der Bruder. Dann räusperte er sich und sagte: »Sie haben vielleicht noch nichts vom Bruderkreis gehört?«

»Nein«, sagte Moss.

»Gut«, sagte Kolbjørnsen, und dann erzählte er ihr vom Bruderkreis.

Der Bruderkreis war eine wohltätige christliche Organisation mit einer eigenen Zeitung (er zeigte ihr ein Käseblatt von vier A5-Seiten) und einem Versammlungsraum in Sagene. Ein Ferienheim hatten sie auch, auf Nøtterøy. Dort nahmen sie unter anderem unverheiratete Mütter auf. Das Problem war natürlich, genug Geld zusammenzubekommen, um das Ganze zu betreiben. Vor allem das Ferienheim schluckte Geld, aber auch die Evangelisation in den Städten, etwas, das sie als ganz zentral ansahen.

»Sie sind wie die Lilien auf dem Felde«, sagte Marta Kolbjørnsen.

Moss warf ihr einen Blick zu.

»Die jungen Mädchen«, fuhr sie fort. »Sie spinnen nicht, sie weben nicht, und dennoch nimmt sich Gott ihrer an.«

Moss dachte, daß es in dem Fall wohl eher der Bruderkreis war, der sich um sie kümmerte, aber sie sagte nichts.

»Wir leben in einer weltlichen Zeit«, sagte Kolbjørnsen und legte die langen, gelblichen Hände übereinander. »Heute spenden nicht mehr so viele für die Sache wie früher.«

Dann richtete er sich auf und sah sie eindringlich an. »Es gibt einen großen Bedarf an Mitteln für den Bruderkreis, und wenn Marta und mir auf unrechtmäßige Weise bedeutende Summen vorenthalten worden sind, können wir uns damit nicht abfinden. Das verstehen Sie sicher.«

Doch, Moss verstand das. Sie war gleichzeitig sehr froh darüber, daß sie keine hilfebedürftige unverheiratete Mutter war und deshalb auch nicht riskierte, im Ferienheim von Didrik Dombestein zu landen.

Als sie endlich das Haus verließ, hatte sie versprochen hinzufahren, allerdings erst kurz vor den Sommerferien. Das war Kolbjørnsens Wunsch gewesen, denn davor würde jeder Fremde in dem kleinen Ort auffallen, meinte er. Es würde reichen, wenn sie im Juni hinführe, da wimmelte es von Touristen am Verkehrsknotenpunkt auf der Fährstrecke zwischen Geiranger und Ålesund.

Das paßte Moss ziemlich schlecht.

Sie hatte geglaubt, eine kurze Reise dorthin machen und die ganze Sache schnell abschließen zu können, da sie in der Angelegenheit Bente Bertelsen noch immer im trüben fischte.

Und daß ein bißchen Geld hereinkommen würde.

Vor dem Mietshaus war Frau Gundersen damit beschäftigt, den Hauseingang zu fegen. Mit dem langen Besen in der Hand sah sie mehr denn je aus wie eine Hexe. Sie hörte sofort mit der Arbeit auf, als sie Margaret sah, die sich wünschte, daß Frau Gundersen nicht zu alt wäre, um auf ihrer Hütte in Bjørkelangen zu wohnen. Sie hatte für heute genug von alten Sonderlingen.

»Na?« sagte Frau Gundersen und blickte zu ihr hoch. »Ist die Sekte mal wieder unterwegs?«

Moss schüttelte den Kopf und versuchte vorbeizukommen, aber Frau Gundersen war kein Mensch, der jemanden ohne weiteres vorbeiließ.

»Kolbjørnsens kriegen nur wenig Besuch«, sagte sie im Konversationston und starrte Moss neugierig ins Gesicht. Zwei lange Haare sprießten am Kinn und leuchteten regelrecht in der Frühlingssonne. Ein graugrünes altes Auto wollte gerade in zweiter Reihe neben dem Renault parken, und Moss hob die Hand, legte sie der Hexe auf die Schulter und schob sie beiseite.

»Ich bin Detektivin«, sagte sie mitten in das zahnlose Grinsen hinein. Sie ging zum Renault, schickte dem Mann im graugrünen Wagen einen so wütenden Blick zu, daß er sofort rückwärts fuhr, setzte sich in ihr Auto und knallte die Tür zu.

Als sie um die Ecke fuhr, sah sie in den Rückspiegel. Das kleine alte Weib stand mit dem Besen in der Hand neben dem Auto. Sie starrte dem Renault hinterher.

»Dir hab ich's aber gezeigt!« sagte Moss laut und zufrieden, schaltete in den zweiten Gang und nahm Kurs auf die Stadt.

6

My baby even left me,
never said a word.

Crudup

Es war ein kalter und grauer Frühling.

Die Krokusse steckten gerade ihre Köpfe hoch und breiteten zwischen den Frostnächten ihre Kronblätter aus. Maisens Kater schrie im Morgengrauen unter den Apfelbäumen.

Margaret Moss fiel es schwer, das Mädchen im Meer zu vergessen.

Wer war sie gewesen?

Eines Tages rief sie im Polizeipräsidium an und fragte nach ihrem alten Freund Charlie, aber es stellte sich heraus, daß er gerade auf einer Fortbildung in Stavanger war. Sie trommelte auf der Tischplatte und fragte sich, ob sie sich zu Inspektor Averøy durchstellen lassen sollte, entschied sich jedoch dafür, keine schlafenden Hunde zu wecken. Wenn Ansgar Averøy erst einmal der Meinung war, daß Margaret Moss etwas mit im Meer treibenden Wasserleichen zu tun hatte, würde sie bis Weihnachten keine Ruhe mehr haben.

Sie dachte an Bente Bertelsen und an das Mädchen, das auf der niedrigen Treppe in Dronningens gate gesessen hatte, das Mädchen mit den Herpesbläschen und der Blasenentzündung.

Sie dachte an Karen.

Sie waren so zart, solche Mädchenkörper.

Es war so wenig nötig, um sie zu zerbrechen.

Und wer weiß, wie gut die Nahrungsreserve war, die man dem eigenen Mädchen mit auf den Weg hatte geben können.

»Du frierst doch wohl nicht?« fragte Moss ihre Tochter, als sie eines Tages überraschend vom Kindergarten aus anrief.

»Nein, sie haben mir einen Overall gekauft. Aber meine Doc Martens sind durchgelaufen, das merke ich jetzt, wo ich fast den ganzen Tag draußen bin. Du kannst mir nicht zufällig was leihen für neue?«

»Ich bezahle sie dir«, sagte Moss.

»Kannst du dir das denn leisten?«

»Klar«, sagte Moss großzügig, obwohl sie nicht einmal wußte, ob ihr Konto überhaupt gedeckt war. »Und wie geht's dir sonst?«

»Ach, ganz gut«, sagte Karen und klang ein bißchen abweisend.

»Was macht ihr denn so? Du und Vokter?«

»Alles mögliche.«

»Weißt du, das soll kein Verhör sein«, sagte Moss plötzlich resigniert. »Ich treibe nur Konversation. Wollte wissen, wie's dir geht und so.«

»Na ja«, sagte Karen gedehnt. »Vokter arbeitet ziemlich viel. Also, es ist keine richtige Arbeit, aber immerhin. Er ist viel unterwegs.«

»Unterwegs?«

»Mama!«

»Hör mal, es sieht dir gar nicht ähnlich, so wortkarg zu sein, verdammt noch mal!« Es gelang Moss nicht, den freundlichen Ton aufrechtzuerhalten. »Da bist du dein Leben lang einigermaßen gesprächig gewesen, um nicht zu sagen geschwätzig, und dann ist plötzlich Schluß! Da ist es doch kein Wunder, wenn ich anfange, mir Gedanken zu machen, was da los ist!«

Schweigen in der Leitung.

»Könnte ich ...«, setzte Margaret an, inzwischen ziemlich desperat. »Könnte ich vielleicht mal bei dir vorbeikommen? Sehen, wie's dir so geht? Damit ich mich vielleicht beruhige? Heutzutage geschehen so viele komische Dinge!«

Wieder Stille, dann schließlich Karens zögernde Stimme. »Doch. Klar kannst du mal vorbeikommen.«

Als der Renault am nächsten Tag über Galgeberg in Richtung Altstadt ratterte, dachte Moss, daß sie viel zu sehr zuließ, wie ihre Beziehung zu Karen von Bente Bertelsens Verschwinden geprägt wurde. Das Kind wollte nur seine Ruhe, Karen hatte den großen Sprung weg von zu Hause geschafft, und man wußte ja, wie sich das anfühlte: Wenn das Band erst einmal zerrissen war, fiel es erstaunlich leicht, nicht mehr zu Hause anzurufen. Es war sogar geradezu unangenehm, das zu tun. Es riß etwas auf, zerstörte, löste Schuldgefühle aus.

Ach!

Sie plazierte den Wagen mit großer Mühe in einer Parklücke und blickte zu dem Haus hinauf, in dem Karen wohnte.

Verfallen und häßlich. Gesims, das aussah, als würde es jeden Moment herabfallen, was es teilweise offenbar schon getan hatte.

Im gesamten Erdgeschoß hatten die Bewohner die Fenster mit Pappe oder aufgespanntem Stoff verhängt, eine Scheibe war zerbrochen und durch Plastik ersetzt, das sich in der Zugluft leicht beulte. Irgendwo baumelte ein Papagei aus Filz, anderswo hatte jemand von innen Plakate an die Fenster geklebt, die für Konzerte einer Gruppe warben, die sich *Inhalers* nannte, und etwas weiter weg hing *Abnormal*, ah ja. Sie fand den Namen ihrer Tochter zwischen diversen anderen und drückte auf die Klingel.

Eine freundliche, aber reservierte Karen mit einem langen, gestreiften Wollpullover, verwaschenen Jeans und Filzpantoffeln kam herunter, um zu öffnen.

Karen und Vokter bewohnten ein großes Eckzimmer am Ende eines langen Korridors im zweiten Stockwerk. Ein schnittiges Mountainbike lehnte an der Wand, es wimmelte nur so von Joggingschuhen und Stiefeln in allen Größen und

Modellen, irgendwoher erklang Musik, etwas Unbestimmtes und Technoartiges.

Margaret sah sich um, bei Karen war es erstaunlich aufgeräumt, das mußte an Vokter liegen, nicht an ihr. Ein Schreibtisch mit akkuraten Stapeln von Büchern und Papier, auf dem Fußboden ein Bett aus zwei Matratzen, bedeckt mit einer alten Häkeldecke, ein Sofa aus der schlimmsten Teakperiode mit einem Bezug wie Lungenhaschee, und in die Armlehnen waren kleine, amöbenförmige Holzplatten eingelassen. Ein runder Tisch mit Glasplatte, den Karen vom Dachboden in Smestad mitgenommen hatte. Außerdem gab es noch zwei Sessel, die ganz offensichtlich von zwei verschiedenen Möbelfuhren stammten und den Eindruck eines »Blind date« der Möbelstücke erweckten: *Sie* war klein und mit hellgrauem Bouclee bezogen, *er* groß und stämmig und aus der ersten IKEA-Periode – unappetitlich gelbes Kiefernholz mit zerschlissenen Wollkissen.

Grünpflanzen auf dem Fensterbrett.

»Ist es nicht schön hier?« fragte Karen und sah sich um.

»Doch«, sagte Margaret und setzte sich auf den gelben Sessel. Er erinnerte sie an die Zeit, als sie Schauspielschülerin am Nationaltheater in Bergen gewesen war.

Bad vibes.

Dann redeten sie. Lockerer Small talk, Margaret dachte sich, sie müsse jetzt behutsam vorgehen, es erinnerte sie daran, wie wenn man eine Katze hervorlockt; man sitzt eine halbe Ewigkeit in der Hocke und sagt *miezmiezmiez.* Aber es war ihr auf einmal wichtig herauszufinden, was Vokter (und vielleicht auch Karen) so trieben.

Was sie erfuhr, war, daß Vokter selten zu Hause war. Und daß Karen sich manchmal einsam fühlte. Ganz so hatte sie es sich nicht vorgestellt, als sie zu ihm gezogen war.

»Aber das war natürlich mein eigener Fehler, Mama!«

Karen sah sie mit entschlossener Miene an. »Auch als ich ihn kennenlernte, war er fast nie zu Hause«, sagte sie. Dann wechselte ihr Gesichtsausdruck, und sie blickte auf ihre

Hände. »Aber ich hatte wohl geglaubt, er würde öfter hiersein, wenn ich herziehe.«

Sie richtete sich auf und fügte hinzu: »Aber das ist er nicht, und ich bin sehr müde, wenn ich den ganzen Tag im Kindergarten gewesen bin, insofern ist es schon okay für mich!«

Margaret Moss betrachtete ihre Tochter.

Sie wurde allmählich erwachsen. Moss hätte erleichtert sein müssen, aber ihr war eher traurig zumute. Es ist bekanntermaßen keine ungetrübte Freude, erwachsen zu sein. Und irgend etwas in Karens Gesicht zeigte, daß sie bedrückt war, daß es etwas gab, womit sie nicht herausrücken wollte. Irgendein Kummer. Eine Anspannung über den Wangenknochen, etwas Dunkles unter den Augen.

Was zum Teufel trieben sie eigentlich?

Karen ging hinaus, um Tee zu kochen, und Moss sah sich in dem hellen Zimmer um.

Die Tapeten an den Wänden waren häßlich und voller Risse, aber es waren Plakate angebracht, die das Schlimmste überdeckten. Es gab keinerlei Hinweise über Vokter als Person. Er war offenbar ordentlich. Das waren ehemalige Knastbrüder allerdings auch.

»Ich hatte gehofft, Vokter zu treffen«, meinte sie versuchsweise, als Karen zurückgekommen war.

»Er ist unterwegs«, sagte Karen und sah zur Seite.

»Mit dem Hund?«

»Nein, Vebjørn ist hier.« Karen erhob sich, offensichtlich erleichtert über den Wechsel des Gesprächsthemas. Sie ging zur Tür und öffnete sie. »Vebjørn?« lockte sie. Auf dem Flur war das Geräusch von Tatzen auf glattem Fußboden zu hören, dann steckte der Hund den Kopf ins Zimmer und sah sich um. »Bei Fuß«, sagte Karen. »Bei Fuß!«

Vebjørn war ein großer Hund. Er sah aus wie ein wenig Deutscher Vorstehhund und ein wenig Golden Retriever plus einem zusätzlichen Einschlag von etwas Großem, denn Vebjørn hatte etwas wie von einem zotteligen Bären, als er über den Boden trottete und seine Schnauze zwischen Karens Knie preßte.

»Das macht er immer«, sagte Karen und streichelte das borstige Fell. »Vokter meint, der Hund hat eine harte Jugend hinter sich. Er hatte vor allem möglichen Angst, als Vokter ihn fand. Ich glaube, er fühlt sich geborgen, wenn er so dasteht.«

Der Hund stand ganz still da mit dem Kopf zwischen ihren Knien. Der Schwanz wedelte sachte hin und her.

Da knallte eine Tür, und im Flur redete jemand. Karen hörte auf, den Hund zu streicheln, und blickte Richtung Tür. Moss bemerkte, daß sie angespannt aussah.

Dann kam jemand herein.

Es war Vokter. Er stellte eine große Nylontasche auf den Boden und zuckte sichtlich zusammen, als er Margaret sah. Dann hob er die Hand und lächelte, breit und charmant. »Hallo!«

Von Karen erklang ein hörbarer Seufzer, als sei sie plötzlich erleichtert, dann lächelte sie ebenfalls und sagte: »Hallo! Wir haben Besuch!«

Auch Margaret versuchte sich an einem Lächeln. »Na, unterwegs gewesen?«

Er nickte. Strich sich über den kahlgeschorenen Kopf. Dann setzte er sich auf den Schreibtischstuhl, drehte ihn so, daß er Auge in Auge mit Margaret saß, und lächelte wieder. Er sah aus wie der Traum einer jeden Schwiegermutter, und wenn er dann noch etwas mehr Haare gehabt hätte ...

»Ich hab mich ein bißchen verspätet«, sagte er. »Der Zug hat eine Ewigkeit zwischen Sande und Holmestrand gestanden. Ich weiß nicht, wieso. Hast du schon gegessen, Karen? Ich bin verdammt hungrig.«

»Es gibt Suppe in der Küche«, sagte Karen. »Aber die ist jetzt wohl kalt.«

»Ich mach sie mir heiß«, sagte er, stand auf und ging hinaus.

Karen warf ihrer Mutter einen Blick zu. »Er hat überall

da unten Freunde und Familie«, sagte sie rasch. »Sandefjord und Horten und Tønsberg und so. Er ist ja arbeitslos, er hat Zeit, und da fährt er eben hin, um sie zu besuchen. Ab und zu nimmt er da auch einen Job an. Das ist doch nicht so komisch, oder?«

»Nein, nein«, sagte Moss.

Karen erhob sich halbwegs. »Vokter?« rief sie. »Es gibt frisches Brot in ... ach, er hört mich nicht.«

Sie stand auf und verschwand nach draußen.

Margaret erhob sich ebenfalls, war mit einem großen Schritt drüben bei der schwarzen Nylontasche, die offen war, und sah hinein.

Ein Wollpulli. Ein Taschenbuch. Ein Discman. Eine zusammengerollte ›Verdens gang‹. Ein Taschenkalender.

Sie hörte, wie Karen und Vokter in der Küche miteinander redeten.

Blitzschnell öffnete sie den Taschenkalender.

»Vokter«, stand da in schiefer Schrift und darunter in Druckbuchstaben »Vebjørn Valseth, Budalsveien 7, Nøtterøy«. Mehrere zusammengefaltete Zeitungsausschnitte lagen darin, sie traute sich nicht, sie auszubreiten, hier und da war etwas unterstrichen – »... und vertritt die Ansicht, daß die Abtreibung gegen das biblische Wort und Gottes Auffassung vom Sinn des Lebens verstößt ...«, las sie, traute sich jedoch nicht weiterzulesen, sondern steckte den Kalender wieder zwischen den Pullover und die Zeitung.

Karen konnte doch wohl nicht schwanger sein!

Als die Tochter hereinkam, saß Moss in dem gelben Sessel und wippte mit ihrer Teetasse.

»Ich bin froh, daß ich dich besucht habe«, sagte sie in so natürlichem Tonfall wie möglich. »Es ist hier viel schöner, als ich gedacht hatte. Das Haus ist von außen so verfallen, aber hier drinnen ist es ja richtig gemütlich.«

Karen schien erfreut.

»Willst du auch Suppe?«

»Nein danke«, sagte Moss.

Sie fuhr mit einem unangenehmen Gefühl im Magen nach Hause.

Der Gedanke, daß Vokter mehr Dinge trieb, als sie erfahren durfte, und daß Karen offenbar davon wußte und sich Sorgen machte, plagte sie.

Karen konnte nicht schwanger sein, das hätte sie ihr erzählt. Sie hatte früher schon einmal so etwas befürchtet und hatte freiwillig mit ihr darüber gesprochen.

Im nachhinein allerdings, als die Gefahr vorüber war.

Es mußte etwas anderes sein, oder?

Was sie zu Karen gesagt hatte, nämlich daß sie jetzt beruhigt sei, entsprach nicht der Wahrheit, ganz im Gegenteil. Irgend etwas war da im Gesicht dieses kahlgeschorenen Jungen mit den blauen Augen, eine Verschlossenheit, die nicht zu seinem ansonsten so zuvorkommenden und freundlichen Ton paßte.

Sie hatte das Gefühl, als sei er nett zu Karens Mutter gewesen, damit sie sich nicht einmischte.

In was denn einmischte, Moss?

Sie würgte den Motor an der Smestadkreuzung ab, fluchte und startete den Renault noch einmal, dann schlich sie die Hügel hinauf, begleitet vom lautstarken Protest des Wagens.

Als sie nach Hause kam, lagen vier Rechnungen in ihrem Briefkasten sowie ein gelber Briefumschlag ohne Absender. Sie brachte es nicht fertig, die Rechnungen zu öffnen. Sie hatte ohnehin kein Geld, um sie zu begleichen, legte sie zuoberst auf den Stapel, der sich auf der Kommode im Flur angehäuft hatte, und öffnete den gelben Umschlag.

Dann ging sie noch im Mantel ins Wohnzimmer und setzte sich jäh hin.

Sie hatte einen anonymen Brief bekommen.

7

Sometimes it's hard to be a woman
givin' all your love to just one man.

Shemil/Wynette

Margaret Moss saß auf dem Balkon, eingewickelt in eine Wolldecke. Eine zögerliche Sonne bahnte sich ihren Weg, es war Anfang Mai und noch immer nicht über acht Grad im Schatten.

Sie trank Rotwein.

Hatte eine halb vergessene Flasche ganz hinten im Schrank gefunden, sie bekam zwar juckenden Ausschlag von Rotwein, but what the hell.

Anonyme Briefe bekam man schließlich nicht alle Tage.

Misch dich nicht in anderer Leute Angelegenheiten ein, wenn du weißt, was am besten für dich ist, hatte in dem Brief gestanden, mit ausgeschnittenen Buchstaben aus irgend etwas, das aussah wie die Zeitung ›Verdens gang‹. Der reinste Fernsehkrimi.

Gestern war sie so erledigt gewesen, daß sie nicht mehr hatte denken können. Sie hatte lediglich Bertelsen angerufen und gefragt, ob er etwas Neues von Bente gehört habe, aber das hatte er nicht.

Sich in die Angelegenheiten anderer Leute einmischen, verdammt, davon lebte sie schließlich!

Sie seufzte und betrachtete das Glas, das sie in der Hand hielt. Es war geschliffen, dünnwandig und schön, ein Erbstück aus dem Rechtsanwaltshaus in Fredrikstad, gedacht für Damasttischtücher, Tafelaufsätze aus Silber und Reden für König und Vaterland. Sie nahm einen Schluck Rotwein und schnitt eine Grimasse. Der Wein war eiskalt und für ihren Geschmack zu trocken, beinahe sauer. Sie beugte sich vor und griff nach der Flasche, sah aufs Etikett.

Hermitage Cuvée Marquise de la Tourette 1991.

Alle Achtung, das mußte ein Geschenk von irgend jemandem gewesen sein. Na ja, wenn er nur wirkte, dann war ihr der Rest egal. Allerdings würde sie wohl den Juckreiz aushalten müssen, nach der ätzenden Säure kam das süße Jukken, nein, das war ja Schwachsinn, obwohl sie jetzt vermutlich am ehesten das Tourette-Syndrom bekommen würde. Sie lachte zufrieden über ihren eigenen Witz, als sie etwas sah, das sie sofort innehalten und das Glas zurückstellen ließ. Ihre Tante, die sich wegen ihrer kaputten Knie selten hinauswagte, kam den Gartenweg herauf, und zwar auf eine Art und Weise, die sich nur als »volle Fahrt voraus« charakterisieren ließ. Bevor Margaret sich aus der Wolldecke gepellt hatte und ins Haus gegangen war, klingelte es schon unten an der Haustür.

Sie lief die Treppe hinunter und öffnete.

»Was ist?« fragte sie. »Hast du deinen Schlüssel verloren? Und warum hast du dich so beeilt?«

Die Tante wankte hinein und hielt sich an Margaret fest. »Er hat mich beinahe gekriegt«, sagte sie und atmete dünn und pfeifend. »Unten beim Geschäft. Das Wetter war so schön. Ich hab mir gedacht, ich gehe mal ein bißchen an die frische Luft. Einkaufen. Jetzt, wo es draußen nicht mehr glatt ist.«

»Komm rein und setz dich«, sagte Margaret beunruhigt. Maisen pflegte damit zu prahlen, sie hätte ein schwaches Herz, etwas, worauf sich Margaret nicht zu verlassen pflegte, aber man konnte ja nie wissen. Alt genug dafür war sie ja. Margaret schob die Tante ins Wohnzimmer und suchte in ihrem Buffet, bis sie die Flasche gefunden hatte, von der Maisen glaubte, sie so gut versteckt zu haben – vor sich selbst und vor anderen. Sie schenkte ein Glas randvoll und ging zurück zur Tante ins Wohnzimmer, die ihren Mantel ausgezogen hatte und zurückgelehnt mit geschlossenen Augen dasaß.

»Er ist mitten aus dem Nichts gekommen«, sagte sie. Dann richtete sie sich auf und nahm das Glas in Empfang.

»Was für ein ›er‹?«

»Der Volvomann.«

»Was meinst du? Welcher Mann, und weißt du überhaupt, wie ein Volvo aussieht?«

»Du vergißt, daß mein Mann Autoimporteur war«, antwortete Maisen würdevoll und nahm einen Schluck. »Es war ein Volvo Amazon. Hellgrün. Vermutlich hat er vor dem Geschäft geparkt und gewartet, denn als ich auf den Bürgersteig kam, war er einfach da, ganz plötzlich.«

»Was hat er denn getan?« fragte Margaret, die sich Sorgen machte und gleichzeitig ungeduldig war.

»Er hat mich angeguckt«, sagte Maisen, und ihre Augen waren wäßrigfeucht und rot, als sie zu ihrer Nichte hochsah. »Angestarrt. Ich wollte schnell vorbeigehen, da hat er sich aus dem Fenster gelehnt und gesagt, ich solle aufpassen. ›Es ist schnell passiert, daß man sich einen Oberschenkelhalsbruch holt und liegenbleibt, Frau Pedersen. Grüßen Sie übrigens Ihre Nichte!‹ Genau das hat er gesagt. Dann hat er mit der Zunge geschnalzt und gelacht!«

»Wie sah er aus?« fragte Margaret.

»Na ja«, antwortete die Tante und leerte das Glas. »Er war stämmig und sah ... ein bißchen aus wie ein Frosch. Goldkettchen um den Hals. Wie kann er gewußt haben, wer ich bin?«

Margaret antwortete mit einem Zwischending aus Kopfschütteln und Schulterzucken, wobei sie gleichzeitig versuchte, ruhig und entspannt auszusehen. Falls jemand genauer hingesehen hätte, hätte er gemerkt, wie unmöglich das war. »Hat er noch etwas gesagt?« fragte sie.

»Nein«, sagte die Tante. »Aber er ist auch nicht einfach davongefahren. Ich hatte das eindeutige Gefühl, daß er mich mit dem Auto verfolgt, ich hab ja nicht gewagt, mich umzudrehen. Den ganzen Weg bergauf, Herrgott, ich hätte einen Herzschlag kriegen können, wo ich es doch nicht vertrage, so schnell zu gehen!«

Als Margaret in ihre eigene Wohnung kam, setzte sie sich aufs Sofa, um nachzudenken.

Was hatte sie in letzter Zeit bloß angestellt, das sie für anonyme Drohbriefe und die Überwachung durch Männer in Volvos qualifizierte?

Sie war beim Taxischein durchgefallen. Das war zwar unpraktisch und peinlich, aber nichts, was irgendwelche kriminellen Elemente interessieren könnte.

Eine Leiche hatte sie gefunden, richtig. Aber sie hatte nicht erfahren, wer es war, und im Polizeipräsidium hatte man sie gehen lassen, nachdem sie ihre Aussage gemacht hatte. Dann hatte sie nach Bente Bertelsen gesucht, aber ohne Erfolg. Sie hatte ein Massageinstitut besucht, das offenbar ein getarntes Bordell war, gut, aber davon gab es doch eine Menge, und wenn irgendwelche Männer in Volvos alle diejenigen verfolgen wollten, die sich dorthin verirrten, dann hatten sie einiges zu tun. Dann war da noch das Geschwisterpaar Kolbjørnsen in Manglerud. Eine dumme Erbschaftsangelegenheit, die unmöglich der Grund für die organisierten Einschüchterungsversuche sein konnte. Denn daß Margaret Moss eingeschüchtert werden sollte, dessen war sie sich sicher. Irgend jemand hatte mit Bedacht eine der wenigen Personen ausgewählt, die ihr viel bedeutete und die am wenigsten imstande war, sich zu verteidigen: ihre alte Tante.

Hatte sie möglicherweise etwas übersehen?

Sie schlug schnell und wütend mit der Handfläche auf den Tisch. Das geschliffene Glas wackelte und kippte beinahe um, sie rettete es und trank schnell einen Schluck. Dann erhob sie sich entschlossen und ging hinaus in die Küche, ließ warmes Wasser in das Litermaß laufen und stellte die Rotweinflasche hinein.

Das hätten die Jungs von den Weinkolumnen in der Zeitung sehen sollen, sie wären gestorben.

Sie trommelte mit den Fingern auf der Arbeitsfläche. Vielleicht war es an der Zeit für einen neuen Besuch in Bislett. Aber was sollte sie in der Zwischenzeit mit der Tante machen? Hier konnte ja offenbar alles passieren. Es war außerdem wenig wahrscheinlich, daß bei einem neuen Massagetermin mehr herauskommen würde als ein steifer Nacken und Öl im Haar.

Sie kaute eine ganze Weile auf der Innenseite ihrer Unterlippe herum. Dann faßte sie einen Entschluß. Sie überhörte ein paar sarkastische und schoflige Kommentare des Alter ego und wählte die Mobiltelefonnummer von Roland Rud. Sie sprach ein stilles Gebet, daß der schwere Lastzug nicht mit geöffneten Türen in der Nachmittagssonne in Prinsdal auf dem Hof stand, während Roland ihn wusch und seine Frau auf dem Fahrersitz Kaffee trank.

Es dauerte lange, aber endlich ertönte seine Stimme, fern und voller atmosphärischer Störungen und Unterbrechungen.

»Wo bist du!« rief Moss, um durch die Geräusche hindurch gehört zu werden. »In der Türkei oder so?«

»Ganz in der Nähe von ...nefoss«, sagte die Stimme. »Ich bin ... Weg nach Hause aus ... landet. Bin heute ... ldres gekommen, hat geregnet ... Sau. Was willst ... denn?«

»Ich will, daß du in den Puff gehst«, sagte Moss und biß den letzten Hautfetzen von der Innenseite ihrer Wange.

Als der Abend kam, saß sie noch immer auf dem Sofa. Sie hatte den Rotwein ausgetrunken, war aber mit den Gedanken nicht weitergekommen.

Roland hatte zumindest nicht direkt nein gesagt, sie hatten eine Art Verabredung getroffen.

Gezögert hatte er natürlich, aber das tat der Mann aus den großen Wäldern ja immer.

Mistkerl.

Was war das eigentlich für ein Freund!

Sie blieb lange sitzen und dachte an den Mistkerl, der kein Freund war. Warum nur brachte sie es nicht fertig, ihn aus ihrem Blutkreislauf zu verbannen?

Schlechtes Abwehrsystem. Sie sollte Lebertran einnehmen.

Sie stand auf und wühlte ausgeleierte Kassetten hervor, die sie eigentlich nie mehr hörte. Dann steckte sie eine nach der anderen in den Kassettenrecorder und spielte den ganzen Herzschmerz ab, bis Tante Maisen hochkam und sich erkundigte, ob ihr schlecht sei.

»Schlecht?« Moss starrte die Tante an, die etwas verschwommen in der Türöffnung stand, aber das konnte auch daran liegen, daß Moss jetzt mit Wodka begonnen hatte.

»Irgendwie *klagst* du so«, sagte die Tante. »So ... u-u-u-uh!«

»Früher hieß es Hillbilly oder Honkytonk oder einfach Cowboymusik«, sagte Moss würdevoll. »Dann nannte man es Country. Und danach hieß es Roots, und da galt es eine Zeitlang als stubenrein, glaube ich. Weiß der Teufel, wie es jetzt heißt. Das eben war der Zug durch die Tiefebene, Maisen! Trav'lin' down the track, never coming back, u-u-u-uh!«

»Ach so«, sagte Maisen. »Du hast in der letzten Zeit nichts von deinem lieben Freund Roland gehört?«

»Warum fragst du?«

»Ach, ist mir nur gerade eingefallen«, sagte Maisen.

Argwöhnisch betrachtete Moss sie von ihrer Position auf dem Boden vor der Stereoanlage aus.

»Weißt du was, ich finde, du solltest mal zum Arzt gehen und deinen Blutdruck messen lassen«, sagte die Tante schnell, bevor sie die Tür hinter sich schloß und hinunterging.

Diese Nacht träumte Moss, daß sie im Dunkeln Auto fuhr, im Renault, mit Karen auf dem Rücksitz. Karen war klein, nur vier oder fünf Jahre alt, und blaß, und sie weinte. Ständig blickte sie sich über die Schulter und sagte: »Sie kommen, Mama! Sie kommen!«

Und Margaret gab Gas, aber es passierte nichts. Da begriff sie plötzlich, daß das Auto keine Pedale hatte. Und hinter ihnen auf der Straße kam ein Auto ohne Licht.

8

Well, allright, you win,
baby, what can I do.

Wyche/Watts

Sie sah ihn, sobald sie zur Tür von Stortorvets Gjestgiveri hereinkam, er saß am Fenster und sah schlechtgelaunt aus. Er trank Kaffee und sah mit gerunzelten Augenbrauen auf die Straße, als ob die Leute, die durch den Seiteneingang des Glasmagasinet hinein- und hinausgingen, das nur taten, um ihn zu ärgern.

Sie kam bis an den Tisch heran, bevor er sich losriß und sie entdeckte.

»Hello, Sunshine«, sagte Margaret, warf die Umhängetasche ab und zog sich die Jacke aus. »Eigentlich solltest du jetzt sagen, daß du dich freust, mich zu sehen!«

Er zuckte mit der einen Schulter.

»Okay, ich hätte dich nicht gefragt, wenn es nicht nötig gewesen wäre«, sagte sie und setzte sich. »Die Leiche, die wir gefunden haben, war die eines jungen Mädchens. Es kann sein, daß es etwas damit eilt, Bente Bertelsen zu finden! Ich glaube, sie hält sich in einem verdammt gefährlichen Milieu auf. Und das ist der Grund, weshalb ich will, daß du nach Bislett fährst. Ich weiß nicht, wieviel du auf deinem komischen Handy gestern gehört hast, aber die Sache hier ist ziemlich wichtig. Und ich kann da nicht noch mal hinfahren.«

Sie blickte ihn an.

Bei Roland schien etwas wie ein schlechtes Gewissen irgendwo weit hinten aufzutauchen. Sie wartete, bis es aufgetaucht war. Sie hatte nicht vorgehabt, eine Angelschnur auszuwerfen und es an Land zu ziehen.

»Leiche?« sagte Roland Rud.

»Verdammt«, sagte Margaret. »Das hab ich ganz vergessen, dir zu erzählen.«

Als sie zu Ende erzählt hatte, blickte Roland in seine Kaffeetasse. Lange. Dann hob er den Kopf, und sein Blick war dunkel. »Ich hab doch Familie«, sagte er. »Es scheint so, als würdest du das vergessen, wie immer.«

»Ich habe auch Familie«, sagte Margaret angriffslustig. »Und?«

»Was ich meine«, sagte Roland, »ist, daß es mir ganz und gar nicht gefallen würde, wenn meine Frau herausbekäme, daß ich im Puff gewesen bin.«

»Ach, das muß sie doch gar nicht«, sagte Margaret ungeduldig. »Und ich hab nicht gesagt, daß du irgendwas machen sollst, wenn du da hingehst. Man wählt doch selbst, wie weit man geht, nicht wahr?«

Er sah wieder in seine Tasse.

»Okay, dann bist du eben feige«, sagte Margaret. »Du traust dich halt nicht.«

Es wurde still. Draußen auf der Møllergata heulte ein Rettungswagen vorbei. Die Sonne schien heiß durchs Fenster, es war zwölf.

»Bist du noch nie im Puff gewesen?« fragte sie schließlich.

»Das dürfte dich eigentlich kaum etwas angehen«, sagte er. »Doch, ich bin tatsächlich schon mal in einem Bordell gewesen. Ist schon lange her. In Rotterdam.«

»Nein!« Margaret war überrascht. »Das hast du mir nie erzählt!«

»Warum hätte ich?« fragte er.

»Wie war's denn?«

»Einigermaßen«, sagte er reserviert.

Es wurde wieder still. Sie seufzte. »Weißt du, Willy Bertelsen und seine Frau tun mir auch leid. Wenn Bente auf die eine oder andere Weise auf die schiefe Bahn gekommen ist, dann ist es vermutlich besser, wenn sie das erfahren, als wenn sie herumlaufen und sich Sorgen machen und nichts wissen. Und auch wenn ich weiß, daß es nichts mit der Sache zu tun hat – das Mädchen im Meer gleitet sozusagen die ganze Zeit in mein Bewußtsein hinein und wieder hinaus. Ich halte das nicht aus!«

Jetzt seufzte auch Roland. Er hatte selbst zwei Mädchen zu Hause. »Was soll ich denn bloß sagen?« murmelte er schließlich. »Ich kann doch nicht einfach hingehen und fragen, ob ich sie kriegen kann!«

»Genau das könntest du machen, hab ich mir gedacht«, sagte Margaret schnell. »Sag, daß dein Kumpel sie empfohlen hat oder so. Vielleicht arbeitet sie unter einem anderen Namen. Du kannst sie beschreiben. Guck mal hier!«

Sie zog das Konfirmationsfoto aus der Tasche.

Roland betrachtete es lange.

»Ach, wie schrecklich«, sagte er schließlich.

»Ja«, sagte sie.

»Wann hattest du denn gedacht, daß das Ganze über die Bühne gehen sollte?«

»Jetzt«, sagte Margaret eifrig. »Kannst du es nicht gleich machen? Dann haben wir es hinter uns!«

Sie wartete, bis er gegangen war, dann ging sie zur Theke und holte sich ein belegtes Brot und bestellte sich ein Pils. Sie setzte sich hin und packte eine Zeitung aus. Versuchte zu lesen.

Es gelang ihr nicht besonders gut.

Sie dachte daran, wie es Karen wohl ging, und hoffte, daß Tante Maisen innerhalb ihrer vier Wände blieb.

Sie versuchte, nicht an den grünen Volvo zu denken, doch dann mußte sie doch eine Weile an ihn denken.

Sie fragte sich, wie es Roland Rud in Bislett ergehen würde. Und ob wohl die Frau namens Nina heute Schicht hatte, die mit dem dünnen Pullover, der ihr die ganze Zeit von der Schulter glitt.

Welchen Frauentyp mochte Roland eigentlich?

Und wie sah seine Frau aus?

Margaret hatte immer das Gefühl gehabt, als sei sie klein und blond, aber sie hatte nie danach gefragt.

Sie sah auf die Uhr. Eine Stunde war vergangen. Falls es schiefgelaufen war, dann wäre er jetzt wieder zurück.

Sie trommelte mit den Fingern auf der Tischdecke.

Dann stand sie auf und holte sich eine Tasse Kaffee. Setzte sich wieder hin, nahm ihr Notizbuch aus der Tasche und versuchte zu arbeiten. Eine Weile lang gelang ihr das auch, dann ging es nicht mehr.

Sie schloß das Notizbuch. Sah wieder auf die Uhr, jetzt waren eine Stunde und vierzig Minuten vergangen. Es war fast soweit, daß man sich Gedanken machen mußte. Sie stützte das Kinn in die Hand und sah auf die Straße hinaus.

Vielleicht würde es ihr gelingen, Roland zu überreden, mit ihr zusammen nach Vestlandet zu fahren. Das wäre viel weniger verdächtig als eine einsame Frau.

Wenn man sich in eine Campinghütte einmietete.

Dann könnten sie Urlaub spielen. Karten spielen, Mücken totschlagen und Dosenbier trinken. Früh aufstehen und ... Angelte Roland Rud eigentlich? Davon wußte sie nichts. Eine Angel mußte mit. Natürlich fuhr man an solche Orte, um die Aussicht zu genießen und zu angeln.

Sie öffnete das Notizbuch und schrieb: »Mein Mann angelt so gerne.« Gute Idee. Wenn sie nur realisierbar gewesen wäre.

Er würde natürlich nicht mitkommen.

Sie sah gedankenversunken aus dem Fenster.

Plötzlich stand er da, im schmalen Gang zwischen den Tischen. Er hatte den Reißverschluß seiner Lederjacke ganz zugezogen, als ob er fröre.

»Setz dich doch«, sagte Margaret eifrig. »Und erzähl, wie's gelaufen ist!«

»Nein danke«, sagte er. »Es hat länger gedauert, als ich mir ausgerechnet hatte. Ich muß los.«

»Hast du sie gefunden? Hast du gefragt, ob du Bente bekommen könntest?«

Erst schüttelte er den Kopf. Dann nickte er. Sein Blick fixierte einen Punkt an ihrem linken Ohr. »Es gibt da keine, die so heißt, haben sie gesagt. Dann hab ich sie beschrieben. Daraufhin hat die Blonde an der Rezeption das Telefon genommen und mir den Rücken zugedreht. Ich hab nicht viel von dem verstanden, was sie gesagt hat, aber es scheint so, als ob sie weitere Räume in den oberen Stockwerken haben. Nicht nur welche im Keller.«

Sie sah ihn an. »Und?«

»Na ja, dann kam sie zurück und sagte, daß ich wohl leider zu einer anderen müßte. Sie hätten eine gehabt, die sich Bobbie genannt habe und die vielleicht so aussah, wie ich sie beschrieben hätte, aber sie arbeite nicht mehr dort. Als ich fragte, ob sie wüßte, was aus Bobbie geworden sei, sagte sie nein.«

Er blieb so lange stehen, ohne etwas zu sagen, daß sie noch einmal nachfragen mußte: »Ja? Und was dann?«

»Mehr gibt es nicht zu erzählen.«

»Wirklich nicht?«

Ihre Stimme überschlug sich.

Er drehte sich zum Gehen, sie erhob sich halbwegs. »Roland! Setz dich hin, verdammt noch mal!«

Er hielt inne. Blieb mit dem Rücken zu ihr stehen. Ein Herr mit blauer Nase und zu engem Jackett guckte interessiert zu, während er kleine Schlücke von etwas trank, das wie Bockbier aussah.

Roland drehte den Kopf ein wenig und fixierte sie. »Ich hab eine Dunkle gekriegt, die sich Linda nannte«, sagte er, und jetzt ging er wirklich.

Margaret trabte hinterher und holte ihn ein, kurz bevor er aus der Tür verschwand.

»Hör zu«, sagte sie. »Ich werde nicht ... Ich verstehe, daß

das blöd gelaufen ist für dich. Aber vielen Dank und so, ja? Ich weiß das wirklich zu schätzen. Können wir nicht später noch reden?«

Die Tür ging auf, und zwei gutgebaute Frauen fegten in einer Wolke von Autoabgasen und Duty-free-Parfum hinein. Margaret trat zur Seite, um sie vorbeizulassen.

»Vorhin hätten sie mir fast noch das Heck zerschreddert«, sagte er bitter.

»Was?« sagte Moss und starrte ihn mit offenem Mund an, während ihr blitzschnelle Visionen von Frauen in Netzstrümpfen mit Badmintonschlägern durch den Kopf flogen.

»Ein Typ in einem Chevy-Van«, sagte er und öffnete die Tür nach draußen. »Ich wollte gerade mit dem Wagen aus der Parklücke fahren, da kommt der wie ein Verrückter rückwärts aus dem Hinterhof geschossen. Ich habe gerade noch die Rücklichter retten können!«

Als sie zu Hause die Treppe hinaufging, klingelte das Telefon. Sie warf die Umhängetasche von sich und lief. Sie erreichte das Telefon, kurz bevor der Anrufbeantworter ansprang.

»Ja!« sagte sie außer Atem und war plötzlich ganz sicher, daß es Karen war und daß etwas passiert war.

»Mensch, was is'n mit dir los?« sagte eine Stimme, die sie schon eine Weile nicht gehört hatte. Es war Jorun Vaarli, ihre Freundin und Kollegin aus der Zeit, als sie beide am Nationaltheater angestellt gewesen waren.

»Was ist denn?« fragte Moss und hörte selbst, wie unfreundlich sie klang. »Ich meine, hallo und so. Lange nichts gehört.«

»Ja, genau«, sagte Jorun. »Ich dachte, wir könnten nächsten Sonntag einen Ausflug machen. 'Ne kleine Runde drehen, weißt du? Spazierengehen. Den einen Fuß vor den anderen und so. Das machen viele, vor allem sonntags.«

Moss dachte, so schnell sie konnte, und auf einmal fügte sich ein Puzzlestück an den richtigen Platz, das sie eine

Weile im Hinterkopf gehabt hatte. »Ausgezeichnet«, sagte sie. »Aber wir brauchen doch nicht im Frognerpark oder in Nordmarka oder so spazierenzugehen. Wir machen eine Fahrt mit dem Auto! Dann machen wir unsere Wanderung eben dort, wohin der Weg uns führt!«

»Oh, ach so«, sagte Jorun Vaarli mißtrauisch. »Wohin willst du mich denn jetzt wieder mitschleppen?«

»Ach, nirgendwohin«, sagte Moss butterweich. »Du magst doch das Meer so gern!«

»Ich?« fragte Jorun Vaarli.

»Natürlich! Erinnerst du dich nicht an den Sommer, als wir auf Tjøme waren?«

»Tjøme? Hör mal, das ist zwanzig Jahre her!«

»Mindestens«, sagte Moss. »Aber es ist schön dort! Man kann auf allen Seiten das Meer sehen. Zumindest auf drei. Wir könnten was zum Essen mitnehmen!«

»Na gut«, sagte Jorun Vaarli widerstrebend. »Aber wir werden erfrieren.«

»Nein«, sagte Moss. »Ich nehme einen Flachmann mit.«

9

Gonna take a sentimental journey, gonna set my heart at ease,
gonna make a sentimental journey to renew old memories.

Green/Brown/Homer

Moss und Vaarli fuhren Richtung Süden. Es war noch früh, die Sonne schien, und der Renault war sofort angesprungen.

Es sah aus, als würde es ein schöner Tag werden.

Jorun Vaarli gähnte. »O Gott, bin ich müde. Ich hoffe, du weißt, wo wir hinmüssen.«

»Wir müssen im Grunde nirgendwo hin«, sagte Margaret Moss verlogen. »Ich habe einfach Lust gekriegt, Tjøme wiederzusehen. Verdens Ende und Havna, weißt du?«

Havna an einem Sommerabend,
Havna, du bleibst dir treu,
alles, was du vermißtest, in Havna fandest du's neu,
Sonnenschein und Freude von Morgen bis Abend!

sang Vaarli mit volltönendem Alt.

»Meine Güte«, sagte Moss, »wo hast du das denn her?«

»Von meinem Vater«, sagte Vaarli. »Er besaß ein Segelboot – damals, als es noch richtige Segelboote gab – und taxierte die Damenwelt im Hotel Havna.«

Moss blinzelte in die Sonne und fragte sich, was sie sich eigentlich erhoffte. Sie hatte die Eingebung gehabt, daß sie an einem freien Tag wie diesem ein bißchen in eigener Sache forschen könnte.

Oder in Karens.

Vokter kam irgendwo aus dieser Gegend. Man konnte doch mal schauen, wie dieser Ort aussah. Wenn man ohnehin dort war. Es kostete ja nur ein bißchen Benzin.

»Erinnerst du dich an den Typen, in den ich verliebt war, in dem Sommer, als wir auf Tjøme waren?« fragte Jorun Vaarli träumend.

»Erinner mich bloß nicht daran«, sagte Moss.

»Ach«, sagte Vaarli. »Das sagst du nur, weil du selbst auf so einen Mistkerl reingefallen bist.«

»Damals auch?« fragte Moss.

Vaarli antwortete nicht.

»Jedenfalls spielte er gut Saxophon«, sagte Moss.

Als sie Richtung Nøtterøy abbogen, blickte Vaarli sich um. »Daran kann ich mich aber nicht erinnern.«

»Man schaut nicht so genau, wenn man jung ist und damit beschäftigt, den Typ hinter sich im Bus anzubaggern«, sagte Moss und versuchte sich daran zu erinnern, wie sie fahren mußte. Vorläufig einfach geradeaus.

Die Sonne war irgendwo zwischen der E 18 und dem Ort Teie verschwunden. Es war kalt im Auto, Jorun Vaarli zog den Mantel enger zusammen. »Daß es hier so schön aussieht im Sommer«, sagte sie.

»Das ist doch überall so«, sagte Moss.

Es wurde still.

Jorun Vaarli gähnte.

Moss spürte, daß sie die ganze Zeit nach grünen Volvos Ausschau hielt. Jetzt mußte sie aufpassen. Durfte nicht paranoid werden.

Gestern hatte sie es unterlassen, den Briefkasten zu leeren. Sie hatte das Gefühl gehabt, daß darin wieder ein gelber Umschlag liegen würde. Ohne Absender.

Dann hatte Tante Maisen ihn geleert, und natürlich waren nur Rechnungen darin gewesen.

Sie seufzte, erwischte sich dabei und sah schnell Vaarli an, dann seufzte sie wieder.

Ein paar kleine Kinder fuhren wackelig auf ihren Fahrrädern vorbei.

Zwei Jugendliche trieben sich vor einem Schnellimbiß

herum. Moss hielt verstohlen nach einem Ortsschild Ausschau, dann bog sie rasch nach links ab. Sie hatte sich schon Gedanken gemacht, was sie sagen sollte, falls Jorun fragte, warum sie das verließen, was ganz offensichtlich die Hauptstraße war, aber die Freundin konzentrierte ihre Aufmerksamkeit offensichtlich auf ganz andere Dinge.

»Paß auf! Die Katze!« rief sie, und Moss stellte sich aufs Bremspedal und riß das Steuer nach rechts. Die Katze kam mit dem Schrecken davon, schlimmer verhielt es sich mit Vaarli, die kein Steuer hatte, an dem sie sich hätte festhalten können. Sie schnappte nach Luft. »Da hast du mich ja fast erwischt«, sagte sie. »Das war die Nummer vor dem Rippenbruch. Und das mir, wo ich doch in einer Woche Premiere habe. Du, die Katze eben war schwarz.«

Moss antwortete nicht.

Sie hatte einen ganz trockenen Mund vor Schreck. Fast wäre sie in den Graben gefahren.

Sie kamen an einem See vorbei, ansonsten war die Landschaft von kleinen Wäldchen geprägt, hier und da ein paar Häuser, es waren keine Menschen zu sehen, an diesem Sonntag war es ruhig auf Nøtterøy. Moss spürte, daß ihr Herz noch immer heftig und unregelmäßig pochte.

Es war nur eine Katze gewesen! Außerdem war sie nicht in den Graben gefahren.

Warum hast du dann solche Angst, Moss?

Sie hatte Angst gehabt, die Katze zu überfahren.

Aber du hast immer noch Angst!

Sie bat das Alter ego, den Mund zu halten. Hier war übrigens Budalsveien, sie drehte das Steuer nach rechts und raste auf einen schmalen Kiesweg.

Du hast ein schlechtes Gewissen, du weißt, daß du eigentlich nicht hier sein solltest, du schnüffelst in Karens Angelegenheiten herum, das hast du früher nie getan, nicht auf diese versteckte Art, du ...

»Hallo!« sagte Jorun Vaarli und unterbrach Margarets inneren Monolog.

»Was denn?« sagte Moss. Sie kamen gerade an einem modernen Einfamilienhaus vorbei, mit Satellitenschüssel und Wäschespinne im Garten. An der Toreinfahrt stand Nummer sechs.

»Du suchst etwas, Sherlock! Hab ich's mir doch gedacht!«

»Pst, Watson«, sagte Moss. »Da ist es! Nummer sieben!«

Sie hielt das Auto an, ließ den Motor aber laufen. Die Gartenpforte war groß und weiß gestrichen, an den Torpfosten hingen zwei Briefkästen. Auf dem einen stand mit großen, weißen Buchstaben »Bruderkreis«, der andere war bescheidener, »H. Valseth« stand darauf.

»Davon hatte ich keine Ahnung«, sagte Moss und schluckte. Sie hatte einen gehörigen Schock bekommen. »O Gott. Ich wollte bloß mal schauen, wie es hier aussieht. Ich weiß nicht, was ich erwartet hatte, alles von der Bruchbude mit Autowracks auf dem Hof bis hin zur Kuckucksuhr in einem Fertighaus im Tirolerstil. Aber nicht so was! Ich verstehe gar nichts mehr.«

»Du bist ganz blaß geworden«, sagte Jorun und musterte sie interessiert.

Sie hatten das Auto geparkt. Der Motor war abgestellt und die Handbremse angezogen. Hinter dem Zaun regte sich nichts, soweit sie sehen konnten.

»Das muß ein Zufall sein«, sagte Moss.

»Natürlich ist es das«, sagte Vaarli. »Nøtterøy ist ja auch nicht so groß. Was hattest du ursprünglich vorgehabt? Wenn es eine Bruchbude oder eine Kuckucksuhr gegeben hätte, meine ich?«

»Weiß nicht«, sagte Moss. »Angeklingelt vielleicht und mich nach dem Weg erkundigt oder so. Nur um eine kleine Vorstellung von den Leuten zu bekommen, die hier wohnen. Ich hätte ja in jedem Falle nicht viel machen können. Karen bringt mich um, wenn sie davon erfährt.«

»Gut«, sagte Jorun. »Kannst du es nicht einfach tun?«
»Was denn?«
»Anklingeln.«

Sie saßen eine Weile im Auto, damit Moss sich von ihrem Schock erholen konnte, dann verließen sie den Wagen. Moss legte die Hand zögernd auf die Klinke der Gartenpforte. »Los jetzt«, sagte Vaarli aufmunternd. Moss drückte die Klinke hinunter und schob die Pforte auf. Sie war schwer, und als sie sich schließlich öffnete, erklang ein lautes *Knirrrk*! Sie hielt inne und sah Vaarli an. »Ja, ja«, sagte sie, »unheilverkündend.«

Sie lächelte, hatte dabei jedoch das Gefühl, als gefröre ihr das Lächeln auf den Lippen. Vaarli betrachtete sie eine ganze Weile, sagte aber nichts.

Dann schlossen sie die Pforte hinter sich und gingen den Kiesweg zu den Häusern hinauf. Denn es gab drei Häuser: Das große Hauptgebäude mit seinen Dachgauben dominierte den Hofplatz, linker Hand lag eine riesige Scheune, von der die Farbe abblätterte, und rechts ein weißgestrichenes, längliches Wirtschaftsgebäude mit Sprossenfenstern.

Alles sah verschlossen aus.

»Vielleicht ist niemand zu Hause«, sagte Vaarli hoffnungsvoll. Sie blieben auf dem Hofplatz stehen und schauten sich um. Eine Krähe krächzte im Tannengehölz hinter ihnen, sonst war alles ruhig. Moss ging schnell die Treppe hoch und drückte auf die Klingel. Es war kein Klingelton zu hören, und als eine Minute vergangen war, versuchte sie es noch einmal.

Keine Reaktion.

Die Krähe erhob sich von der Tanne, auf der sie gesessen hatte, und flog in einem großen Bogen über den Hofplatz, dann erklang wieder das lange Geräusch ihres *kraa-kraa-kraa!*, und Jorun Vaarli schauderte in ihrem Mantel. »Es ist wie in einem alten Hörspiel im Radio«, sagte sie. »Wenn jetzt jemand rauskommt, muß es der Geist des Schauspielers Edvard Drabløs sein.«

Aber es kam niemand.

Moss ging die Treppe hinunter und drehte eine Runde zur Südseite des Hauses, mit Vaarli im Schlepptau. Zugedeckte Frühbeete zeigten, daß sich hier jemand mit Pflanzen befaßte, zumindest für den Hausgebrauch. Weit entfernt hörten sie plötzlich Möwengeschrei. Sie waren nahe am Meer, obwohl es von hier nicht zu sehen war.

Moss legte den Kopf in den Nacken, um den Himmel zu betrachten, als sie bemerkte, wie sich die Gardinen hinter einem Fenster im ersten Stock bewegten. Ein Gesicht tauchte auf: ein bleiches Oval, eingerahmt von dunklem Haar, ein junges Mädchen mit halblangen Locken und dunklen Augen. Ohne eine Miene zu verziehen, starrte sie sie an. Die beiden unten auf dem bleichen Rasen starrten zurück. Dann ließ das Mädchen die Gardine los und verschwand.

Da ging eine Tür, das Geräusch kam von der Vorderseite des Hauses, und sie gingen um die Hausecke herum zurück.

Eine große Frauengestalt stand auf der Treppe, sie hielt sich am Geländer fest und sah sich um. Sie hatte kurzes, graumeliertes Haar und trug eine altmodische Küchenschürze über einem dunklen Kleid.

Ihr Blick fiel auf die beiden.

»Was ist passiert?« fragte sie und zupfte am Blusenkragen.

»Gar nichts«, sagte Moss und räusperte sich. »Wir haben uns nur ein bißchen umgesehen.«

»Haben Sie eben angeklingelt?«

»Ja«, sagte Moss. »Aber es hat noch niemand geöffnet, und da ...«

»Ich habe Sie nicht gehört«, sagte die Frau und blickte zur Gartenpforte, hinter der der Renault zu sehen war. »Woher kommen Sie?«

Ihre Stimme war dünn und atemlos, sie sah aus, als hätte sie einen ziemlichen Schrecken bekommen.

»Oslo«, sagte Moss etwas zögernd. »Wir sind hier nur auf

einem kleinen Sonntagsausflug«, fuhr sie fort. »Wir hatten gedacht, wir fahren bis Verdens Ende, aber dann ist mir klargeworden, daß wir uns verfahren haben. Da sind wir hergegangen, um uns nach dem Weg zu erkundigen, und plötzlich ist es mir so bekannt vorgekommen! Ich muß früher schon mal hiergewesen sein, vor langer Zeit einmal.«

Die Frau musterte sie. Ihre eine Hand zupfte immer noch am Blusenkragen. »Hier?«

»Ja, hier«, sagte Moss jetzt entschlossener. »Als Kind. Ich glaube, wir haben hier mal Urlaub gemacht. Weißt du was«, sagte sie und drehte sich zu Vaarli um, die sich vernünftigerweise ruhig verhielt. »Hier war es, glaub ich. Das, wovon ich dir auf dem Hinweg erzählt habe. Mama und Papa und ich, es muß irgendwann in den sechziger Jahren gewesen sein.«

Sie wandte sich wieder der Frau auf der Treppe zu. »Wir könnten uns nicht zufällig mal da drinnen umschauen?«

Die Frau mit der Schürze verzog den Mund. Zwei tiefe Falten wuchsen zwischen den dunklen Augenbrauen. »Das glaube ich wirklich ni...«

Sie führte den Satz nicht zu Ende, denn ein Mann kam um die Ecke, ein langer und gebeugter Mann mit Schiebermütze, altem Jackett und ausgebeulten Hosen, der Vokter so ähnlich sah, daß es Margaret förmlich durchzuckte.

Dieselbe Figur, derselbe gebeugte Gang, die große Nase, er kam zur Treppe hinüber und beäugte die beiden Fremden. »Was ist los?« fragte er, und seine Stimme war dünn und heiser. Er stand so nahe, daß Margaret seine Fahne bemerkte. Das wäre allerdings nicht nötig gewesen, um festzustellen, daß der Mann trank, er hatte ein purpurrotes Adernetz über Nase und Wangen.

»Sie sagt, daß sie hier mal gewohnt hat«, sagte die Frau auf der Treppe.

»Bevor es das hier gab«, sagte Moss, die sich auf ziemlich sicherem Boden fühlte. Kristoffer Kolbjørnsen hatte erzählt, daß der Bruderkreis das Haus auf Nøtterøy irgendwann in den siebziger Jahren gekauft hätte.

»Aha«, sagte der Mann. Er umfaßte irgend etwas in seiner Jackettasche. Moss hätte wetten mögen, daß es sich um eine kleine Flasche handelte. Er trank also draußen, das hätte man sich ja denken können, es war sicher unpraktisch, im Schoß des Bruderkreises von starken Getränken abhängig zu sein.

»Sie wollen sich drinnen mal umschauen«, sagte die Frau auf der Treppe. Ihr Blick hing an dem ihres Mannes. Die beiden sandten sich stumme Signale zu, und irgend etwas mußte dabei herausgekommen sein, denn die Frau strich sich plötzlich die Schürze glatt und sagte: »Ja, eigentlich dürfte dem ja nichts im Wege stehen. Aber es ist kurz vor der Mittagszeit, deshalb muß es schnell gehen. Und bitte nicht in den ersten Stock. Das ist ein Heim für junge Mädchen, sie sollen ihre Ruhe vor Fremden haben.«

Sie trat einen Schritt beiseite.

»Ja, wir sind hier die Heimleiter«, sagte sie, als sie über die Schwelle traten. Dann nickte sie dem Mann zu, der unten an der Treppe stand. »Ich und mein Mann.«

Dasselbe Gruppenfoto, das Moss an der Wand bei den Geschwistern Kolbjørnsen gesehen hatte, hing hier im Flur: der Bruderkreis. Und es war keine Veranda gewesen, auf der sie gesessen hatten, sondern die Außentreppe.

Es roch nach Essen, nach einer Art Lamm- und Kohleintopf, und das Zimmer, das ihnen gezeigt wurde, lieferte den Beweis, daß etwas Praktisches nicht notwendigerweise schön sein mußte. Die Schwangeren sollten offenbar nicht glauben, sie seien etwas Besonderes. Hier war in erster Linie an Hygiene gedacht worden und nicht an viel anderes. Es war eine Institution, und so sah es auch aus. Das Wohnzimmer war eigentlich schön, es hatte Doppelfenster und harmonische Proportionen, doch der Raum war in jeder Hinsicht zerstört – durch den grauen Vinylfußboden, durch billige Möbel ohne Stil und häßliche Wandlampen. Jemand hatte den tapferen Versuch unternommen, etwas Gemütlichkeit hineinzubringen, ein Strauß Weidenkätzchen stand in einem Glasbecher, und auf dem Fensterbrett befand sich ein Eierbecher mit Schneeglöckchen. Eine halbmeterhohe Gipskopie von Thorvaldsens Christusstatue bildete den einzigen Schmuck. So etwas hatte Moss nicht mehr gesehen, seitdem ihre Großmutter gestorben war.

Sie drehte sich um und zuckte zusammen. Der Mann, der Vokters Vater sein mußte, stand direkt hinter ihr. Seine Augen waren wohl früher einmal ebenso leberblümchenblau gewesen wie die seines Sohnes, jetzt starrten sie Margaret farblos und wäßrig an, die unrasierten Wangen waren eingefallen und das volle, graue Haar platt, sobald er die Schiebermütze abgenommen hatte.

»Ich glaube, das war ... zweiundsechzig waren wir hier«, sagte Moss.

Er zuckte die Schultern. »Das ist gut möglich«, sagte er. Er strich sich übers Kinn, und seine Hand zitterte.

»Ich habe vergessen, mich vorzustellen«, sagte Moss und nannte ihren Namen. »Und das ist Jorun Vaarli.«

»Halvor Valseth«, sagte er.

Seine Frau stand drüben an der Tür, die Hände über der Schürze gefaltet. Ihr Blick glitt von ihrem Mann zu den beiden Fremden und wieder zu ihm zurück. Moss fragte sich, warum sie so bekümmert aussah. War es, weil jemand gekommen war und ihren Mann bei seinem Vormittagsschnaps ertappt hatte? Vielleicht glaubte sie, die Damen aus der Stadt wären Spione des Bruderkreises. Sie wollte gerade etwas sagen, als die Haustür schlug und jemand in den Flur kam. Schritte waren zu hören, dann stand ein kräftiger Mann mit braunem Haar und Bart in der Türöffnung. »Wer ist denn ...«, setzte er an. Da verstummte er plötzlich. »Mensch, du bist das!« rief er aus, und auch Margaret Moss erkannte ihn sofort. Vidar hieß er und kam aus der Nähe von Arendal. Sie hatten in den siebziger Jahren unzählige Male zusammen am Wahlkampfstand gestanden. Ein alter Radikalo.

»Mensch selber«, sagte Margaret. »Was in aller Welt machst du denn hier?«

»Arbeiten«, sagte er und zog die große Lammfelljacke aus, verschwand für einen Moment und kam dann wieder, in Arbeitshemd und Latzhose. Seine Wollsocken waren heftig gelb-grün-gestreift. Er lehnte sich an den Türrahmen und fuhr sich mit gespreizten Fingern durchs füllige Haar. »Und was machst du hier?«

»Ach, ich hab mich nur verfahren«, sagte Moss.

Da lachte er. Er hatte große, viereckige Zähne, und sein Gesicht sah aus wie ein rotbäckiger Apfel, er sah unfaßbar, beinahe irritierend gesund und zufrieden aus.

»Das ist mal wieder typisch für dich«, sagte er. »Du hattest schon damals keinen besonders ausgeprägten Orientierungssinn. Betreibst du immer noch deine Schauspielerei? Nein, warte, bist du nicht zur Polizei gegangen?«

»Ja und nein«, sagte Moss. »Da bin ich nicht mehr.«

Verdammt! Was für ein Pech, ausgerechnet hier auf alte Bekannte zu stoßen!

»Hast du nicht Sozialökonomie oder so was studiert?« fragte sie schnell und versuchte, die Offensive zu ergreifen. »Und dann hast du das Studium abgebrochen, oder? Das haben ja alle gemacht. Was ist dann aus dir geworden?«

»Ach«, sagte er. »Ich hab mir einen Sommerjob als Altenpfleger gesucht und bin aus dieser Schiene sozusagen nicht mehr rausgekommen.«

»Und deshalb bist du jetzt hier?«

»Ja, das könnte man so sagen.«

Es war einen Moment still, Moss spürte plötzlich, daß ihr Rücken unter der warmen Kleidung ganz feucht war. Es war auch recht warm im Zimmer, es qualmte von den alten Heizkörpern unter den Fenstern, durch die schräg eine bleiche Sonne schien, die sich durch die Wolkenschicht gekämpft hatte.

Die Heimleiterin stand mitten im Raum, die Hände über dem Bauch gefaltet, ihr Blick starrte ins Leere, Lots Frau, dachte Moss, aber was war dann das brennende Sodom? Moss steckte die Hände in die Jackentaschen und sagte im Konversationston: »Wie ergeht es denn einem alten Radikalo in einer solchen Umgebung?«

Sie nickte zu Thorvaldsens Christus hinüber.

Da erstarrten Vidars Gesichtszüge. »Ausgezeichnet, danke. Für mich war das keine große Umstellung.«

»Von was wozu?« fragte Moss.

»Von der Solidaritätsarbeit zur Evangelisation«, sagte er und starrte sie herausfordernd an.

In diesem Augenblick hörte man von oben laute Stimmen und danach einen kräftigen Knall. Dann kam jemand aus dem ersten Stock die Treppe hinuntergelaufen, und ein junges Mädchen stürzte ins Wohnzimmer. Es war nicht die junge Frau, die sie am Fenster gesehen hatten, diese hier war groß und kräftig, mit kurzem, rotem Haar. Sie trug einen weiten Kittel zu schwarzen Leggings, und unten schaute ein Paar ungewöhnlich weiße Füße hervor.

»Verdammt noch mal!« rief sie und stellte sich mitten ins Zimmer. »Ich mag hier nicht mehr sein, wenn Kine, die blöde Kuh, sich nicht zusammenreißt!«

»Wir fluchen hier nicht, Birgit«, sagte Astrid Valseth und packte das Mädchen am Arm. »Außerdem siehst du doch, daß wir Besuch haben!«

Da kam noch jemand die Treppe hinunter, nicht ganz so schnell. Es war das Mädchen, das sie vorhin am Fenster gesehen hatten, mit dem halblangen, dunklen Haar. Sie trug einen großen Pullover und eine ausgeblichene Baumwollhose und an den Füßen löchrige Wollsocken. Die beiden jungen Frauen waren offenbar schwanger, diejenige von ihnen, die Birgit hieß, war schon weiter, vielleicht im achten Monat.

Beide sahen gleich wütend aus.

»Aha, sind die vom Sozialamt?« meinte die Frau, die Birgit hieß, und musterte Margaret Moss von oben bis unten.

»Das sind nur Leute, die sich nach dem Weg ans Ende der Welt, nach »Verdens Ende«, erkundigt haben«, sagte Frau Valseth, und ihre Stimme hatte einen drohenden Beiklang.

»Ich dachte, das Ende der Welt wäre hier«, murmelte Birgit und ging aus dem Zimmer. Auf dem Weg streckte sie den Arm aus, und ob sie kniff oder kratzte, konnte Moss nicht sehen, aber die andere, die Kine hieß, heulte auf, drehte sich blitzschnell um und trat mit dem Fuß nach Birgit.

»Mädchen!« rief Frau Valseth, aber die beiden waren wieder in vollem Gange. Birgit hatte die Hand voller brauner Locken und zog daran, während Kine heulte und schrie und trat, was sie nur konnte.

Vidar kam hinzu, um die Mädchen zu trennen. Moss registrierte, daß Halvor Valseth sich nicht einmischte, er stand mit dem Rücken zu ihnen und sah aus dem Fenster, sein Kopf wackelte auf dem dünnen Hals.

Die beiden Mädchen und Vidar hatten sich in den Flur verzogen, wo sich die Treppe mit dem braunen Geländer in den ersten Stock emporschwang, und Frau Valseth blickte Moss und Vaarli an. »Ich glaube, Sie sollten jetzt besser gehen«, sagte sie. »So ist es hier normalerweise wirklich nicht, aber sie kommen mit den Sonntagen so schlecht zurecht. Die sind ihnen zu ruhig. Die meisten von ihnen kommen aus der Stadt.«

Die beiden Mädchen gingen gerade in die Küche, unter der etwas unsanften Führung von Vidar, der sie hineinschob und die Tür hinter sich schloß.

Ein weiteres Mädchen war auf der Treppe aufgetaucht.

Sie war klein und hatte einen blonden Pferdeschwanz und blasse Haut, so blaß, daß die bläulichen Ringe unter den Augen violett aussahen.

Sie stieg langsam die Treppenstufen herunter und musterte Moss und Vaarli. »Sonntagsstille im Bruderkreis«, sagte sie, und der kleine, rosafarbene Mund verzog sich spöttisch.

»Sie fahren gleich weiter, sie haben sich nur nach dem Weg erkundigt«, sagte Frau Valseth bestimmt, und Moss sah ein, daß es Zeit war zu gehen.

Das Mädchen zuckte die Schultern, steckte die Füße in ein Paar Holzschuhe, die im Vorflur standen, und ging in Richtung Haustür. »Ich kann Ihnen zeigen, wie sie fahren müssen«, sagte sie über die Schulter hinweg.

»Sie müssen umkehren und ein ganzes Stück zurückfahren«, sagte sie.

Sie stand auf der Treppe und hatte die Tür hinter sich geschlossen. »Man kommt von hier aus nicht nach Tjøme rüber. Aber mir ist schleierhaft, wie man sich verfahren kann, es ist doch so deutlich ausgeschildert.«

Sie betrachtete die beiden, der spöttische Gesichtsausdruck war noch immer da.

»Wir haben uns während der Fahrt unterhalten«, sagte Moss. »Wir haben nicht so genau geschaut. Ich dachte, ich würde den Weg kennen. Na ja, wir müssen zusehen, daß wir loskommen.«

Sie knöpfte sich die Jacke zu. Dann fragte sie: »Was ist das hier eigentlich genau?«

»Ein Heim für Mädchen. Wir werden nach und nach bekehrt. Das ist am besten für uns!«

Das blonde Mädchen lachte laut.

»Bist du denn schon bekehrt worden?« fragte Moss. Sie konnte es nicht lassen.

»Ich? Ich bin weder bekehrt noch schwanger, aber bevor ich hier wegkomme, bin ich vermutlich beides«, sagte sie und lachte wieder.

Es war kein schönes Lachen, keines, was man sich bei der eigenen Tochter wünschen würde.

Dann ging sie hinein und knallte die Tür hinter sich zu.

Moss und Vaarli gingen den Kiesweg hinunter. Es knirschte unter ihren Füßen.

»Hast du ihre Arme gesehen?« fragte Vaarli.

»Ja«, sagte Moss.

Die dünne Haut war mit gelblichbraunen Flecken und altem Wundschorf übersät gewesen.

Sie fuhren zurück zur Weggabelung, und Moss bremste ab. »Willst du immer noch nach Verdens Ende?«

Jorun sah auf die Uhr. »Ja«, sagte sie. »Ich muß mir vom Wind diesen Ort wegpusten lassen.«

10

Delta Dawn, what's that flower you have on,
could it be a faded rose from days gone by?
And did I hear you say he was a 'meetin' you today
to take you to his mansion in the sky.

Harvey/Collins

Sie ließen sich wirklich gut durchpusten.

Ein kräftiger Wind blies draußen auf den schroffen, nackten Klippen, die die Südspitze von Tjøme bildeten. Graue Wolkenschleier trieben nach Nordosten, und es war schwierig, eine windgeschützte Stelle zu finden. Sie balancierten mit großer Mühe über die Felskuppen, wackelig in ihren Wintersachen und ihren rutschigen Stiefeln.

»Pfui Teufel«, sagte Jorun Vaarli und kroch schließlich unter einer steilen Klippe zusammen. »Das war ja furchtbar dort!«

»Ja«, sagte Margaret Moss und suchte mit klammen Fingern in ihrer Tasche. »Hier!«

Sie holte eine Taschenflasche aus Silber hervor, auf der die feinen, verschnörkelten Initialen PAM standen, ihr Urgroßvater hatte Peter Andreas geheißen. Jorun Vaarli nahm sie in Empfang, schraubte sie schnell auf, schnupperte daran. »Du mit deinem Wodka«, sagte sie und nahm einen großen Schluck, hustete, nahm noch einen Schluck.

»Hör mal, laß mir noch was übrig«, sagte Moss und packte eine Thermoskanne und eine Plastikdose aus, in der einmal Eis gewesen war. »So, bitte sehr.«

Sie nahm den Deckel ab. Akkurat belegte Brote lagen in Schichten darin.

»Meine Güte«, sagte Vaarli und nahm vorsichtig ein Brot mit Ei und Anchovis heraus. »Unser Hausmütterchen.«

»Na ja«, sagte Moss verlegen und goß dampfend heißen Tee in ihre Tasse. Dann gab sie einen Schuß Wodka dazu.

Sie saßen mit hochgeklappten Kragen und dem Rücken an die steile Felswand gelehnt da und aßen. Unten an den Klippen ging die See graugrün und schäumend, weit draußen stampfte etwas, das aussah wie ein Frachtschiff, westwärts. Der Wind pfiff über die Wellenberge hinweg, so daß das Butterbrotpapier davonflatterte.

»Oh, jetzt habe ich mich fast wieder erholt«, sagte Vaarli und streckte die Füße aus.

Sie gähnte plötzlich.

»Komisch, daß wir ausgerechnet bei diesem Heim gelandet sind«, sagte sie.

»Stell dir vor, daß Vokters Eltern dort Heimleiter sind«, meinte Moss. »Ich frage mich, ob er dorthin fährt, wenn er nicht zu Hause ist. Und wenn, warum.«

»Waren das Einstichstellen auf den Armen des Mädchens?« fragte Vaarli.

»Ja, sah ganz danach aus«, sagte Moss.

»Dieser Vidar«, sagte Vaarli. »Woher kanntest du den?«

»Diverse Komitees und Vorstände«, sagte Moss. »Er war eine ziemliche Nervensäge. Einer von denen, der glaubt, alles besser zu wissen.«

Eine Weile sagte keine von beiden etwas. Das Frachtschiff war verschwunden, jetzt waren nur zwei Möwen zu sehen, die sich vom Wind über die Klippen treiben ließen.

Moss fror.

Zu entdecken, woher Vokter stammte, war ein Schock gewesen. Konnte es sein, daß er selbst Mitglied des Bruderkreises war?

Wohl kaum, aber sie konnte nicht umhin, Frau Valseths angespannten Gesichtsausdruck mit dem von Karen zu vergleichen. Sorgten sie sich um dasselbe? Wie ärgerlich, daß sie ihrer Tochter nicht erzählen konnte, wo sie gewesen war! Doch dann würde die Chance für ein Vertrauensverhältnis zwischen ihnen vermutlich für immer verschwinden.

Sie würde noch eine Weile den Mund halten müssen. Im Sommer – wenn sie die Fahrt nach Vestlandet hinter sich gebracht hatte – mußte sie mal mit Karen reden, koste es, was es wolle.

Plötzlich schien es ihr, als rufe jemand.

Sie legte den Kopf schräg und horchte. Es war ein zarter Ton, der so klang, als stiege er aus dem Meer zu ihnen herauf, doch dann war in der tiefen Felskluft rechts von ihnen ein Mensch zu sehen.

Es war eine dünne kleine Frau mit weißem Haar, das im Wind flatterte, einer bis oben zugeknöpften großen Joppe, einem langen Rock und sehr dünnen Beinen, die in altmodischen Schaftstiefeln steckten. Sie kletterte überraschend leichtfüßig über die Felsen, sie schien die beiden auf dem Felsen nicht gesehen zu haben, denn sie blickte zum Meer hinaus, und die Stimme kam unregelmäßig und stoßweise wie der Wind. Erst als sie ganz nah herangekommen war, konnte man die Worte verstehen:

... wenn du den Fluß überquerst, gehst du allein.
Wenn du den Fluß überquerst, läßt du alles zurück.
Keine Freunde begleiten dich,
Reichtümer zählen nicht,
wenn du den Fluß überquerst, gehst du allein!

Die letzten Worte schleuderte sie mit zitternder Stimme und das Gesicht gegen den Wind gewandt heraus, während ihr dünnes weißes Haar über den Kragen der Joppe flatterte. Dann drehte sie sich um und betrachtete die beiden, die dort saßen. »Ja, dann läßt man alles hier«, sagte sie und nickte. »Aha, Sie sind also im Heim gewesen?«

Es stellte sich heraus, daß sie Mildred hieß.

Mildred Gustavsen.

Erst wollte sie nicht sagen, woher sie wußte, daß sie vom Bruderkreis kamen, sie wollte nur über das Meer dort draußen reden. Und die vorgelagerten Inseln und Schären.

»Ich bin alter Tjømlinger«, sagte sie und warf ihnen einen

raschen Blick zu, bevor sie wieder hinaus auf die Wellen sah, die sich erhoben und sich näherten, um sich dann am Fels zu brechen. »Hier draußen kann es gefährlich werden. Die Sommergäste wollen das ja nicht glauben. Mein Onkel ist bei Fuglehuk auf die Felsen aufgelaufen, er und sein Sohn sind umgekommen. Das war an einem stürmischen Tag im Februar neunzehnhundertdreiundzwanzig.«

Sie lehnte an den Felsen, das dünne Haar stand ihr zu Berge. Aus der spitzen Nase kamen ständig neue Tropfen, die sie mit dem Jackenärmel abwischte. Sie legte den Kopf schief, wenn sie sprach, und heftete ihren Blick die ganze Zeit auf irgend etwas links oder rechts von ihnen, oder sie drehte den Kopf ganz weg und sah aufs Meer hinaus, und dann hörten sie überhaupt nicht, was sie sagte.

»... aber ich komme aus Kruka, da komm ich her«, sagte sie mit einem Kopfnicken. »Alte Fischerfamilie, ja, ja. Und Sie sind im Heim zu Besuch gewesen, haben Sie eine Verwandte dort?«

Letzteres kam so plötzlich, daß weder Moss noch Vaarli sich besinnen und antworten konnten, bevor sie fortfuhr: »Draußen bei Stauper ist auch mal einer aufgelaufen. Der Vetter von Ludvik Karlsen. Oder war es sein Bruder? Dicker Nebel. Hat die Stauperhuva nicht gesehen, hat genau drauf zugehalten. Aber sie sind nicht ertrunken. Nein, nein.«

Wieder ein schräger Blick zu ihnen.

»Warum sind Sie hier draußen? Keiner kommt um diese Jahreszeit hierher. Bei diesem Wetter. Nein. Nein, das tun sie nicht. Man kann leicht ausrutschen und ins Wasser fallen. Das sagen sie mir die ganze Zeit. ›Jetzt mußt du aber aufpassen, Mildred! Kannst doch ins Wasser fallen!‹ Aber ich fall nicht. Ich bin achtzig, und all die Jahre bin ich am Meer entlanggelaufen. Aber es ist weit hierher, nach Verdens Ende. Ich wohne jetzt in Strengsdal auf Nøtterøy. Deshalb hat Bodil mich hergefahren. Ja, ja.«

»Bodil?« fragte Moss. Irgendwo mußte man ja anfangen.

»Bodil«, sagte die Alte und wischte sich wieder mit dem

Ärmel die Nase ab. »Sie wohnt neben dem Heim. In dem weißen Haus. Meine Nichte. Sie haben sich so eine Fernsehantenne angeschafft, mit der sie arabisches Fernsehen gucken können. Es klingt wie Husten, wenn die reden. Wir haben gesehen, wie das Auto draußen angehalten hat und daß Sie beim Bruderkreis reingegangen sind. Das sind wahrscheinlich irgendwelche Verwandten, hat Bodil gesagt. Dann sind wir hergefahren. Sie ist auch irgendwo hier in der Nähe, sie sucht nach Steinen. Um sie in den Garten zu legen. Naturbeet.«

Sie steckte die Hände in die Taschen ihrer Joppe und begann wieder zu summen, laut und durchdringend, eine Art Jaulen, das Moss an die Morra bei den Mumins erinnerte.

»Wir waren nur zu Besuch«, sagte Moss und erhob sich ebenfalls. Sie wurde allmählich steif in dem kalten Wind. »Kennen Sie die Leute ein bißchen?«

»O ja«, sagte Mildred Gustavsen. »Ich bin viele Jahre Mitglied im Bruderkreis gewesen. Sowohl Valseth als auch seine Frau Astrid stammen von hier. Astrid ist mit meiner Tochter auf die Schule gegangen. Aber das war, bevor sie bekehrt wurde. Sie hat früher viel mit den Jungs angebändelt, die Astrid.«

»Dann wissen Sie auch, wer Vebjørn ist? Der Sohn?« sagte Moss.

»Das ist ein netter Junge«, kam es schnell, und die alten Augen fokussierten Moss eine Sekunde, bevor sie fortfuhr. »Er ist so oft hier. Macht sich wohl Sorgen.«

»Ist denn irgendwas passiert?« fragte Moss.

»Passiert? Das hab ich nicht gesagt.«

»Tante!« rief es auf einmal. »Tante! Wo bist du?«

»Huhu«, rief die Alte und drehte sich zur Felskluft um, aus der sie gekommen war. »Hier!«

Eine Frau kam angeklettert, sie trug eine Windjacke und einen karierten Rock, ein abgenutzter Schulrucksack hing ihr über die eine Schulter. Als sie Moss und Vaarli sah, trat ein erstaunter Zug auf ihr Gesicht. »Ach, hat meine Tante Sie aufgegabelt!«

Sie lud den Rucksack ab. »Das ist schon verrückt. Sich mit Steinen abzuschleppen. Aber sie sind so schön. Wenn man erst mal angefangen hat, ist es schwer, wieder aufzuhören!«

Sie lächelte breit.

»Sie wohnen neben dem Bruderkreis, oder?« meinte Moss.

Die Frau hörte auf zu lächeln. »Ja, genau«, sagte sie. »Gehören Sie auch dazu?«

»Nein, nein«, sagte Moss. »Wir waren nur dort und haben nach dem Weg gefragt. Was für ein Heim ist das?«

»Ein Heim für junge Mädchen«, sagte die Nichte von Mildred Gustavsen und lud sich den Rucksack wieder auf. »Es wird von Oslo aus betrieben. Dieser Stortingsabgeordnete da ist Vorstandsvorsitzender oder wie sie das nennen. Ich kenne nur Valseth und seine Frau. Die Mädchen kommen und gehen. Aber meine Tante hier, die geht ab und zu zu den Versammlungen.«

»Sie wirkten ganz nett«, sagte Moss versuchsweise. »Valseth und seine Frau, meine ich.«

»Doch«, sagte die Frau mit dem Rucksack. »Das sind sie wohl. Jetzt mußt du kommen, Tante. Wir müssen zusehen, daß wir an einen geschützten Ort gelangen, ehe wir erfrieren!«

Wieder trat das breite Lächeln auf ihr Gesicht.

»Ja, wir gehen jetzt auch«, sagte Moss schnell. Sie hatte das wenige, was sie hatten, in die Tasche gepackt.

Es war wirklich kalt, sie hatte das Gefühl, anstelle von Blut erstarrtes Wachs in den Adern zu haben, als sie allmählich zurückgingen.

»Ja, ja«, sagte Moss, als sie sich in den Renault gesetzt und gesehen hatten, wie die beiden Frauen in einem weißen Toyota davongefahren waren. »Ich weiß nicht, ob ich beruhigt bin oder eher das Gegenteil.«

»Ich für meinen Teil bin vor allem verfroren«, sagte Vaarli. »Aber das kann auch daran liegen, daß ich kinderlos bin.«

11

Don't know why
there's no sun up in the sky,
stormy weather.

Koehler/Arlen

Das graue Wetter hielt an, genau wie der Wind. Der Nationalfeiertag am siebzehnten Mai kam und ging, Margaret Moss und Tante Maisen sahen die Königsfamilie im Fernsehen winken und aßen Zuckerei mit Kognak. Maisen hielt auf die Traditionen.

Margaret hatte niemandem von dem Besuch beim Bruderkreis erzählt. Sie erzählte es auch nicht Kolbjørnsen, denn sie hatte im Gefühl, daß es ihm wohl nicht gefallen würde.

Ende Mai fuhr sie zu einem weiteren Besuch nach Manglerud. Sie saß in dem kleinen vollgestopften Wohnzimmer, hörte die LKWs einen Mietsblock entfernt rhythmisch an der Ryenkreuzung vorbeidonnern und unterdrückte ein Gähnen nach dem anderen, während Kristoffer Kolbjørnsen auf seine umständliche Art noch einmal all das darlegte, was er für die wichtigen Fakten in diesem Streitfall hielt. Die Schwester saß neben ihm und sekundierte.

Einen kurzen Moment lang kam Moss der Gedanke, daß es vielleicht gar keinen Fall gab, sondern daß sich diese beiden alten Menschen einfach langweilten und deshalb so sehr bemühten, etwas zu finden, worum sie sich kümmern könnten, daß sie begannen, am hellichten Tage Gespenster zu sehen.

Es wurde für eine Weile still, dann fragte Moss: »Ist es lange her, daß Sie selbst dort gewohnt haben?«

»In Våganger? Ja, das ist lange her«, sagte Marta Kolbjørnsen. »Vor dem Krieg haben wir da gewohnt. Vater hatte einen Kolonialwarenladen. Alle sind jetzt aus dem Ort weggezogen. Fast alle. Aber Kåre und Maria, die krallen sich fest. Und betreiben einen *Campingplatz*.«

Sie sprach das Wort voller Verachtung und wie *Chempingplatz* aus.

»Na ja«, sagte Bruder Kristoffer und räusperte sich. »Es gibt schon Leute dort. Besonders im Sommer, es wird also kein Problem machen, in der Menge unterzutauchen. Aber die Leute in Våganger sind nicht so gesprächig. Man muß Geduld haben, das ist Ihnen hoffentlich klar. Man kann sich den Leuten nicht einfach so aufdrängen.«

»Man muß die Schleichwege nutzen«, fügte Marta hinzu und faltete die Hände.

Moss nickte und schaute in ihr Notizbuch. Sie wollte diese Sache gern abschließen.

»Der Bankdirektor heißt Hans O. Storfjord, habe ich mir notiert. Wie alt ist er?«

Kolbjørnsen konferierte wortlos mit seiner Schwester, und dann sagten sie beinahe im Chor: »Fünfundfünfzig.«

Marta fügte hinzu: »Er ist der älteste Sohn von Olav Storfjord, der in meine Schulklasse ging.«

»Gibt es etwas, das ich über ihn wissen sollte?« fragte Moss.

Erneute wortlose Konferenz.

»Ich wäre mit ihm beinahe verheiratet worden«, sagte Marta schließlich. »Also mit dem Vater. Aber dann ist nichts draus geworden. Ich war eher wie die Braut Christi.«

Sie sah an die Decke.

Kolbjørnsen bekam noch schiefere Schultern.

Die Uhr, die an der Wand hing, tickte plötzlich sehr laut, und der ferne Lärm von der Europastraße brachte die Fensterscheiben zum Klirren.

»Er war ein weltlicher Mann«, sagte er schließlich.

»Er ist aus der Gnade gefallen«, sagte Marta.

Auf dem Weg nach Hause passierte etwas mit der Auspuffanlage. Als sie am Sognsveien Gas gab, um noch bei Grün über die Kreuzung zu kommen, klang es plötzlich so, als hätte das Linienflugzeug Richtung Norden einen kleinen Extraschlenker gemacht und versuchte nun, auf dem Renault zu landen. Sie fuhr so sehr zusammen, daß sie beinahe im Graben landete, und riß den Mund auf, um den Druck auf den Ohren loszuwerden. Erst als sie sich der Smestadkreuzung näherte, war ihr Kopf klar genug, um zu ahnen, was geschehen war: Der Auspufftopf war im Eimer. Dabei hatte sie sich, als sie sich in Manglerud ins Auto gesetzt hatte, noch gefragt, ob sie mit dem Wagen nach Vestlandet und zurück kommen würde, so alt, wie er war, und hatte beschlossen, daß sie das schaffen würde. Vor allem, weil ihr letztes richtiges Honorar dafür draufgegangen war, die Kupplung zu reparieren. Das war im Februar gewesen. Sie konnte sich jetzt keinen neuen Auspuff leisten!

Dann mußte sie wohl einen Mietwagen nach Vestlandet nehmen. Und ein großer Teil des Honorars würde dafür draufgehen, wenn ihr nicht in der Zwischenzeit ein ganz genialer Gedanke kam.

Sie hatte die Nase wirklich voll davon, kein Geld zu haben!

Als sie nach Hause kam, stand Tante Maisen auf der Treppe.

»Karen hat angerufen«, sagte sie, und ihr Gesicht war weiß und merkwürdig pergamentartig. »Sie hat gesagt, daß sie von einem Mann in einem Auto verfolgt wird. Oh, ich habe so auf dich gewartet, Margaret! Es ist eine Stunde her, daß sie angerufen hat. Sie ist im Kindergarten auf Ekeberg!«

Margaret zog nicht einmal die Jacke aus, sie lief ins Wohnzimmer der Tante und wählte die Nummer des Kindergartens.

»Mama!«

Karen höchstpersönlich hob beim ersten Klingelzeichen

ab. »Ein Typ im Auto hat mich verfolgt! Vielleicht ist er immer noch hier draußen! Ich trau mich nicht rauszugehen!«

»Ich komme«, sagte Margaret Moss und legte auf, nachdem sie sich hatte erklären lassen, wie sie fahren mußte. Sie schnappte sich ihre Umhängetasche, ging wieder hinaus und setzte sich ins Auto. Als sie mit einem Geräusch wie von einer 700er Kawasaki aus der Toreinfahrt fuhr, prasselten die ersten Regentropfen auf die Motorhaube.

Karen nahm sie mit ins Personalzimmer und schloß die Tür hinter sich.

»Ich war unten in Holtet bei der Apotheke«, sagte sie. »Ich hatte mir das Fahrrad von Siri, unserer Leiterin, geliehen. Wir hatten keine Pflaster mehr. Und kein Desinfektionsmittel. Als ich herauskam, hab ich ein Auto bemerkt, das mit laufendem Motor dastand. Es ist so eng auf dem Parkplatz, deshalb kommt es öfter mal vor, daß Leute sich einfach mit laufendem Motor hinstellen, wenn sie nur zum Bankautomaten wollen oder so. Deshalb hab ich mich auch nicht gewundert, sondern mich nur darüber geärgert, daß sie nicht zur Seite gefahren sind. Es war richtig schwierig, das Fahrrad herauszuschieben. Am Steuer saß ein Typ und hat mich angegrinst, total eklig. Er hatte die Scheibe runtergekurbelt, und ich hab mir schon gedacht, daß er mich gleich in den Hintern kneift oder so, ich konnte mich gerade so vorbeiquetschen.«

Karen saß da, die Hände zwischen den Knien gefaltet, und sah merkwürdig angespannt aus.

»Dann bin ich bergauf gefahren, und als ich an der Kreuzung links abbiegen und auf die Ekebergsletta fahren wollte, war er wieder da. Der Typ im Auto.«

»Was für ein Auto?« fragte Moss.

Sie gab sich Mühe, nicht die Fassung zu verlieren, am liebsten hätte sie das Mädchen geschüttelt oder sie auf den Schoß genommen und gedrückt. ›Was ist passiert, hat er dir was getan, verdammt noch mal!‹ wollte sie sagen, aber ihre Tochter mußte ihr das wohl in ihrem eigenen Tempo erzählen.

»Weiß nicht«, sagte Karen. »Grün. Oder graugrün.«

»Und es saß ein Mann darin?«

»Ja. Er war ein bißchen dicklich, mit Goldkettchen und brauner Wildlederjacke.«

»Und was ist dann passiert?«

»Ach, er ist direkt vor mir auf die Kreuzung gefahren, so daß ich fast vom Rad gefallen wäre. Und als ich angefangen hab, das Rad den Berg hochzuschieben, hat er mein Tempo gehalten. Er ist verdammt langsam gefahren, weißt du, und da hab ich gesehen, daß es der Typ vom Parkplatz war.«

Das Auto hatte sie über die Ekebergsletta verfolgt bis zur Stelle, wo der kleine Kiesweg nach links zum Kindergarten abbog.

»Er muß gewußt haben, daß ich da hinwollte, Mama!«

Denn er hatte angehalten und auf sie gewartet. Da hatte Karen solche Angst bekommen, daß sie den Weg verlassen hatte und quer über die frühlingsnasse Erde gefahren war. Da hatte der Mann im Auto ihr hinterhergerufen: »Grüß deine Mutter und sag ihr, daß wir wissen, wer du bist!«

»Hat er das gesagt? Bist du dir ganz sicher?«

»Ganz sicher«, sagte Karen, legte die Stirn auf die Knie und fing an zu weinen.

Karen bekam den restlichen Tag frei, und Margaret fuhr sie hinunter in die Altstadt. Karen saß still und klein in der Ecke des Beifahrersitzes, und Margaret versuchte sie zu trösten, gab jedoch bald auf. Es lärmte so im Auto, daß kein Gespräch möglich war. Als sie in die Wohnung hinaufkamen, sah Margaret zu ihrer Erleichterung, daß Vokter zu Hause war.

Merkwürdige Herkunft hin oder her, er konnte jedenfalls auf Karen aufpassen. Er bekam einen solchen Schrecken, daß er damit jedes Mutterherz beruhigt hätte: Er wurde ganz weiß um die Nase, und die blauen Augen verdunkelten sich. Er packte Karen in eine Wolldecke. Er kochte Kakao. Dann stand er ganz still in der Tür und starrte Margaret Moss an, die in ihrer Jacke dasaß.

»Was zum Teufel ist das!« rief er und schlug mit der flachen Hand gegen den Türrahmen.

»Das versuche ich gerade herauszufinden«, antwortete sie mit einer Autorität, für die sie eigentlich nicht einstehen konnte.

12

I just can't wait to get on the road again.

Willie Nelson

In dieser Woche kaufte Moss etwas, von dem sie sich geschworen hatte, es nie zu kaufen: ein Handy.

Es gab in der Wohngemeinschaft kein Telefon.

»Versprich mir, daß du es benutzt«, sagte sie, als sie es Karen überreichte. Karen rümpfte die Nase.

»Ich werde dich nicht zu unpassenden Zeiten anrufen. Ich muß bloß wissen, daß du es hast. Sag Bescheid, sobald du irgendwas siehst, was darauf hindeuten könnte, daß dich jemand verfolgt!«

Karen hatte sich beruhigt, denn seit dem Vorfall war eine Woche vergangen, und der erste Schock war vorbei. »Eigentlich ganz cool«, sagte sie und zeigte ihrer Mutter die Blumen, die sie mit einem goldfarbenen Filzstift auf das Mobiltelefon gemalt hatte. »Ich fand, es sah zu langweilig aus. Das wollen wir doch nicht, oder, Mama?«

»Nein«, sagte Moss.

Nach viel Grübelei hatte sie sich entschieden, Tante Maisen auf die Reise nach Vestlandet mitzunehmen. Sie hatte es auch mit Karen versucht, die sofort abgelehnt hatte, und Margaret dachte sich, daß eine Dame weit in den Siebzigern mit Krampfadern und hochgesteckten weißen Locken als Tarnung beinahe so gut geeignet sein müsse wie ein Fernfahrer mit ausgefranstem Pferdeschwanz und Cowboystiefeln. Sie würde bestimmt nicht auffallen, denn kein professioneller Detektiv schleppte bei einem Auftrag seine Tante mit, hatte Margaret vernünftig gedacht. So würde sie sich auch keine Sorgen um Maisen allein in dem großen Haus machen müssen. Hoffentlich paßte Vokter auf Karen auf. Das hatte er auf alle Fälle versprochen.

Draußen ging der bleiche, kalte Frühling langsam in den Sommer über.

Der Kater war von zu Hause weggelaufen, und Tante Maisen war überzeugt, daß er überfahren worden war.

»Meine Liebe, das tut er jeden Frühling«, sagte Moss. »Er ist nur auf Freiersfüßen unterwegs.«

»Das glaubst *du*«, sagte die Tante düster.

Der Volvomann zeigte sich nicht mehr. Weder auf Ekeberg noch in Smestad.

Die Tage schleppten sich ohne vernünftige Tätigkeiten dahin, sie waren lang und nicht auszuhalten, wie selbstgestrickte Socken in den fünfziger Jahren, dachte Moss, die ganz rastlos davon wurde, herumzugehen und zu warten, ohne etwas unternehmen zu können.

Pleite war sie auch.

Eines Tages hatte Fischer Bertelsen angerufen und erzählt, daß sie eine Karte von Bente bekommen hätten. Sie sei in Gol im Hallingdal abgestempelt, und es stünde darauf, daß es ihr gutgehe, daß sie sich keine Sorgen zu machen bräuchten und daß sie sich später wieder melden würde.

»Damit ist die Sache für mich abgeschlossen, denke ich mal«, hatte Moss gesagt. Willy Bertelsen hatte gezögert, ihr jedoch nicht widersprochen. Drei Tage später hatte sie eine Postanweisung erhalten. Honorar für ausgeführte Arbeit. Sie versuchte umzurechnen, wieviel das umgerechnet in Kabeljau, Schellfisch und Seelachs wäre, gab jedoch bald auf.

Sie hatte aufgehört, sich Gedanken zu machen, ob Karen schwanger sei, statt dessen dachte sie ein bißchen zu oft an das Heim des Bruderkreises auf Nøtterøy, an Vokter, den abwesenden, offenbar alkoholisierten Vater und seine ängstliche, angespannte Mutter.

Einmal war sie kurz davor, zum Hauptquartier des Bruderkreises in Sagene zu fahren, um Näheres zu erfahren, aber es gelang ihr, sich zu beherrschen.

Sie litt vermutlich an Halluzinationen.

Gegen Mittsommer verabredete sie die letzten Details mit Kristoffer Kolbjørnsen. Sie sagte nichts davon, daß ihr Auto zum Teufel war. Auch nicht, daß ihre Tante mitkommen würde. Das ging ihn nichts an. Auf dem Weg aus dem Mietshaus im Vårsolsveien winkte sie Frau Gundersen übermütig zu, die aus ihrem Küchenfenster im Erdgeschoß starrte. Sofort öffnete die Hexe das Fenster sperrangelweit. »Na?« sagte sie. »Haben Sie etwas herausgefunden?«

»Ich? Nein«, sagte Moss und lächelte. Die Sonne schien, über Manglerud zog plötzlich und überraschend eine Wolke von Jasminduft hinweg, und eventuelle Volvomänner würden sich hoffentlich fernhalten.

»Aber irgend etwas müssen Sie ja tun für Ihr Geld«, sagte Frau Gundersen unschuldig.

»Klar«, sagte Moss. »Ich mache eine Reise. Marta Kolbjørnsens alten Liebhaber abchecken!«

Sie lachte, als sie in Richtung U-Bahn-Haltestelle ging. Es machte Spaß, die alte Hexe aufzuziehen!

Als sie wieder zu Hause war, rief sie Jorun Vaarli an.

»Auto?« fragte Jorun. »Was willst'n du mit 'nem Auto?«

»Was glaubst du?« sagte Moss irritiert. »Sahne schlagen.«

»Was?«

»Denk mal nach! Kann ich dein Auto leihen?«

»O Mann, es ist doch so schlecht.«

»Gleichfalls, allerdings ist meins so schlecht, daß ich es nicht benutzen kann. Wie schlecht ist deins?«

»Verdammt rostig. Und dann klopft es manchmal so komisch. Wie weit willst'n du damit?«

»Nicht so weit«, log Margaret schnell. »Aber ich brauche es vielleicht ein paar Wochen. Ist das okay? Du benutzt es doch nie.«

»Ach, ich krieg sowieso nur Strafzettel, hier gibt's ja keine Parkplätze. Insofern ... Wann holst du's denn ab?«

»Jetzt«, sagte Margaret und legte auf, während sie darüber nachdachte, wie es kam, daß Jorun noch immer wie ein Gossenkind sprach, und das nach zwanzig Jahren an der größten Bühne Norwegens.

Zwei Stunden später stand das Auto auf dem Hof. Margaret drehte den Gartenschlauch voll auf und spritzte drauflos, so daß Kies und eingetrocknete Streusalzflecken die Flucht ergriffen. Offenbar hatte Jorun den alten Mazda schon mehrere Winter lang nicht gewaschen. Hinterher holte sie Wachs und Putzlappen, es war eine bekannte Tatsache, daß die schmuddeligsten Autos bei Straßenkontrollen als erste angehalten wurden, und dieser Wagen vertrug definitiv keine genauere Untersuchung.

Sie saß auf der Treppe, das Kinn in die Hände gestützt, als Maisen herauskam. »Ist der das?« fragte sie.

»Ja«, antwortete Margaret.

»Der ist aber rostig, nicht wahr?«

»Stimmt«, sagte Margaret. »Hätte ich Lack in der passenden Farbe gehabt, könnte ich die Stellen ausbessern, die am meisten zu sehen sind. Wie die Stelle an dem einen Vorderlicht, die aussieht wie 'ne Scheibe Flachbrot.«

Die Tante legte den Kopf schief. »Es kann sein, daß ich was habe«, sagte sie. »Warte mal!«

Nach einer Weile kam sie mit einer Nagellackflasche zurück, die sie unermüdlich schüttelte. »Hier!« sagte sie triumphierend. »Die Farbe ist beinahe identisch! Aber der Lack ist ein bißchen dickflüssig, der hat bestimmt eine Weile herumgestanden, weißt du.«

Sie mußten ihn mit Azeton verdünnen. Verdünnen und schütteln und weiter verdünnen. Aber Maisen behielt recht. Moss hatte mit Sandpapier nachgeschliffen, und dann hatte der gut gelagerte Nagellack namens Shocking Pink ganze Arbeit geleistet. Und frühmorgens drei Tage später rollte ein frischpolierter und zumindest fleckenweise neulackierter Wagen aus der Toreinfahrt in Smestad. Im Kofferraum lagen zwei Koffer, auf dem Rücksitz zwei Taschen, und vorne saß Privatdetektivin Margaret Moss in hellblauem Parka, frischgewaschenen Jeans und beinahe sauberen Joggingschuhen und neben ihr Maisen Moss Pedersen, Tante und ehemalige Schauspielerin am Søilen und am Odeon, in einem Vorkriegsanorak mit Gummizug an der Taille und nagelneuen sogenannten Leggings (zehn Prozent Baumwolle und neunzig Prozent Elastan). Die Handtasche hielt sie auf dem Schoß, und sie zitterte ein wenig in der Mundgegend. Ihre letzte größere Reise lag lange zurück.

»*Allons, enfants, de la Patrie* ...«, sang sie mit sich überschlagendem Sopran, als sie auf die Smestadkreuzung einbogen.

»Aber Maisen«, sagte Moss und schaltete in den dritten Gang. »So ernst ist es wirklich nicht!«

13

Well, it's one for the money, two for the show,
three to get ready, so go, cat, go!

Carl Perkins

Es wurde ein warmer Tag.

Über den Gjelleråsen ging es gut, es gab keinen Stau, die Sonne bot vorläufig nur Anlaß zur Freude, es war einigermaßen kühl im Auto.

Margaret und die Tante hatten den musikalischen Geschmack von Jorun Vaarli getestet, hatten unter den ausgeleierten Kassetten im Handschuhfach jedoch nichts nach ihrem Geschmack gefunden.

»Abba«, las Maisen laut. »Meine Güte, sind das nicht Fischkonserven? Weißt du, als junges Mädchen in Fredrikstad wurde man von seinen männlichen Bewunderern ins Hotel Laholmen ausgeführt – in Strömstad drüben in Schweden. Da gab es wunderbare Fischbuffets.«

»Habt ihr dort übernachtet?«

»Um Gottes willen, nein, bist du verrückt? Das war doch vor dem Krieg.«

»Ach ja«, sagte Margaret und stellte statt dessen Radio Oppland ein. Dort spielte die Gruppe Ole Ivars populäre Tanzmusik, und das tat sie bis Åkervika.

Am Hunderfossen machten sie eine Pause. Da hatte die Sonne schon eine ganze Weile direkt aufs Autodach geschienen, und Tante Maisen hatte schon längst aufgehört zu reden. Sie hielt ein kleines Taschentuch in der Hand und betupfte sich in der Nasengegend und sah seltsam krumm und verwelkt aus, wie sie da im Sicherheitsgurt hing. Die neunzig Prozent Elastan in den Leggings hatten wohl begonnen, sich geltend zu machen.

»Wir nehmen uns Zeit zu essen«, sagte Margaret. Wäre sie allein gewesen, dann wäre sie einfach weitergefahren, um es hinter sich zu bringen, aber sie machte sich ein bißchen Sorgen um ihre Tante. Es war wirklich heiß.

Am Hunderfossen war es schattig und kühl, Margaret begleitete Maisen ins Restaurant und sorgte für etwas Kaltes zu trinken, dann ging sie hinaus, um die Straßenkarte zu holen, die sie eigens für die Reise gekauft hatte, da sie diese Strecke noch nie gefahren war. Sie setzte sich einen Moment ins Auto und legte den Kopf in den Nacken, schloß die Augen.

Es war anstrengend mit Tantenbegleitung. Maisen redete in einer Tour, oder sie schwieg ganz und sah aus, als wäre sie dem Tode nahe. Das war zwar eine ganz eigene Begabung von ihr, aber man konnte ja nie wissen. Margaret gähnte schnell und wünschte sich, daß sie auch ein Pils hätte trinken können. Sie war gerade im Begriff, einen Spannungskopfschmerz zu bekommen, der sich anfühlte, als würde er groß und breitschultrig werden. Sie steckte die Hand in die Türablage und holte die Karte hervor.

Sie breitete sie aus.

Blinzelte.

Sie mußte lernen, auf Reisen die Brille mitzunehmen, die Orte sahen aus wie undeutlicher Mäusedreck, sie kniff die Augen noch mehr zusammen. Es sah aus, als wäre zwischen Lillehammer und Fåberg ein ganz neuer Ort entstanden, das *war* Mäusedreck, sie schnipste, um ihn wegzubekommen, aber er hielt sich hartnäckig. Da glitt sie halbwegs aus der offenen Autotür und hielt die Karte ins Sonnenlicht.

Da war ein kleiner, verbrannter Fleck, rund und von der Größe eines Streichholzkopfes ... Moment! Es war ein Brandfleck von der Glut einer Pfeife oder Zigarette! Sie konnte sich nicht daran erinnern, daß er gestern schon dagewesen wäre, als sie in der Küche gesessen, sich den Weg angesehen und die Route bis Geiranger markiert hatte. Sie kratzte noch einmal an dem Brandfleck, und mit tiefen Falten auf der Stirn ging sie wieder ins Restaurant.

Maisen hatte schon bestellt. Zwei Portionen Elchfrikadellen mit Soße, Erbspüree und Preiselbeeren. Sie saß an einem offenen Fenster und hatte beinahe ihr ganzes Bier ausgetrunken und wieder Farbe im Gesicht bekommen.

»Maisen«, sagte Margaret und setzte sich hin. »Hast du die Straßenkarte mit hineingenommen und sie dir gestern abend angeschaut, nachdem ich sie an ihren Platz in die Autotür gesteckt hatte?«

Die Tante blickte sie an. »Nein«, sagte sie. »Warum um alles in der Welt hätte ich das tun sollen?«

»Stimmt«, sagte Margaret und sah zerstreut aus dem Fenster. »Warum hättest du das tun sollen?«

Sie bestellte sich in purer Zerstreutheit ein Bier, und als es kam, vermochte sie nicht, es wieder zurückgehen zu lassen, sondern trank es in vier Zügen aus und atmete tief durch. Dann breitete sie die Karte wieder aus.

Sie erinnerte sich nicht, ob das Auto nachts abgeschlossen gewesen war. Normalerweise schloß sie ab, das war etwas, was man automatisch machte. Deshalb konnte man es auch ebenso automatisch vergessen haben. Aber warum sollte sich jemand im Schutz der nächtlichen Dunkelheit in das Auto geschlichen haben, nur um in ihrer Karte herumzuwühlen?

Um zu wissen, wo du hinwillst, kleines Rotkäppchen!

Margaret starrte auf den Teller. Die Elchfrikadellen starrten zurück.

»Das Essen ist richtig gut«, sagte die Tante und tupfte sich den Mund mit der Serviette ab. »Nicht diese zähen Kartoffeln, die man sonst manchmal bekommt. Prost, meine Liebe!«

»Prost«, sagte Margaret Moss.

Auf dem Weg durchs nördliche Gudbrandsdal schien die Sonne direkt auf die Frontscheibe. Sie schnauften vor Hitze. Margaret hatte das ausgezogen, was möglich war, und saß da, im T-Shirt, mit provisorisch hochgestecktem Haar und einer Sonnenbrille, die ihr die ganze Zeit die verschwitzte Nase hinunterglitt. Die Tante döste vor sich hin, auf ihrer Oberlippe waren Schweißperlen zu sehen. Sie seufzte und knöpfte ihre Bluse noch ein Knopfloch weiter auf, so daß ihr teefarbener BH zu sehen war. Sie sah an sich selbst hinab.

»Früher nannte man das Ecru«, sagte sie.

»Was denn?« sagte Margaret und schob die Sonnenbrille hoch. Ihr Blick wanderte regelmäßig in den Rückspiegel. Seit Hunderfossen war sie darauf gefaßt, einen grünen Volvo Amazon auftauchen zu sehen.

Paranoia, meinetwegen, aber daß sie – wer auch immer sie waren – sogar Karen verfolgt hatten, das hatte ihr einen großen Schrecken eingejagt.

Sie hatte außerdem wieder von dem Mädchen im Meer geträumt, nur daß es jetzt Karen war, die mit dem Gesicht unter Wasser lag und nach oben starrte, und Vokter, der sie mit einem Bootshaken festhielt.

Sie würde ihre Tochter anrufen, sobald sie heute abend ankamen. Nur, um sich zu vergewissern, daß alles in Ordnung war.

»Teefarben«, sagte die Tante und verzog den Mund. »Ist das etwa ein delikates Wort? Früher vielleicht. Bevor die Teebeutel Einzug hielten. Ich kann mich daran erinnern, daß wir chinesischen Tee eigens bestellten. In diesen großen Blechdosen. Aber das war ja vor dem Krieg.«

»Ja«, sagte Margaret. Da kam ein Auto um die Kurve geschossen und tauchte im Rückspiegel auf. In der Sonne waren gerade mal die Autolichter zu erkennen.

»Vermißt du das denn nie?« fragte die Tante.

»Was denn?« sagte Moss. Es stellte sich heraus, daß es irgendein weißer Wagen war, jedenfalls kein Volvo.

»Was ist denn los mit dir?« fragte die Tante, richtete sich auf und zog irritiert am Sicherheitsgurt. »Ich frage dich, ob du nicht auch diese Teebeutel satt hast. O Gott, dieser Gurt erwürgt mich. Der ist nicht für Damen von der kleinen und zierlichen Sorte gemacht!«

Das Auto hinter ihnen beschleunigte, Margaret fuhr langsamer und ließ es überholen. »Das liegt an der Hitze«, sagte sie zerstreut.

»Gehen Sicherheitsgurte in der Hitze ein?« fragte die Tante ungläubig und zog wieder am Gurt. »Das klingt sehr unwahrscheinlich, finde ich. Du bist nie besonders praktisch veranlagt gewesen. Das hast du von deinem Vater, als seine Schwester kann ich ein Lied davon singen. Er konnte nicht einmal Sicherungen auswechseln.«

Margaret hatte den Anschluß an das Gespräch verloren. Sie seufzte und warf einen erneuten Blick in den Rückspiegel.

»Hier«, sagte sie und gab ihrer Tante die Karte. »Lies mit. Ich bin diesen Weg noch nie gefahren. Halt Ausschau nach der Ausschilderung Richtung Vågå und Sjåk und so. Da müssen wir nämlich durch.«

Als sie nach Grotli kamen, hielten sie für eine Toilettenpause an.

Auf dem Parkplatz stand ein Volvo, aber er hatte schwedische Nummernschilder und war außerdem metallicgrau. Steifbeinig stiegen sie aus, und der kühle Bergwind ließ die Kleider flattern. Tante Maisen zog an ihrer Elastanhose und ließ sie mit einem hörbaren Knall am Oberschenkel zurückschnellen. »Weißt du was? Ich glaube, das ist keine Sommerhose«, sagte sie und sah an sich hinunter. »Aber immerhin macht sie schlanke Beine.«

»Ja«, sagte Margaret und sah die Tante an, die gerade ein bißchen wie ein Storch aussah. Sie legte den Kopf in den Nacken und schnupperte. Es roch nach Gletschern und Geröllhalden, mit einem winzigen Anflug von Schwarzer Krähenbeere und Moltebeerenmoor.

»Grotli«, sagte sie. »Was bedeutet das wohl?«

»Das kommt von *grjot*«, sagte die Tante und zog wieder an den Leggings. »Das bedeutet Topf auf Altnordisch. Oder vielleicht Stein? Du weißt, mein Mann interessierte sich für so was. Ethnologie oder was das nun ist.«

»Etymologie«, sagte Moss und sah sich um. Das Lied aus ihrer Kindheit kam ihr plötzlich in den Sinn: *Wer als allerletzter kommt, muß in den schwarzen To-o-o-pf!* Dann schüttelte sie die düsteren Gedanken ab und griff die Tante am Arm. »Komm, laß uns reingehen und eine Tasse Kaffee trinken«, sagte sie. »Hier ist es ja geradezu kühl.«

Drinnen in der Cafeteria aß eine deutsche Reisegruppe *sveler,* kleine Pfannkuchen mit Blaubeeren und Sauerrahm, es war nicht zu übersehen, daß Vestlandet gleich um die Ecke lag, und vor der Damentoilette bildete sich eine ziemliche Schlange.

»Wunderschön!« sagte die dicke Dame, die aus der Kabine kam, als Margaret an der Reihe war, und sie fragte sich, ob die norwegische Natur oder die Erleichterung nach dem Toilettenbesuch diesen Ausbruch verursacht hatte. Sie nickte dessen ungeachtet verbindlich zurück, ging hinein und schloß ab.

Als sie sich vorbeugte, um die Hose aufzuknöpfen, löste sich ihre provisorische Hochsteckfrisur auf, und die Haarspangen fielen zu Boden. Sie hockte sich verärgert hin und suchte auf dem Fußboden herum. Da sah sie ein Taschenbuch, das hinter den Plastikbehälter für gebrauchte Damenbinden gerutscht war. Sie fischte es hervor und dachte, daß die deutsche Frau es wohl verloren hätte, doch dann entdeckte sie, daß es ein Unterhaltungsroman von Margit Sandemose war.

Das Mädchen auf dem Umschlag erinnerte sie an Bente Bertelsen, schrägstehende Augen und langes, blondes Haar. Sie hielt einen Dolch oder was auch immer in der linken Hand und hatte offenbar vor, ihn gegen den breitschultrigen Schurken mit dem schleimigen Grinsen einzusetzen, der sich ihr halb zuwandte und offenbar Böses im Sinn hatte.

War das Mädchen im Buch Linkshänderin oder hatte der Illustrator nicht aufgepaßt?

Das würde Moss nie erfahren, sie legte das Buch auf den Deckel des Plastikbehälters, stand auf und zog die Hose wieder an.

Bente Bertelsen war Linkshänderin, das hatte Willy Bertelsen gesagt, als er ihr erzählte, daß sie nach der neunten Klasse von der Schule abgegangen war. Er hatte Margaret gefragt, ob sie meine, daß es einen Zusammenhang zwischen Linkshändigkeit und Legasthenie gebe, denn die Lese- und Rechtschreibschwäche sei für Bente die ganze Schulzeit eine Plage gewesen und sicher auch ein Grund, warum sie nicht auf eine weiterführende Schule gehen wollte.

Moss hatte gesagt, sie wüßte es zwar nicht, hielte es aber für wenig wahrscheinlich.

Sie ging wieder in die Cafeteria hinaus und dachte, daß sie es satt hatte, an Willy Bertelsens Tochter zu denken, und daß sie jetzt nur wegen dieses Buchumschlages wieder damit angefangen hatte.

Als ob es ein Zeichen gewesen wäre.

Ein Zeichen wofür, Moss? Daß du langsam verrückt wirst?

Sie warf irritiert ihre Umhängetasche über die Schulter, holte an der Theke Kaffee und *sveler* und fragte das junge Mädchen an der Kasse, ob an einem so schönen Tag wie diesem viele Gäste dagewesen seien. »O ja«, sagte das Mädchen und strich sich das Haar mit dem Handrücken nach hinten. »Zwei, drei Reisebusse. Eine ganze Menge Privattouristen.«

»Aha«, sagte Moss, und es glückte ihr, nicht zu fragen, ob einer von ihnen einen alten Volvo Amazon gefahren hätte. Sie nahm das Tablett und balancierte damit zur Tante hinüber.

Der Bus mit den deutschen Touristen fuhr gerade ab, als Maisen und Margaret nach draußen auf den Parkplatz kamen. Die Sonne verschwand immer häufiger hinter Wolken, die von Westen heranzogen, und es wurde plötzlich kalt.

Das Fjell sah grau und wenig einladend aus.

»Huh«, sagte die Tante und sah sich um, während sie den Anorak über der Brust zusammenzog. »Wie trostlos es hier ist.«

»Vorhin war es noch schön«, sagte Margaret. »Die Sonne ist verschwunden, und wir werden langsam müde. Es ist nicht mehr so weit.«

Die Tante sah sie erschrocken an.

»Ich meine, wir sind bald da«, sagte Margaret.

Ihr graute vor den Haarnadelkurven auf dem Weg nach Geiranger.

14

If you ever plan to motor west,
travel my way, take the highway that's best.
Get your kicks on Route Sixty-six!

Bobby Troup

Bevor sie die Fernstraße 15 verließen und auf den Weg Richtung Nordwesten einbogen, waren sie plötzlich von Nebel eingehüllt. Das einzige, was sie noch sahen, waren ein schwarzer See mit gekräuselter Wasseroberfläche und Fjellwände, die sich ungnädig und steil dahinter erhoben. Maisen klammerte sich an die Karte. »Hier steht *Djupvatnet,* der Tiefsee«, sagte sie. »Müssen wir da hin?«

»Wir müssen da nicht hin«, antwortete Margaret und betrachtete den schmalen Weg. Von rechts lehnten sich riesige, rußgraue Gletscher über sie. Schmelzwasserbäche formten Streifen im Kiesbelag.

»*Trollknivseggja,* der Trollmessergrat«, sagte Maisen und starrte auf die Karte. »*Dalsnibba,* der Felsspitz, und *Kvitlenova,* das Gletschereck. Die Namen hier haben's in sich, oder?«

»Doch«, sagte Margaret und dachte an die Haarnadelkurven, die vor ihnen lagen. Sie warf einen raschen Blick in den Rückspiegel. Nichts zu sehen, nicht einmal ein Reisebus. Nur grauer Nebel, graue Gletscher und schwarze Geröllhalden.

»Was klopft da so?« fragte Maisen plötzlich.

»Klopft, was meinst du?«

»Hörst du es nicht? Es macht *klopf-klopf-klopf,* nein, jetzt ist es verschwunden.«

Margaret horchte, bis sich ihre Kopfhaut strammte. Doch

sie hörte durch die schmale Fensteröffnung nur das regelmäßige, zischende Geräusch der Räder auf dem Straßenbelag sowie das Rauschen in ihren eigenen Ohren.

»Ich habe solche Kopfschmerzen«, sagte sie schließlich. »Ich höre gar nichts.«

»Du solltest dir einen Drink bestellen, wenn wir da sind«, sagte Maisen tröstend. »Ein kleines bißchen Alkohol ist das einzige, was ... Du, jetzt klopft es wieder!«

»Verdammt!« sagte Margaret Moss, fuhr rechts heran und hielt an.

Sie riß die Autotür auf und stieg aus. Sie hatte keine Ahnung, was einem Auto fehlte, das Klopfgeräusche von sich gab. Das einzige, was sie kannte, war das, was die Männer Pleuelklopfen nannten, und da konnte man das Auto nur noch stehenlassen und nach Hause gehen. Das hatte sie mal mit dem Renault gehabt, und da war das Klopfen laut und hartnäckig gewesen, ganz anders als jetzt, und sie hatte Glück gehabt und sich direkt an der Tankstelle in Grønlandsleiret befunden, die es inzwischen nicht mehr gab.

Das war während ihrer Zeit bei der Polizei gewesen.

Als alles glattgelaufen und gut gewesen war, nein, das stimmte nicht, aber alles war zumindest einfacher gewesen. Jetzt stand sie mitten in der Gebirgswelt, mit defektem Auto und einer alten Tante, und sie hatte keine Ahnung, was kaputt war, wenn es so klopfte.

Denn jetzt hatte sie es ja auch gehört.

Es war ein leises, undefinierbares, drohendes Klopfen, das irgendwie aus allen vier Ecken des Autos zugleich kam und das aufhörte, sobald sie das Auto anhielt.

Sie öffnete die Motorhaube und blickte streng in das Wirrwarr von Rohren und Leitungen, in der Hoffnung, daß sich das eine oder andere davon am Riemen reißen würde.

Weit entfernt hörte sie ein Motorengeräusch.

Sie blickte hoch, doch der Nebel verkürzte die Sicht.

Um sie herum starrten die Berge streng in das schmale Tal und auf das kleine, rote Auto hinunter, das ganz allein unterhalb der Geröllhalden stand. Sie fröstelte in ihrem dünnen T-Shirt.

Es war kalt.

»Findest du was?« rief die Tante durch das Autofenster.

»Nein«, sagte Margaret und knallte die Motorhaube wieder zu. »Es ist sicher nur eine Bagatelle.«

Sie sah wieder nach hinten.

Kein Auto.

Sie setzte sich schnell in den Wagen und kurbelte das Fenster hoch. *»Okay, here we go«*, sagte sie mit einer Entschlossenheit, für die sie auf keinen Fall einstehen konnte.

Als die Haarnadelkurven begannen, war es so, als ob sie in undurchsichtiges Wasser eingetaucht wären. Die Nebelschwaden stiegen und sanken um sie herum, für einen Moment ragte die Bergwand schwarz vor Nässe gen Himmel, im nächsten Moment war sie weg, und das Gefühl verstärkte sich, in ein graues Nichts zu fahren.

Die Straßen warfen sich bergab, als wollten sie die Höhenmeter schnell hinter sich bringen, Moss bremste, indem sie einen niedrigen Gang einlegte, und ihr Herz pochte vor Anspannung.

»Wie tief geht es hier hinunter?« fragte die Tante mit zaghafter Stimme.

»Du hast die Karte«, sagte Margaret und klammerte sich ans Steuer, während sie geradeaus blinzelte. Etwas Riesiges und Graugelbes ragte plötzlich vor ihnen in die Höhe, und Margaret preßte den Mazda so dicht an die Bergwand, wie sie nur konnte.

Ein Wohnmobil.

Es hatte niederländische Nummernschilder und kroch im Schneckentempo bergauf. Der Gesichtsausdruck des Fahrers war reif fürs Guinnessbuch der Rekorde.

Der Mann hatte wirklich Angst.

»Hier steht 1476 Meter über der Meeresoberfläche«, sagte Maisen. »Wie weit hinunter müssen wir denn?«

»Ganz hinunter«, sagte Margaret. Das Bein, mit dem sie bremste, zitterte.

Ein weiteres Wohnmobil schaukelte ihnen aus dem Nebel entgegen.

Sie hatte aufgehört, an mögliche Verfolger in Volvos zu denken, sie hatte aufgehört, an tote Mädchen zu denken, das einzige, was sie im Kopf hatte, waren wirbelnde Nebelschwaden und entgegenkommende Wohnmobile.

Es mußte eine ganze Gruppe sein, sie kamen mit etwa zwanzig Metern Abstand und versperrten beinahe den Weg in ihrem Bemühen, nicht über die Leitplanke zu kippen, die winzige Sicherheit zwischen ihnen und dem Abgrund tief, tief dort unten.

Steuerbords tauchte ein riesiger verharschter Gletscher auf, mit Streifen, die den graphischen Kurven bei der Darstellung von saurem Regen ähnelten. Backbords arbeitete sich ein weiteres Wohnmobil bergauf – mit nur einer Handbreit Abstand zum nagellackroten Auto auf seinem Weg bergab.

»Denk daran, daß du die Mokkalöffel bekommen sollst«, sagte die Tante mit zitternder Stimme. »Die vergoldeten. Von Mama.«

»Aber Maisen«, sagte Margaret und bereitete sich auf eine weitere scharfe Kurve vor. »Wenn wir hinunterfallen, dann fallen wir zusammen. Sieh mal, jetzt haben wir bald das Schlimmste hinter uns!«

Dort unten ragten Bäume aus dem Nebel, große, bärtige Tannen. Farne und Gräser lösten plötzlich den Schnee vom Vorjahr und die Geröllhalden ab. Ein paar Kurven tiefer tauchten Hausdächer auf, und mit einem Mal fuhren sie an den hohen, spitzen Giebeln der Hotels vorbei, die einen Beigeschmack von Anno dazumal und gekochtem Lachs mit Gurkensalat hatten. Margaret bremste auf Schrittempo ab, als sie sich etwas so Urbanem wie einem Zebrastreifen und einem Stehimbiß näherten.

Im Hintergrund leuchtete der eisgrüne Fjord.

Glunk! machte es plötzlich, und das ganze Auto sackte etwas ab.

»Sieh mal«, sagte Tante Maisen und zeigte.

Ein Autorad kam von hinten, holte sie ein und sauste nonchalant vorbei, bevor es Gleichgewichtsprobleme bekam und sich immer weiter um sich selbst drehte – wie ein Hund auf der Jagd nach dem eigenen Schwanz – und sich schließlich am Straßenrand zurechtlegte. Margaret gelang es gerade noch, ein Stück hinterherzufahren, bevor der Mazda ganz in die Knie ging.

»Das war doch unser Rad, oder nicht?« sagte die Tante.

»Das war es wohl«, sagte Margaret Moss.

Eine Stunde später saß sie verschwitzt und genervt in einem Hinterzimmer, während sie zu akzeptieren versuchte, was der Mann in dem ölverschmierten Blaumann sagte.

»Total unverantwortlich«, sagte er. »Den können Sie nicht mehr fahren.«

»Aber das Rad«, sagte Margaret.

»Das Rad ist eine Bagatelle«, sagte er.

Margaret knallte die Tür, als sie hinausging, und dachte hitzig, wenn Jorun Vaarli gesagt hatte, ihr Auto tauge nichts, dann stimmte das auch. Fast schon ein Fall für den Autofriedhof. Das hätte Moss klar sein müssen, sie schob die Fäuste in die Taschen des Parkas, und für einen kurzen Moment haßte sie sich selbst sehr intensiv.

Was zum Teufel sollte sie jetzt machen? Erstmal auf alle Fälle Jorun anrufen. Sie würde die Verschrottung des Mazdas selbst bezahlen müssen. Nein, verdammt, das war ungerecht. Sie würde die Kosten wohl vom Honorar von Kolbjørnsen abziehen müssen. Dann blieb noch weniger übrig, wie ärgerlich! Sie starrte wütend auf einen Schwarm japanischer Touristen, die sich gegenseitig mit dem Geirangerfjord im Hintergrund fotografierten. Sie spürte die Magensäure unter dem Brustbein brennen.

Es wurde nicht besser, als sie in das Hotel kam, wo sie die

Tante geparkt hatte, und entdeckte, daß diese in schlechte Gesellschaft geraten war. Maisen Moss Pedersen war sehr überraschend auf alte Bekannte aus der Theaterwelt gestoßen und hatte sich mit einem Dry Martini an der Bar verschanzt. (»Aber Herrgott, Margaret, sie haben mich doch *eingeladen,* da konnte ich nicht nein sagen!«)

»Sie« waren ein alternder, aber äußerst charmanter Schauspieler und seine Kollegin und Freundin. Margaret Moss seufzte und betrachtete das Glas ihrer Tante, dann kehrte sie ihr den Rücken zu und ging weg, während sie in ihrer Tasche nach ihrem Notizbuch wühlte.

Draußen in der Empfangshalle gab es einen Münzfernsprecher. Als Roland Rud am anderen Ende antwortete, klang er etwas überrascht.

Und ein bißchen erfreut.

»Was heißt schon Umweg«, sagte er undeutlich in den Hörer. »Kommt drauf an … man's nimmt. Ich bin unterwegs von Ber…en und bald in Gol.«

»Toll!« sagte Margaret mit falschem Enthusiasmus. »Dann mußt du nur noch ein Stückchen westwärts fahren, und dann gibt's eine Fähre von Lærdalsøyri!«

Weiter kam sie nicht. Er hatte aufgelegt.

Sie hatten Glück im Unglück. Ein Doppelzimmer war frei, und dort streckte Margaret sich mit hinter dem Kopf verschränkten Armen auf dem Bett aus, während sie müßige Versuche unternahm nachzudenken.

An der Bar hielt die Tante hof.

»Wir können uns das nicht leisten!« hatte Margaret ihr ins Ohr gezischt.

»*Ich* schon«, hatte die Tante zurückgezischt. »Ich breche den Fonds an! Das ist meine erste Reise außerhalb von Oslo seit vielen Jahren!«

Der Fonds war das angesparte Kapital der Tante, der für unvorhergesehene Ereignisse im Leben gedacht war.

An und für sich konnte man lose Autoräder, ein mirakulöses Überleben und das Wiedersehen alter Freunde dazu zählen, das war Margaret schon klar. Aber sie selbst mußte weiter, während Maisen noch ein paar Tage hierbleiben könnte. Sie hatte mit rotfleckigen Wangen und von Zigarettenasche übersät dagesessen und August Angell den verstorbenen Kollegen David imitieren und davon erzählen hören, wie er mit Johanne Dybwad auf Tournee gewesen war.

»Maisen!« hatte Moss geflüstert. »Ich haue ab, wenn Roland kommt!«

Die Tante hatte sie keines Blickes gewürdigt.

Roland kam, aber erst am späten Abend des nächsten Tages und in einem riesigen, verschmutzten Großraumtaxi, das er sich ausgeliehen hatte.

»Das ist doch klar, hattest du gedacht, ich würde mich mit dem schweren Lastzug herschleppen?«

Er stand verdrießlich und erschöpft auf dem hoteleigenen Parkplatz und drehte sich eine Zigarette. Die schwarze Lederjacke hatte er von sich geworfen, und das rote T-Shirt war auf Brust und Rücken dunkel vor Schweiß. Margaret traute sich nicht zu fragen, wie er sich von der Arbeit und seiner Familie losgeeist hatte. Noch nicht. Es war natürlich töricht von ihr gewesen zu glauben, daß er mit einem Lastzug voll irgendwelcher Waren einfach Richtung Westen fahren könnte. Und den Privatwagen brauchte seine Frau vermutlich selbst.

»Ich bin in der Klemme«, sagte sie.

»Das bist du immer«, sagte er und steckte sich die fertig gedrehte Zigarette in den Mund.

Es war am vorherigen Abend spät geworden.

Sowohl August Angell als auch seine Begleiterin Benny Bryhde waren begeistert, Maisen wiederzusehen. Margaret erinnerte sich an die beiden aus der Zeit, als sie selbst gerade an der Schauspielschule begonnen und alles mitbekommen hatte, was es in der Stadt an Theaterleben gab. Sie waren schon damals alt gewesen: der zum Genie erklärte Angell mit der tiefen Stimme und der langen Gestalt und Benny Bryhde, winzig klein und zierlich, mit hennagefärbtem Haar, die im Laufe der Jahre offenbar Probleme mit dem Treppensteigen bekommen hatte.

»Es sind die Hüften«, stöhnte sie und klammerte sich an Maisens Arm.

»Bei mir sind's die Knie, weißt du«, sagte Maisen, die so in Form war, wie Margaret sie seit vielen Jahren nicht mehr erlebt hatte. August Angell präzisierte nicht, an welchen Körperteilen es ihm am schlechtesten ging, aber Margaret dachte sich ihr Teil. Er hatte das ganz besondere Zittern, das Menschen bekamen, deren Dasein zu einer haarfeinen Gratwanderung zwischen Rausch und Kater geworden war. Er nippte vorsichtig an seinem Drink und sagte: »Meine Betriebskosten sind gesunken. Ich brauche nicht mehr viel.«

Sie hatte den ganzen langen Tag mit Warten zugebracht, wobei ihre Hoffnung, daß Roland kommen würde, von Stunde zu Stunde gesunken war. In regelmäßigen Abständen hatte sie versucht, Karens Mobiltelefon anzurufen, aber es war offenbar ausgeschaltet.

Wenn nur Roland käme!

Wenn nur Karen ans Telefon ginge!

Das hatte sie den ganzen Tag lang gedacht, während die Hitze über dem Asphalt flirrte, der Geruch nach Schnellimbiß den des Fjords und der Ufersteine überlagerte, während die Autos im engen Tal Streifen von blauen Abgasen hinterließen und deutsche und niederländische Touristen sich am Souvenirkiosk drängten, während die Möwen im Sturzflug über die Wasseroberfläche glitten und die Sonne langsam Richtung Westen wanderte, dachte sie an Roland Rud. Es war so, als hätte der Zusammenbruch des Autos in ihr die Unruhe ausgelöst, der sie bisher Einhalt geboten hatte, als wäre sie mit all ihren Zweifeln und ihrer mangelnden Zuversicht gegenüber ihrem Vorhaben allein gelassen.

Erst als die Schatten lang geworden waren und Margaret aufgegeben hatte, kam er. Er wollte nicht hinein. Er holte sein Tabakpäckchen heraus und lehnte sich an die Autotür, und Margaret erzählte, wie es war. Alles, das mußte sie ja jetzt. Von seiner Zigarette war beinahe nur noch die Glut übriggeblieben, als sie meinte, fertig zu sein. Vom Fjord waren laute Rufe und Gelächter zu hören, aus dem Hotel dröhnte ein gleichmäßiger Baß. Margaret steckte die Hände in die Taschen ihrer Jeans und sah ihn an.

Er warf die Zigarettenkippe weg und trat sie aus.

Er sah Margaret an.

Sein Blick unter den zusammengewachsenen Augenbrauen war plötzlich direkt und nah, was selten vorkam. Dann schüttelte er sachte und verwundert den Kopf. »Du bist etwas ganz Besonderes, Margaret«, sagte er langsam.

»Inwiefern denn?« fragte sie genauso langsam, streckte die eine Hand aus und legte sie auf seine feuchte T-Shirt-Brust.

»Alle außer dir hätten begriffen, was das Klopfen bedeutete, nämlich daß ein Rad lose war«, sagte er eindringlich.

Ihre Schultern sanken herab, sie steckte die Hände wieder in die Hosentaschen. »Kann sein«, sagte sie, drehte sich um und ging Richtung Hotel.

Die Tante hatte sich entschieden. Sie wollte noch ein paar Tage mit ihren Freunden in Geiranger bleiben. Auch Roland Rud war ziemlich entschlossen, er wollte nach Våganger, bevor es dunkel wurde.

Und dann fuhren sie los.

15

The night is like a lovely tune,
beware, my foolish heart!

Washington/Young

Es war beinahe zehn Uhr abends, als Margaret Moss und Roland Rud die letzte Kurve zum Fjord hinunterfuhren und ein blaues Schild mit weißer Schrift passierten: »Våganger«.

»Hier ist es«, sagte Moss, eine unnötige Bemerkung, aber da keiner von ihnen ein Wort gesagt hatte, seit sie sich in Geiranger ins Auto gesetzt hatten, dachte sie, daß es an der Zeit wäre, ihre Stimme zu erproben.

Die Stimme hielt einigermaßen. »Hoffentlich haben die noch geöffnet.«

Er antwortete nicht. Sie fuhren an hohen Holzhäusern vorbei und durch enge Straßen; schon bald öffnete sich der Ort wieder, und dort waren der Fähranleger und der Fjord. Kein Mensch war zu sehen. Da kam ein stämmiger Typ beim örtlichen Stehimbiß um die Ecke, mit Muskelshirt und Jeans und den größten Tätowierungen, die Margaret in ihrem ganzen Leben gesehen hatte. Roland hielt das Auto an und kurbelte die Scheibe hinunter. »Weißt du, wo es hier einen Campingplatz gibt?« fragte er. Der Mann mit den Tätowierungen nickte Richtung Westen. »Da drüben, hinter dem Fähranleger zweigt ein Kiesweg ab«, sagte er, warf Margaret einen raschen Blick zu und ging weiter. Roland ließ die Gangschaltung los und bog nach links ab. »Die sprechen ja keinen besonders starken Dialekt hier«, sagte er.

»Der kam ja auch aus dem Osten, du Schaf«, sagte Moss. Er sah sie an, aber bevor er ihr geantwortet hatte, tauchte ein

Schild mit der Aufschrift »Fjordcamping« auf. Die Buchstaben waren selbstgemalt und nicht ganz gerade, und als sie in den schmalen Kiesweg einbogen, sahen sie einen alten Obstgarten mit Apfelbäumen, der in Laubwald überging, welcher wiederum an den steilen Bergwänden endete. Wiesenkerbel und Sauerampfer wuchsen auf beiden Seiten des Weges, auf der einen Seite markierten große Steine den Übergang zum Fjord und zum Strand, jenseits des dunklen Wasserspiegels erhob sich das Fjell mit scharfen Konturen gegen den Abendhimmel. Der Obstgarten war voller Campinghütten und Wohnmobile. Ganz oben am Hang lag das, was offenbar das Hauptgebäude war, ein gelbgestrichenes Haus mit Altanen und Schnitzwerk.

»Da«, sagte Margaret und deutete hinüber.

Es roch nach Niedrigwasser, Mückenschutzöl und qualmender Grillkohle. Sie stellten das Auto ab und gingen das letzte Stück einen schmalen Kiesweg hinauf.

Margaret klingelte.

Niemand öffnete, aber um die Hausecke bog eine kräftige Frau um die Fünfzig, die kurzes Haar mit blondierten Strähnchen hatte und ein T-Shirt trug, auf dem in weißer Schrift auf gelbem Grund »Fjordcamping« stand. Ihre Stretchhose saß stramm über einem großen und flachen Hintern und war ebenfalls gelb. An den Füßen trug sie weiße Holzschuhe.

»Ja?« sagte sie und verstärkte ihren Griff um eine riesige Sparpackung Toilettenpapier.

»Ist noch eine Hütte frei?« fragte Moss. »Wir sind den ganzen Tag gefahren.«

»Nein«, sagte die Frau mit dem Toilettenpapier schroff. »Alles voll.«

Sie sah Margaret desinteressiert an. Es schien, als wolle sie das, was sie gerade machte, abschließen, Toilettenrollen aufhängen unter anderem.

Feierabend machen.

»Aber«, sagte Margaret, »wir sind wirklich den ganzen Tag gefahren und total erschöpft. Und es ist so ... ja, es ist wirklich schön hier!«

Die Toilettenpapierfrau ließ sich nicht im mindesten beeindrucken. »Tja, das tut mir leid für Sie, aber hier ist es jedenfalls voll.«

Sie drehte sich zum Gehen. Da kam ein Mann aus der Tür, blieb stehen und betrachtete die beiden auf dem Kiesweg. »Ja?« Er trug ein kariertes Hemd, eine Khakihose und eine Schirmmütze und sah aus, als gähne er gerade.

»Die wollen eine Hütte mieten, aber ich hab gesagt, daß alles voll ist«, sagte die Frau mit den Toilettenpapierrollen.

Der Mann kratzte sich zerstreut unter der Mütze. »Wir haben ja noch die Sechs«, entgegnete er.

Die Frau blieb stehen. »Wirklich?«

»Ja«, sagte er. »Johanna hat angerufen, daß sie wegen eines Virus in Stryn bleiben mußte.«

»Aha«, die Frau mit den Rollen sah interessiert aus. Margaret hätte fast erwartet, daß die Frau fragen würde: Wie heißt er denn, der Virus?, aber das tat sie nicht, und der Mann kratzte sich wieder unter der Schirmmütze und sagte, die Sechs sei jedenfalls frei.

»Aber die ist klein«, fügte er hinzu.

»Wir sind nur zu zweit«, sagte Margaret Moss.

Die Sechs war klein. Als der Mann mit der Mütze hineingegangen und Margaret und Roland nachgekommen waren, war die Hütte im Grunde voll.

Sie bestand aus einem Zimmer, in dem der Großteil des Platzes von zwei Bettsofas mit einem kleinen Tisch dazwischen eingenommen wurde. Praktisch war es, und sauber sah es aus, aber eben klein. Hier mußte man entweder allein sein oder zu zweit und sehr verliebt. Moss warf einen Blick auf Roland Rud, doch er stand da und tat so, als sehe er aus dem Fenster, und sein Rücken wirkte unzugänglich.

Jetzt hatte er wohl wieder ein schlechtes Gewissen.

So gut kannte sie ihn inzwischen.

Der Mann zog einen Schlüssel aus der Tasche und legte ihn auf den Spültisch, der wohl auch aushilfsweise als Arbeitsfläche diente, wenn es sein mußte. Dann fischte er einen Quittungsblock aus der Brusttasche. Wenn das Kåre Kolbjørnsen war, hatte er nur geringe Ähnlichkeit mit seinen Geschwistern. Er hatte rötliche Haut und Sommersprossen, muskulöse Unterarme und einen kräftigen Kiefer. »Toilette und Dusche finden Sie da drinnen«, sagte er und nickte mit dem Kopf zur offenen Tür. Ein längliches, niedriges Haus war zwischen den Apfelbäumen zu sehen. »Damen hier und die Herren auf der anderen Seite. Wie war der Name?«

»Rud«, sagte Margaret schnell, bevor Roland etwas sagen konnte. Sie blickte verstohlen auf den Block. »Fjordcamping« stand daraufgedruckt und darunter: »Maria und Kåre Kolbjørnsen – Våganger«. Gott sei Dank, dann waren sie am richtigen Ort. Während er schrieb, sagte sie, daß sie hoffe, sie könnten ein paar Tage bleiben. »Mein Mann angelt so gerne«, fügte sie hinzu und vermied sorgfältig, Roland dabei anzusehen.

»Ja, das wär schon möglich«, sagte Kåre Kolbjørnsen gleichgültig. »Meeresfische oder Süßwasserfische?«

»Sowohl als auch«, sagte Moss und vermied es noch immer, zum Rücken am Fenster hinüberzusehen. Dann sagte Kolbjørnsen noch, daß er für einen Tag im voraus bezahlt haben wolle, und sie holte ihr Portemonnaie heraus. Er steckte die Scheine zusammen mit dem Quittungsblock in die Brusttasche,

»Ja, dann wünsche ich Ihnen eine gute Nacht«, sagte er und blickte zu Roland hinüber, der sich endlich von der Aussicht losgerissen hatte und sich umdrehte.

Roland sah zur Seite und räusperte sich verlegen.

»Ja, die werden wir sicher haben«, sagte Margaret laut und herzlich, um Rolands Räuspern zu vertuschen. Kåre Kolbjørnsen sah sie erstaunt an, dann hob er die Hand an die Mütze und ging.

»Bist du der totale Idiot, oder was?« sagte Moss und trat nach ihrer Tasche, sobald die Tür schön verschlossen war. »Stehst da und siehst aus, als ob du mit der Frau deines besten Freundes auf der Flucht bist, jetzt kannst du ganz sicher damit rechnen, daß er sich an uns erinnern wird!«

»Verdammt noch mal«, sagte Roland Rud und warf seine Lederjacke auf die Tasche. »Du bist doch hier auf Arbeit!«

»Aber wir wollten doch so wirken, als wären wir ein Ehepaar auf Reisen! Schon seit Ewigkeiten verheiratet!«

»Genau«, sagte er bitter. »Da paßt es ja toll, daß du gesagt hast, wir würden sicher eine sehr gute Nacht verbringen.«

»Das hab ich nicht gesagt!« Sie war wütend.

»Das«, sagte er und setzte sich auf die Abdeckung des einen Bettsofas, die sofort vornüberkippte und ihn auf den Boden katapultierte, »das hast du gesagt, verflucht noch mal!«

»Du fluchst so schrecklich.«

»Du fluchst selber schrecklich, verdammt noch mal!«

Sie schwiegen, daß es nur so knallte, während Roland Essen kochte und Margaret das mitgebrachte Bettzeug auspackte. Sie hatten am letzten Fähranleger das Nötigste eingekauft. Roland knallte die Schranktüren und lärmte mit der Bratpfanne. Das Fett spritzte und zischte, und er murmelte erbost vor sich hin, während er die Schubladen so heftig herauszog, um einen Bratenwender zu finden, daß das Geschirr klapperte. Margaret mühte sich schweigend mit den Bettbezügen ab. Sie stellte sich an, als hätte sie noch nie ein Bett bezogen. Komisch eigentlich, vögeln konnte man, aber zusammen Essen kochen und Betten beziehen, das war peinlich, dachte sie wütend und knotete die Bänder so fest, daß eines abriß.

»Scheiße!«

Sie konnte sich nicht mehr beherrschen und trat nach der Bettdecke. Setzte sich plötzlich hin. Sah schnell zu ihm hoch. »Ich bin so müde.«

Sein verschlossenes Gesicht öffnete sich widerwillig. »Das bist du wahrscheinlich«, sagte er. »Ich bin selbst ziemlich alle. Guck mal in meine Tasche. Ich hab ein paar Bierdosen mitgenommen.«

Sie fand die Dosen und noch etwas, einen halben Liter Bourbon. »Oh«, sagte sie langsam. »Und dabei mag ich doch keinen amerikanischen Whisky.«

»Aber du trinkst ihn trotzdem immer«, sagte er.

Dann deckten sie den niedrigen Sofatisch, der voller Brandflecken von früheren Gästen war, und vor dem Fenster stand blau die Mittsommernacht, und die Fähre kam auf ihrer letzten Tour für heute, die Ankerkette rasselte, und das Wasser brauste, als sie rückwärts einfuhr, und in der Sechs saßen sie auf beiden Seiten des Tisches und beugten sich vor und aßen, und Roland erhob den Eierbecher mit dem Bourbon und sagte »Prost«, und Margaret verschluckte ein allzu großes Stück Brot und bekam Tränen in den Augen und sagte: »Selber Prost.«

Plötzlich wurde es ein sehr gelungener Abend.

Der Bourbonpegel in der Flasche sank, und Margarets Augenlider wurden schwerer und schwerer.

Jetzt waren die Berge jenseits des Fjords nicht mehr zu sehen, alles war still, nur eine Mücke hatte durch den Fensterspalt hineingefunden und sang dünn und eintönig unter der Zimmerdecke. Roland Rud lag mit einer Hand hinter dem Kopf auf dem Bettsofa und schaute hinaus. Die Haut auf der Unterseite seines Oberarms war weiß und dünn, sie dachte, daß dies das Faszinierendste an Männern war: die Kombination von hart und weich, von stark und schwach.

Aber so etwas konnte man ja nicht sagen. Jedenfalls nicht zu Roland Rud.

Sie setzte sich auf die Kante des Schlafsofas und zog sein ausgeblichenes T-Shirt aus dem Hosenbund.

»Du bist schön, Rud«, sagte sie, beugte sich hinunter und küßte ihn auf den Magen, an der Stelle, wo das schwarze Haar in einem Wirbel emporkroch.

»Du bist selber schön«, murmelte er und zog sie zu sich herab. Sie konnte gerade noch denken, daß sie dies hier auf alle Fälle in ihre Berechnung einbezogen hatte, bevor die Abdeckung des Sofas vornüberkippte, Roland auf den Boden fiel und Margaret den Großteil dessen, was auf dem Sofatisch stand, mitnahm und hinterherpurzelte.

»Das war die Strafe für unsere Sünden«, sagte Moss und suchte zwischen dem Bettzeug, bis sie die Bourbonflasche fand. »Aber die Flasche war jedenfalls zu!«

16

Be-bop-a-loola, she's my baby.

Vincent/Davies

Die Sonne schien durchs Fenster, als Margaret aufwachte, und sie dachte, daß sie die Gardinen hätten zuziehen sollen.

Roland schlief süß auf seinem Schlafsofa.

Sie stützte sich auf den Ellenbogen. Sie war durstig, hatte Kopfschmerzen und mußte dringend auf die Toilette. Splitterfasernackt, wie sie war, konnte sie nicht auf die Damentoilette gehen. Da mußte sie wohl auf das Abwaschbecken ausweichen. Sie pellte sich aus der Bettdecke und ging unbeholfen zur kleinen Küchenecke. Sie war nicht groß genug, jetzt hätte man ein Mann sein sollen, in gewissen Situationen war es unpraktisch, eine Frau zu sein. Sie zog den einzigen Schemel heran, den es in der Hütte gab, ein unzuverlässiges Ding aus Plastik ohne Rückenlehne, und kletterte hinauf.

Der Edelstahl am Po fühlte sich eiskalt an.

Sie gähnte lange, drehte den Kopf und sah aus dem Fenster – direkt auf drei Männer in undefinierbarem Alter, die Freizeitbekleidung mit kurzen Hosen trugen, zwei von ihnen hatten eine Mütze auf, der dritte nicht.

Was sie sonst noch gemeinsam hatten, war, daß sie Margaret beobachteten.

Hütte Nummer sechs war niedrig, und die Fensterbank lag in Höhe der Oberschenkel dieser Männer. Hinter ihnen stand ein großes Wohnmobil, das am vorherigen Abend noch nicht dagewesen war.

Sie zog die Gardinen zu, zog sich in aller Eile an, raffte

ihre letzten Überreste von Würde sowie Handtuch und Waschtasche zusammen und ging in den Frauenwaschraum, um zu duschen. Danach weckte sie Roland.

»Steh auf«, sagte sie. »Wir gehen in den Laden, um eine Angel zu kaufen und uns mit den Leuten zu unterhalten!«

Die Fähre fuhr gerade über den Fjord, hoch oben hing regungslos eine Möwe, und es duftete beinahe unanständig intensiv nach Mädesüß und frisch gemähtem Gras. Sie gingen nebeneinander auf dem schmalen Kiesweg.

Er nahm ihre Hand.

Ihre Beine fühlten sich plötzlich so leicht an, sie wollte ihre Sorgen vergessen und die Tatsache, daß sie hier einen Auftrag zu erfüllen hatte, sie hatte solche Lust, in alle Ewigkeit mit Roland Rud auf diesem schmalen, mit Kies bestreuten Sommerferienweg Hand in Hand zu gehen, zu spüren, wie die Sonne den Rücken wärmte, das Meerwasser zu riechen, die ewige Nerverei zu begraben und einfach ... ein bißchen verliebt zu sein. Sie drehte den Kopf, rieb ihre Nase an seinem Oberarm und schnupperte. Er sah schnell zu ihr hinunter und lächelte. Er hatte wohl auch Lust, ein bißchen verliebt zu sein.

Der Supermarkt von Våganger lag direkt am Fähranleger.

Er hatte früher vermutlich Kolbjørnsens Kolonialwaren geheißen, und es gab hier alles – von bestickten Kaffeedeckchen made in China und Schöpfgefäßen aus Plastik bis hin zu Cheddarkäse und Dauerwurst.

Roland kannte sich mit Spinnangeln aus, wie sich herausstellte. »Ich glaube, ich kaufe mir eine ordentliche«, sagte er und holte eine Rolle vom Ständer. »Meine alte taugt nichts mehr.«

»Wo angelst du denn, wenn du angelst?« fragte Margaret.

»Meine Frau kommt aus der Nähe von Stabbestad«, sagte Roland abwesend. »Ich angele, wenn wir da sind.«

»Wo zum Teufel liegt denn Stabbestad?« fragte Margaret und zog ihre Hand aus seiner.

»Bei Kragerø«, sagte er und machte sich an der Bremse der Rolle zu schaffen.

Margaret Moss ging weg und tat so, als interessiere sie sich plötzlich für Strickwolle.

Nach einer Weile fühlte sie sich wieder besser und drehte sich um, weil sie sehen wollte, ob er noch immer drüben bei den Angelgeräten zugange war. Das war er, aber sie sah zugleich etwas anderes: ein blondes, etwas kräftiges Mädchen, das einen Einkaufswagen vor sich herschob.

Ähnelte sie ihr bloß oder *war* das Bente Bertelsen? Vielleicht lag es am Sandemo-Buch in Grotli, daß sie jetzt Halluzinationen hatte. Ihr Herz legte einen schnelleren Gang ein, bevor es sich wieder beruhigte. Sie hatte doch nur das Konfirmationsbild des Mädchens gesehen. Da hatte sie langes, blondes Haar gehabt, diese junge Frau dagegen war kurzgeschoren, hatte fast einen Igelschnitt. Ihre etwas schrägstehenden Augen erinnerten an Bente, aber sie war stark geschminkt, das war Bente auf dem Konfirmationsfoto nicht gewesen.

Sie sah in jeder Hinsicht erwachsener aus, erwachsener und etwas abwesend, irgendwas in ihrer Art, sich umzuschauen, deutete darauf hin, daß ihre Gedanken ganz woanders waren als im Supermarkt von Våganger. Sie ging zum Kühlregal mit den Frischwaren, und Margaret folgte ihr rasch. Das Mädchen trug enge, glänzende Radlerhosen und dazu ein großes, lose sitzendes T-Shirt. Nackte Waden in Sportschuhen. Auf dem Rücken des T-Shirts war ein Bild von grünen Palmen, und darunter stand in rosa Schrift »Playa del Ingles«. Sie suchte in den Regalen mit Wurst und Hackfleisch, bückte sich und nahm etwas heraus. Dann drehte sie sich so schnell um, daß sie Margaret Moss beinahe auf die Füße getreten wäre, und sagte: »Entschuldigen Sie, aber was zum Teufel ist das hier?«

Sie hielt etwas Gräuliches und Vakuumverpacktes in der Hand.

»Blandaball«, las Margaret Moss laut das Etikett der Verpackung vor. »Das sind diese gefüllten Knödel.«

»Igitt«, sagte das Mädchen, schauderte und legte das Paket wieder zurück. »Ich suche nach Grillhähnchen, wissen Sie, wo es die gibt?«

»Äh, nein«, sagte Moss und fügte hinzu: »Ich bin nicht von hier.«

Das Mädchen zuckte die Schultern und wollte ihren Wagen weiterschieben. Da sagte Moss schnell: »Wohnst du hier auf dem Campingplatz oder bist du auf der Durchreise?«

Das Mädchen blickte sie an, und Moss bildete sich ein, daß ihre grünen Augen sich verengten. »Wieso?«

»Ach«, sagte Moss, »wir ... ja, mein Mann und ich, also, wir sind erst gestern abend angekommen. Ich hab mich nur gefragt, ob der gut ist. Der Campingplatz, meine ich.«

»Keine Ahnung«, sagte das Mädchen, zog am Einkaufswagen und drehte sich zum Gehen. »Ich bin selber noch nicht so lange hier.«

Dann verschwand sie hinter einem Regal mit Windelpaketen. War es Bente, oder war sie es nicht? Sie hatte unverfälschten Oslodialekt gesprochen.

Moss starrte ins Kühlregal. Niemand würde ihr abnehmen, daß sie eine Detektivin war, so langsam, wie sie beim Fragenstellen war. Es würde auch niemand glauben, daß sie früher einmal Schauspielerin gewesen war, sie hatte sich sehr beherrschen müssen, um nicht zu stammeln und zu stottern. Aber es hatte sie so überrascht, daß das Mädchen plötzlich dort aufgetaucht war.

Sie ging Richtung Kasse. Dort stand Roland und wartete, mit einer Angel unter dem Arm und die Hände voller eingeschweißter Spinnköder. »Hast du nichts zu essen gekauft?« fragte er.

»Verdammt, das hab ich vergessen«, sagte Moss.

Das Mädchen war weg, als sie auf den Parkplatz kam, aber dafür entdeckte sie Maria Kolbjørnsen. Sie stand mit zwei Plastiktüten aus dem Supermarkt zwischen den Füßen in eine eifrige Unterhaltung mit einer Frau vertieft. Margaret faßte schnell einen Entschluß. Das war der Vorteil eines kleinen Ortes – man lernte die meisten Bewohner gezwungenermaßen im Laufe ziemlich kurzer Zeit kennen. Sie behielt Maria Kolbjørnsen im Auge, während sie sich im Schutz einer Reihe geparkter Autos näherte. Dann blieb sie stehen und tat so, als suche sie etwas in ihrer Umhängetasche. Sie hörte die Frauen sehr gut, es war ein sonniger und windstiller Vormittag ohne nennenswerten Verkehr, Maria K. sprach laut, und ihr ausgeprägter Dialekt war gut zu verstehen.

»Ich find mich damit einfach nicht mehr ab, und das hab ich auch gesagt. Weißt du, wie wütend er geworden ist!« sagte sie.

Sie lachte laut.

»Er ist jähzornig, der Kåre, weißt du, aber ich hab ihn ganz gut im Griff. Wirklich!«

Erneutes Gelächter. Dann sagte die Freundin etwas, das Margaret nicht hören konnte. Es war kurz still, dann war Maria Kolbjørnsen wieder an der Reihe. »Nein, jetzt fahren wir in die Karibik – sonst hau ich ganz ab!«

Da sagte die Freundin: »Ja, ja, eine schöne Reise dann«, lachte und ging davon, und Maria Kolbjørnsen beugte sich über ihre Tüten und machte ebenfalls Anstalten zu gehen. Margaret trat rasch auf sie zu.

»Hallo! Mit Ihnen hatten wir gestern abend gesprochen, oder? Auf dem Campingplatz?«

Maria Kolbjørnsen stellte die Einkaufstüten wieder ab. »Ja?« meinte sie abwartend.

»Ich wollte nur ... Ihr Mann hat gesagt, es gebe hier im Fjell gute Angelmöglichkeiten, und wir wollten gerne wissen, wo.«

»Ja, da müssen Sie sich wohl erst einen Angelschein kaufen, den gibt's in der Post«, sagte Maria Kolbjørnsen. »Ansonsten ist es leicht zu finden. Einfach durch den Ort und dann hinter der alten, roten Scheune rechts abbiegen. Es ist eine Mautstraße, da müssen Sie zahlen. Der größte See ist am leichtesten zu finden, Sie können ganz heranfahren. Aber er ist aufgestaut, deshalb weiß ich nicht, wie viele Fische es da jetzt gibt. Der Hestviksee ist besser, aber da müssen Sie eine Stunde am Fluß entlanggehen.«

Sie leierte es so schnell herunter, als antworte sie oft auf diese Frage.

Margaret sah zum Eingang des Supermarktes hinüber und hoffte, daß Roland sich nicht zu sehr beeilte, und dann sagte sie im Konversationston, daß es ja eine richtig schöne Lage für einen Campingplatz sei und ob sie ihn denn schon lange betrieben. Klar, sicher sei es schön hier, antwortete Maria Kolbjørnsen, und den Platz hätten sie schon seit vielen Jahren, doch so ein Betrieb mache auch viel Arbeit.

»Ja, da müssen Sie wohl bis zum Herbst warten, bis Sie selbst in Urlaub fahren können«, meinte Margaret Moss unschuldig.

Da kniff Maria Kolbjørnsen die Lippen zusammen und sagte, ja, eigentlich sei es so geplant gewesen, aber ..., und Margaret dachte sich, daß hier wohl die Karibik lockte.

»Er ist vielleicht nicht so leicht zu einem Urlaub zu überreden, Ihr Mann«, sagte sie schnell. »Meiner auch nicht, ich muß ihn sozusagen mit dem Messer aus dem Sofa schneiden.«

»Ja, nicht wahr?« sagte Maria K. und wurde wieder munter. »Da arbeiten wir uns die Seele aus dem Leib, aber glauben Sie ja nicht, daß er sich freinehmen will – jetzt, wo wir endlich Geld haben und jemanden anstellen könnten, der die Arbeit solange macht! Nein, da gibt es so viel anderes, was erledigt werden muß, nicht wahr? Herrgott, man könnte meinen, er hätte den verantwortungsvollsten Posten im ganzen Land, der Kåre!«

Sie lachte laut und höhnisch.

»Der Campingplatz läuft also gut«, sagte Moss.

»Na ja, wir haben geerbt. Der Campingplatz läuft wie immer. Er wirft nicht so viel ab, solange die Wohnmobile anhalten, wo sie wollen, und da auch noch ihre Toiletten leeren. Aber so ist es halt. Und Sie haben Urlaub, ja?« sagte Maria K. und sah Margaret an.

»Ja«, sagte Margaret und lächelte. »Das haben wir.«

Sie warf einen erneuten Blick Richtung Supermarkt und sah, daß Roland auf dem Weg nach draußen war. »Wir sehen uns nach einem Grundstück für ein Ferienhäuschen um. Wir haben gehört, daß es hier in der Gegend Möglichkeiten geben soll. Wir angeln nämlich so gerne.«

»Die Kinder sind also schon groß?«

»Doch, schon«, sagte Margaret. »Groß genug jedenfalls.«

»Tja, da müssen Sie mit Storfjord reden«, sagte Maria Kolbjørnsen und bückte sich wieder nach ihren Einkaufstüten. »Dem Bankdirektor. Er weiß sicher, ob es welche gibt. Ich meine Grundstücke.«

Dann nickte sie und ging davon.

»Du bist abgehauen«, sagte Roland und sah sie vorwurfsvoll an. »Na gut, jetzt gibt es eben was zu essen, was mir schmeckt.«

»Aha, und was ist das?«

»Jedenfalls kein Salat«, sagte er. »Hey, wo willst du hin?«

»Ich haue schon wieder ab«, sagte sie.

17

I ain't up to my baby tonight
'cause it's too darn hot.

Cole Porter

Die Bank lag im ersten Stock eines kommunalen Alptraums aus den sechziger Jahren. Die Fliegen surrten an den Fenstern, und eine Yuccapalme welkte leise zwischen Reklameaufstellern für Sparbücher vor sich hin. Nur eine Angestellte war da, ein junges Mädchen mit hochgesteckten Zöpfen, Brille und hellem Sommerkleid.

»Haben Sie einen Termin vereinbart?« fragte sie und sah Moss an. »Nein«, antwortete Moss. »Ich wollte mich nur nach Grundstücken erkundigen.«

Die junge Frau zögerte, dann bat sie Margaret, ein wenig zu warten, und verschwand durch eine Tür hinter dem Schalter. Entfernte Stimmen waren zu hören, dann tauchte anstelle des Mädchens ein Mann in der Tür auf. Es stellte sich heraus, daß es der Bankdirektor höchstpersönlich war. Er musterte sie eine Weile, bevor er sagte: »Bitte, kommen Sie doch herein.«

Er machte eine Handbewegung, und Margaret passierte die Absperrung und folgte ihm durch die Tür.

Es roch nach Bohnerwachs und Staub.

Das Mädchen mit den Zöpfen ging an ihnen vorbei, sie warf einen Blick auf Margarets nackte Beine, bevor sie, begleitet von einem sittsamen Rauschen ihres Kleides, wieder am Schalter Platz nahm.

Bankdirektor Storfjord entpuppte sich als ziemlich stattlicher Mann, breitschultrig und mit Bauchansatz, der jedoch durch seine Körperlänge und eine tadellos sitzende, beigefarbene Hose mit Gürtel kompensiert wurde. Dazu trug er ein kurzärmliges weißes Hemd.

Er bat sie, Platz zu nehmen, und setzte sich selbst an den großen Schreibtisch. Margaret erklärte, daß sie und ihr Mann sich über die Möglichkeiten eines Grundstückerwerbs informieren wollten. Sie fühlten sich so wohl in Vestlandet, und da Angeln das einzige Hobby ihres Mannes sei, wäre es auch die lange Anreise aus Oslo wert, wenn sie etwas fänden, was ihnen gefalle.

Der Sohn des Mannes, der aus der Gnade gefallen war – der Sohn von Marta Kolbjørnsens verschmähtem Freier –, betrachtete sie. Es war ein interessierter Blick, ein geradezu gerichteter Blick, ein Blick, der, während sie sprach, einen blitzschnellen Ausflug in den Ausschnitt des dünnen weißen Sommerpullovers unternahm, den sie zu ihren Shorts trug.

Der Bankdirektor schien Frauen zu mögen.

Margaret legte so diskret wie möglich einen anderen Gang ein – von der kurzangebundenen Dame zur sanften Frau. Sie scheute sich nicht, das einzusetzen, was ihr zur Verfügung stand, wenn ihre Arbeit es erforderte.

Sie blickte hinunter, als ob sie sich gegen seinen überwältigenden Charme wappnen müsse, dann sah sie wieder hoch, und es gelang ihr fast zu erröten.

Ein beinahe unschlagbarer Trick – der Jungfrauenblick.

Es kam natürlich darauf an, bei wem man ihn einsetzte, Moss wußte nicht, ob Storfjord ein Jäger war oder einer, der gejagt werden wollte. Diejenigen, die gejagt werden wollten, pflegten ihn selbst einzusetzen.

Sie legte das eine Bein über das andere und räusperte sich. »Also, wenn Sie da was hätten ...«, sie lächelte so madonnenhaft, wie sie nur konnte.

Oh, und plötzlich spielten sie ein Spiel, während die Staubkörnchen in den Sonnenstrahlen tanzten und die Frau mit den Zöpfen nebenan Kunden bediente. Er gab sich formell, holte Aktenordner mit Prospekten von Grundstükken aus den Regalen, breitete Papiere vor ihr auf dem Tisch aus, beugte sich vor und zeigte sie ihr. Er roch nach Aftershave, aber diskret, und er hatte große, schöne Hände mit einem Ehering, ab und zu streifte er ihren Oberarm, seine warme Hand an ihrer kühlen Haut, und sein Atem versetzte die dünnen Härchen an ihrer Schläfe in Bewegung.

Nebenan erklangen Schritte auf dem Fußboden, er trat schnell einen Schritt beiseite und stand ein Stück von ihr entfernt, als die Kleine mit den Zöpfen hereinkam. Sie ließ ihre hellblauen Augen vom Bankdirektor zur Kundin mit den Shorts und dem Oslodialekt gleiten, dann knallte sie einen Stapel Unterlagen auf den Tisch und ging wieder. Ihre Absätze klapperten wie Kastagnetten auf dem gebohnerten Boden, es klang wie eine Warnung. Wer wußte schon, was der Bankdirektor und das Zopfgretchen miteinander trieben, wenn der zeitliche Abstand zwischen den Kunden groß genug war?

War Storfjord senior auf diese Weise aus der Gnade gefallen?

Hatte er das Hohelied Salomos falsch interpretiert und sich an den jungen Zwillingsgazellen unter den Sommerkleidern erquickt, während Marta dagesessen und gewartet und ihre Hände gerungen hatte, statt sie zu falten?

»Hm«, sagte der Bankdirektor abwesend und blickte dem Zopfgretchen hinterher. Dann riß er sich offenbar zusammen. »Ja, wie ich vielleicht sagte, haben wir große Pläne für unsere schöne Gebirgswelt, deshalb gibt es keinen Grund, zu lange zu zögern, bevor man sich entscheidet.«

»Große Pläne«, sagte Moss. »Der Ausbau der Wasserkraft?«

»Nein, nein, überhaupt nicht. Wir wollen unser Familiensilber doch nutzen, ha, ha!«

»Ha, ha«, lachte Moss höflich. Da klingelte das Telefon, und Storfjord nahm ab. Sein Lächeln erstarb, und er setzte sich auf den Bürosessel und drehte ihn halb herum, so daß er mit dem Rücken zu Moss dasaß.

»Ja, ich bin's«, sagte er. »Was sagst du? Das kann nicht sein. Ach so, er ... Nein, nicht jetzt. Nein. Kannst du mich in fünf Minuten zurückrufen?«

Er legte auf und sah sie abwesend an, dann hatte er seine Beherrschung offenbar zurückgewonnen, denn er reichte ihr mit verbindlichem Nicken einen Schnellhefter mit der Beschreibung der entsprechenden Grundstücke und den aufgelassenen Almhütten.

Sie erhob sich. Steckte den Hefter in die Tasche und zupfte diskret an ihren Shorts.

Er warf ihr wieder einen vielsagenden Blick zu, als er ihr die Hand zum Abschied gab, und sie blickte vielsagend zurück.

Sie holte tief Atem und segelte an Zopfgretchen vorbei hinaus in die Sonne.

Roland saß am Kai auf einer Bank, vor ihm auf dem Boden standen die Einkaufstüten, und er blätterte in einer Broschüre mit Angelgeräten. Sie setzte sich neben ihn. »Vielleicht sollte ich mir Watstiefel kaufen«, sagte er sehnsüchtig. »Ich hab noch nie welche gehabt. Vielleicht würde ich dann ja auch mal größere Fische fangen.«

»Genau das ist mir vielleicht gerade eben gelungen«, sagte sie. »Jedenfalls hat er angebissen. Fragt sich nur, ob ich ihn am Haken halten kann. Er sieht leicht aus, aber man weiß nie.«

Roland riß sich endlich von den Watstiefeln los und musterte sie von oben bis unten.

Sie legte den Kopf in den Nacken und lachte laut. Da packte er ihr Haar, wickelte es sich um die Hand und zog daran.

»Du solltest dich ein bißchen zusammennehmen«, sagte er.

»Das tue ich«, sagte sie. »Genau das tue ich.«

Es war brütend heiß, als sie zum Campingplatz zurückkamen. Bei Niedrigwasser steckten große Steine, von denen auf allen Seiten Blasentang herabhing, ihre Köpfe aus dem Wasser und sahen aus wie Wassergeister. Hoch über ihnen schwebte regungslos eine Möwe und hielt Ausschau nach etwas Eßbarem.

Hatte die Möwe hier Arbeit zu erledigen? Moss hatte das Gefühl, sie schon früher einmal gesehen zu haben.

Sie saß auf dem Rasen vor der Hütte Nummer sechs und gähnte. Die Luft umgab feucht und heiß ihre Stirn wie eine altmodische Badekappe.

Roland war drinnen mit irgend etwas beschäftigt, vermutlich montierte er seine neue Spinnangel.

Draußen im Wasser zappelte irgend etwas, was Margaret für einen Seelachs hielt.

Sie gähnte erneut.

Es mußte an der Hitze liegen. Man wurde richtig schlapp. Außerdem war es gestern ein langer Tag gewesen und eine kurze Nacht.

Sie dachte an den Bankdirektor. Würde er ihr erzählen, wieviel Geld Kåre Kolbjørnsen auf der Bank hatte und woher es stammte, wenn sie ihre Trümpfe nur richtig ausspielte?

Ja, beschloß sie. Aber dann mußte sie hoch pokern.

Ansonsten schien ja Maria Kolbjørnsen eine redselige Frau zu sein, das war immer gut. Ziemlich sauer auf ihren Mann war sie außerdem, das war ein Glückstreffer für eine Detektivin mit wenig Zeit.

Die Shorts klebten an ihren Oberschenkeln. Schrecklich heiß war es, weit und breit kein Windhauch, sie erhob sich und ging zur Campinghütte.

Sie würde noch einmal duschen müssen. Sie verstand nicht, warum die Leute behaupteten, in Vestlandet würde es immer regnen, diese Hitze war ja nicht auszuhalten.

Das Wasser sah zwar verlockend aus, aber ...

Margaret Moss mochte keinen Tang.

Der Frauenwaschraum war groß, es gab vier Toilettenboxen, einen Spiegel mit zwei Waschbecken darunter und zwei Duschkabinen mit Schiebetür. Sie schlüpfte aus dem bißchen

Kleidung, das sie trug, ging in die Duschkabine und drehte das Wasser auf.

Ließ es an sich hinunterlaufen, lange.

Als sie das Wasser abdrehte und sich das Haar nach hinten und das Wasser aus dem Gesicht strich, hörte sie etwas, das sie innehalten ließ.

Jemand weinte.

Lange, halberstickte Schluchzer. Sie wickelte sich ins Handtuch, offnete vorsichtig die Tür und nahm ihre Kleider vom Haken. Im Vorraum war niemand zu sehen, aber die Tür zu einer der Toilettenkabinen war verschlossen.

Es war nichts zu hören. Die Person, die eben geweint hatte, mußte aufgehört haben, als Margaret die Tür zur Duschkabine öffnete.

Sie fönte ihr Haar schnell und oberflächlich und zog sich an. Öffnete den Reißverschluß ihrer Waschtasche. Während sie sich blitzschnell eine Portion Bodylotion verpaßte, öffnete sich die Toilettentür.

Das Mädchen aus dem Supermarkt.

Moss machte sich an ihren Sachen zu schaffen, stand mit triefenden Haarspitzen da und musterte sich im Spiegel, während sie Lidschatten und Lippenstift auflegte.

In der glänzenden Fläche sah sie das Mädchen die Nase putzen und das Taschentuch in den Papierkorb in der Ecke werfen. Dann kam sie und stellte sich neben Margaret. Nickte kurz und wusch sich die Hände unter dem Wasserhahn. Strich sich mit feuchten Handflächen durchs kurze Haar und rieb sich unter den Augen, wo die Schminke verlaufen war.

Da klopfte es hart an der Tür, und eine Männerstimme rief: »Bente! Was machst du da drinnen? Wir haben nicht den ganzen Tag Zeit! Kommst du, oder was?«

»Ja doch! Ja!« rief das Mädchen zurück und hielt sich an der Waschbeckenkante fest. Sie starrte ihr eigenes Spiegelbild an und preßte die Lippen zusammen, dann richtete sie sich auf, zog an ihrem langen T-Shirt und ging.

Margaret sah aus dem Fenster.

Der Mann, der neben dem Mädchen ging, war der Kerl, den Roland und Margaret am Abend vorher nach dem Weg gefragt hatten. Er war groß und kräftig, hatte zahlreiche Tätowierungen auf den Unterarmen und trug dasselbe schwarze Muskelshirt wie gestern und dazu Shorts. Er hatte einen Vorne-kurz-hinten-lang-Haarschnitt und konnte vor Kraft kaum gehen, wie die meisten Leute, die viele Gewichte gestemmt haben. Irgend etwas in seiner Art, das Mädchen mehr oder weniger vor sich her zu schubsen, deutete darauf hin, daß hier einer ging, der den Ton angab, zusammen mit einer, über die er bestimmte.

»Dann ist das wohl das Mädchen von Bertelsen«, sagte Roland und betrachtete die Rolle, auf der sich die Schnur sachte hin- und herbewegte, während er sie einrollte. Er stand am Fuß des Felsens unterhalb von Hütte sechs und schien abwesend. Männer sind fast nie dazu in der Lage, etwas zu tun und gleichzeitig zu reden, das ist eine bekannte Tatsache.

»Vielleicht sollte ich Willy Bescheid geben. Oder was meinst du? Sie ist ja nicht mehr als vermißt gemeldet.«

Sie saß auf dem Felsen und beobachtete ihn. Er stand mit weit gegrätschten Beinen und vorgeschobenen Hüften vornübergebeugt da. Daß er nicht hinfiel!

»Hast du nie Rückenschmerzen?«

»Was?«

Er sah sie an.

»Ich sage, hast du nie Rückenschmerzen? Du hängst ja mehr, als daß du stehst!«

»Ja. Da ist irgendwas mit der Bremse, was ich nicht kapiere.« Er runzelte die Augenbrauen und sah auf die Rolle hinunter. Dann streckte er sich nach hinten, hob den Arm und warf wieder aus.

Schnurr-plopp!

Der Spinner fiel einen Meter vom Land entfernt ins Wasser.

»Verdammt!«

Er machte sich wieder an der Rolle zu schaffen. Sie stand auf und ging.

Planschte etwas am Ufersaum unterhalb der Campinghütte herum und beobachtete, wie ein verdreckter Ford den Kiesweg entlangfuhr, daß der Staub nur so aufwirbelte, und, begleitet vom erschöpften Quietschen einer alten Handbremse, anhielt. Ein Mann um die Sechzig mit weißgrauem Nylonhemd und beigefarbenen Shorts oberhalb der weißen Waden stieg aus und strich sich behutsam über die Haare, die akkurat über den Kopf gekämmt waren, um die beginnende Glatze zu kaschieren. Er sah sich rasch um, bevor er zu den Hütten hinüberging.

Da kam der Mann mit den Tätowierungen. Das Nylonhemd wurde offenbar erwartet, sie verschwanden zwischen den Apfelbäumen, und irgend etwas in ihrer Gangart brachte Margaret Moss dazu, aus dem Wasser zu steigen und ihnen rasch zu folgen.

Sie war barfuß, und kleine Steinchen und Zweige stachen sie in die Füße, während sie sich durch Zeltleinen und herabhängende Apfelbaumzweige kämpfte.

Eine Frau mittleren Alters saß mit Lockenwicklern und Strickzeug vor ihrem Zelt, auf dem Campingtisch vor ihr stand ein ziemlich kleines Transistorradio, aus dem Volksmusik ertönte. Sie saß mit dem Rücken zur Aussicht über den Fjord, anscheinend gefiel ihr der Obstgarten mit dem Fjell im Hintergrund besser. Sie musterte Margaret mit blitzschnellem Blick, bevor sie sich wieder auf die Apfelbäume konzentrierte.

Margaret sah gerade noch den Mann, der mit dem Ford gekommen war, in einem riesigen pastellgrünen Wohnmobil verschwinden. Sie bezog im Schatten eines Apfelbaums Stellung und wartete. Das Wohnmobil war groß und breit und hatte eine obere Etage, die über das Führerhaus hinausragte, dort drinnen mußte viel Platz sein. Schmuck geraffte Tüllgardinen hingen hinter den kleinen Fenstern und schützten vor Blicken.

Es raschelte im Gras hinter ihr, und sie drehte sich um.

Der Kerl mit den Tätowierungen.

»Ist was?« fragte er.

Sie fragte sich, ob sie darauf antworten sollte, doch sie überlegte es sich anders, drehte sich um und ging. Als sie an der Dame mit den Lockenwicklern und dem Transistorradio vorbeikam, sagte diese: »Hier ist ja reger Verkehr!«

Sie kniff ihre Lippen fest zusammen. Dann drehte sie die Lautstärke des Radios ein bißchen auf, gerade erklangen ›Die Sennerinnen auf Vikafjell‹.

Vor dem gelben Haus hockte Maria Kolbjørnsen und jätete das Beet mit den Kletterrosen. Als Margaret Moss kam, sah sie hoch. »Na?« sagte sie. »Gehen Sie gerade eine Runde spazieren?«

Margaret nickte zum Wasser hinunter. »Er angelt«, sagte sie. Maria Kolbjørnsen riß mehrere Handvoll Vogelmiere heraus und warf sie hinter sich auf den Kies. »Ja, in der Zeit macht er wenigstens keinen Unsinn«, sagte sie und stand auf, griff sich an den Rücken und sah sich um. Margaret zögerte etwas, dann sagte sie, sie sei der Meinung, auf dem Campingplatz eine Person gesehen zu haben, die sie kenne, und ob Maria Kolbjørnsen wisse, wer sie sei – eine junge, kräftige Frau mit kurzem, blondem Haar, die zusammen mit dem tätowierten Mann hier sei?

Maria Kolbjørnsen antwortete zunächst nicht, sie stand drüben an der Hausecke, holte einen Rechen, der an die Wand gelehnt war, und begann, die Unkrauthäufchen zusammenzuharken. »Die in dem hellgrünen Wohnmobil?« fragte sie schließlich.

»Ja«, sagte Margaret Moss. »Ich frage mich, ob sie Bente Bertelsen heißt.«

»Ich habe keine Ahnung, wer sie ist. Er nennt sich Barry, von seinem Nachnamen habe ich keinen blassen Schimmer. Er ist schon seit ein paar Sommern hier.«

Sie sah Margaret nicht an, während sie sprach. Den Unkrauthaufen warf sie unter ein paar große Büsche mit schwarzen Johannisbeeren.

Margaret nutzte die Gelegenheit. »Eigentlich kenne ich die Eltern des Mädchens«, sagte sie rasch. »Falls sie die ist, für die ich sie halte. Sie hat schon lange kein Lebenszeichen von sich gegeben, deshalb frage ich.«

Maria Kolbjørnsen stand mit dem Rechen in der Hand da und betrachtete sie. »Ach so«, sagte sie. »Letztes Jahr hatte er eine andere dabei. Eine kleine Dunkle. Ich glaube, sie war Polin.«

Sie blickte verstohlen zur Seite, dann sagte sie: »Wir betreiben nun mal diesen Campingplatz und müssen davon leben. Wir können nicht über die Leute urteilen, die herkommen. Solange sie bezahlen und auch ansonsten die Regeln befolgen, geht es mich nichts an, was sie treiben. Es paßt mir nicht besonders, wenn dieser Barry herkommt, das stimmt. Aber er kennt meinen Mann ein bißchen, deshalb. Ich weiß nicht, woher, und ich habe auch keine besonders große Lust, es zu erfahren.«

Gegen acht Uhr abends lag der Grilldunst schwer über dem Campingplatz von Våganger. Die Fähre kam und ging, ein paar Jugendliche von zwölf oder dreizehn Jahren spielten unten am Ufer Badminton. Noch immer kam das eine oder andere Wohnmobil angeschaukelt und bekam einen Platz zwischen den Apfelbäumen zugewiesen. Kåre Kolbjørnsen ging mit aufgekrempelten Ärmeln umher und regelte die Formalitäten, griff sich an die Mütze und verschwand zu seiner nächsten Aufgabe. Maria Kolbjørnsen war mit Eimer und Wischmop im Frauenwaschraum gewesen, bevor sie um die Hausecke verschwunden war, vermutlich, um auch dem Männerwaschraum einen Besuch abzustatten. Es war ein schöner und sauberer Campingplatz, das mußte man dem Ehepaar Kolbjørnsen wirklich lassen, dachte Margaret. Aber auch sie würden wohl bald Feierabend machen, Hochsaison hin oder her.

Sie stand an der Telefonzelle und wartete. Die Telefonzelle war eine Plexiglasmuschel, die an der Wand direkt neben dem Frauenwaschraum angeschraubt war. Neben dem Apparat befand sich eine Tafel mit Instruktionen in vielen Sprachen. Im Moment stand ein älterer Herr in frischgebügelter Sommerhose in der Zelle und sprach so laut, daß er kein Telefon gebraucht hätte. »Doch, wir reisen morgen weiter nach Åndalsnes. Ja, Mutter geht es gut. Sie ist gesund und munter. Ach was, ist er tatsächlich zusammen mit seiner Mutter verreist? In dem Alter? Wie alt ist seine Mutter denn?«

Margaret kratzte sich am Arm und entdeckte einen ausgewachsenen Mückenstich.

Eigentlich gab es hier recht viele ältere Leute, außerdem noch einige Kinder, aber es war ein ruhiger Campingplatz. Vielleicht hatte Barry ihn sich deshalb als Standplatz für sein Wohnmobil ausgesucht – für die Dauer von einer oder zwei Wochen mitten im Sommer.

Still, ruhig und diskret.

Sie fragte sich, wohin sie danach fahren würden, sicher war die Zeit begrenzt, die man sich an einem Ort aufhalten konnte, ohne daß es jemandem auffiel.

Der Polizei zum Beispiel.

Der ältere Herr hatte endlich fertigtelefoniert, und Margaret ging in die Plastikmuschel. Erst wählte sie die Nummer von Karens Mobiltelefon. Doch da war nichts zu holen, sie unterdrückte resolut ihre Besorgnis und war statt dessen etwas verärgert. Sie hatte den Verdacht, daß Karen das Telefon ausschaltete, wenn sie es nicht brauchte, um selbst irgendwo anzurufen.

Moss warf einen raschen Blick hinüber zu dem gelben Haus, bevor sie Kristoffer Kolbjørnsens Nummer wählte. Maria Kolbjørnsens gelbe Hose leuchtete ihr durch die Johannisbeerbüsche entgegen. Drüben am Kaiweg stand Kåre K. und unterhielt sich mit einem Mann in einem Chevy-Van.

Die Luft war rein.

Wenn nur der große Bruder Kolbjørnsen jetzt zu Hause war.

Das war er.

Sie erzählte, sie sei vor Ort und mit ihrem Auftrag beschäftigt. Er fragte, ob sie seinen Bruder schon gesprochen habe, und sie antwortete, daß sie sowohl mit ihm als auch mit seiner Frau geredet habe und daß die Frau ein Erbe erwähnt habe, das es ihnen offenbar ermöglichte, beispielsweise in die Karibik zu fahren.

»Das kann doch wohl nicht wahr sein!« sagte Kristoffer Kolbjørnsen.

»Warten Sie ab«, sagte Margaret Moss. »Ich stehe in einer Telefonzelle auf dem Campingplatz. Das hier ist nur ein erstes Lebenszeichen. Ich melde mich morgen wieder, ich suche mir ein anderes Telefon.«

»Aber da sind wir abgereist«, sagte die Stimme klagend. »Die Gemeinde hat ihr Sommertreffen, und wir ...«

»Tschüs«, sagte Margaret Moss laut in den Hörer. »Ich kann jetzt nicht weiterreden. Geben Sie mir die Nummer, unter der ich Sie erreichen kann.«

»Die Nummer«, sagte er. »Nein, das ...«

»Ich muß jetzt gehen«, sagte Margaret schnell, denn da kam Kåre K. und steuerte direkt auf sie zu. »Bis dann!«

»Aber ...« ertönte es am anderen Ende, und dann legte Margaret auf, denn Kåre K. griff sich an die Mütze und nickte ihr zu. »Na, bei dem schönen Wetter sind Sie unterwegs und telefonieren?«

»Ja«, sagte Moss und verließ die Muschel. »Ich mußte zu Hause anrufen.«

»Ach so, die Kinder passen auf sich selbst auf?«

»Ja, sie sind ja schon so groß, wissen Sie. Erwachsen. Beinahe.«

Sie lächelte ihr charmantestes Lächeln. »Es ist schön hier«, sagte sie. »Man könnte Sie fast um Ihre Arbeit beneiden.«

»Nun ja«, sagte er. »Wenn man lange Tage und wenig Verdienst mag!«

Er lachte etwas, verschränkte die Arme, stand breit und gleichgültig da und ließ die Muskeln in seinen Unterarmen spielen, auf denen einige verblaßte Tätowierungen Wellen schlugen.

Sie waren alt. Graugrün und rosa, sie stellten die norwegische Flagge und irgendwas anderes dar, vielleicht Kreuz, Herz und Anker.

»Zur See gefahren«, nickte sie mit Blick auf die Unterarme.

»Ja, ja«, sagte er. »In meiner Jugend.«

»Ich habe heute ein paar flotte Tätowierungen gesehen«, sagte sie. »Bei dem Typen mit dem großen Wohnmobil. Drachen und so was ähnliches, nicht wahr?«

»Tja, wenn ich das so genau wüßte«, sagte Kåre etwas kurz angebunden. Margaret schlug nach einer Mücke. Kratzte sich am Arm. Er verzog die Augenbrauen und fixierte sie mit dem Blick. »Sie kommen aus Oslo, stimmt's?«

»Ja.«

»Und Ihr Mann?«

»Ach, der kommt aus ... er kommt aus Østerdal.«

»Was macht er denn beruflich?«

»Fährt Lastzüge. Fernfahrer.«

»Ah ja. Und Sie?«

»Ich bin ... ich arbeite zu Hause.«

Er nickte. »Ja, ja, dann mach ich jetzt mal Feierabend.«

Er wollte gerade gehen, da bückte er sich und hob etwas vom Boden auf. »Haben Sie das verloren?«

Es war ein Zettel mit einer Telefonnummer. »Nein«, sagte sie. »Der gehört nicht mir.«

Er zuckte die Schultern, steckte den Zettel in die Hosentasche, griff sich an den Mützenschirm und ging langsam auf das gelbe Haus zu. Es duftete wieder stark nach Mädesüß und Meer, der schlimmste Grillgeruch hatte sich gelegt. Noch immer umschwirrte sie die Mücke, sie schlug danach und machte sich auf den Weg zu ihrer Hütte. Sie sah, daß die Fähre wieder angelegt hatte. Auf dem Kiesweg kam ihr ein fetter Mann entgegen, sonnenverbrannt, mit nacktem Oberkörper und geblümten Bermudashorts.

Er sah sich suchend um. Dann verschwand er unter den Apfelbäumen.

Vor der Campinghütte saß Roland, mit friedlichem Gesichtsausdruck und einer Bierdose in der Hand. Er blickte über das Meer hinaus, und eine dünne selbstgedrehte Zigarette hing ihm von der Unterlippe.

»Hallo«, sagte er und lächelte ihr zu. »Ich hab mich schon gefragt, wo du abgeblieben bist. Schöner Abend.«

»Schön?« sagte Margaret Moss, ließ sich auf den Boden fallen und kratzte an ihrem Mückenstich. »Kåre K. hat meinen Zettel mit der Nummer seines Bruders gefunden. Verdammt!«

»Du hättest doch sagen können, daß es deiner ist, und ihn an dich nehmen, bevor er ihn sich genauer anschaut«, sagte Roland.

»O ja, und damit das Risiko eingehen, daß er mich ganz sicher mit seinem Bruder in Verbindung bringt? Jetzt denkt er nur darüber nach. Hoffentlich.«

»Bist du sicher, daß er wußte, welche Nummer das ist?«

»Er hat den Zettel gesehen, verstehst du? Würdest du etwa nicht die Nummer deines Bruders wiedererkennen, wenn du sie sehen würdest?«

»Doch«, sagte Roland Rud.

»Meinst du, wir sollten abhauen?« fragte er schließlich.

»Nein«, sagte Margaret. »Ich weiß ja noch nichts. Und vor mir war einer in der Telefonzelle, dem der Zettel ebensogut gehört haben könnte. Ein schwerhöriger alter Kerl. Er sah ziemlich bruderkreismäßig aus.«

Der Fjord lag glänzend da und spiegelte die Berge.

Ein leichter Dunst stieg aus den feuchten Gräben auf, wo das Mädesüß wuchs, und drüben vom Kai war Gelächter zu hören. Als Rud und Moss in ihre Hütte gehen wollten, kam das Mädchen, das Bente so ähnlich sah, den schmalen Kiesweg entlang. Sie blieb eine Weile vor dem Frauenwaschraum stehen, dann hob sie den Blick und sah Margaret an. Sie blickte schnell über die Schulter, zeigte auf sich selbst und nickte schnell.

Dann verschwand sie in die Damentoilette.

Margaret schluckte.

Maria Kolbjørnsen mußte mit ihr gesprochen haben. Und jetzt bestätigte das Mädchen, daß sie Bente Bertelsen war und daß der Mann, mit dem sie unterwegs war, nicht wissen sollte, daß sie Kontakt zu Margaret aufnahm.

Der Sommerabend war warm und die Hütte nicht isoliert, das Einschlafen fiel ihnen schwer. Selbst wenn die Campingplatzregeln besagten, daß nach elf Nachtruhe herrschen sollte, waren Schritte im Kies, ferne Stimmen und ab und zu Wellen von Musik zu hören. Margaret und Roland lagen auf je einem Bettsofa ausgestreckt, Roland mit den Armen hinter dem Kopf verschränkt und einer Zigarette im Mund, Margaret mit über der Brust gefalteten Händen.

»Wir liegen hier wie aufgebahrt«, sagte Margaret und trank einen Schluck aus dem Bierglas, ohne sich dabei richtig aufzurichten. Lauwarmes Pils lief ihr den Hals hinunter, und sie wischte es mit der Hand weg.

»Kommst du rüber, oder wie?« sagte Roland und schlug den Bettbezug gastfreundlich zur Seite. Die Bettdecke hatte er herausgenommen und auf den Boden geworfen. »Nein«, sagte Margaret. »Es ist zu warm.«

Er sah sie ausdruckslos an, dann zog er den Bettbezug über sich und drehte sich zur Seite, mit dem Rücken zu ihr. »Dann schlaf ich jetzt«, sagte er. »Ich bin müde.«

Ganz unerwartet stiegen ihr die Tränen in die Augen. Dann schaltete sie die kleine Lampe über dem Bett aus und blieb liegen, während sie in die hellblaue Sommernacht hinausschaute.

18

I wanna go home,
I wanna go home,
oh, how I wanna go home.

Tillis/Dill

Der nächste Tag kam mit demselben blauen Himmel wie der vorhergehende, doch als sie gefrühstückt hatten, zogen große, grauweiße Kumuluswolken über den Bergen auf. Rolands Autoradio sagte unbeständiges Wetter vorher.

»Vielleicht sollten wir uns heute ein bißchen zurückhalten«, hatte Margaret gesagt, während sie auf ihrem jeweiligen Bettsofa kauernd frühstückten. »Die Dinge etwas abkühlen lassen.«

Sie dachte, daß der Bankdirektor ruhig etwas warten konnte.

»Dann will ich im Fjell angeln«, sagte Roland gutgelaunt.

Deshalb saßen sie jetzt im Auto und holperten den alten Wirtschaftsweg bergauf.

Sie hatten jeder eine eigene Angel. Margaret hatte ihre alte, die sie aus dem Keller in Smestad hervorgewühlt hatte, aus dem havarierten Mazda herübergerettet. Roland hatte sie morgens begutachtet und gesagt: »Meine Güte, ist die alt. Funktioniert sie denn noch?«

»Ich weiß nicht«, hatte Margaret verärgert geantwortet. Sie hatte sie viele Jahre lang nicht benutzt. Am Ende der spröden und steifen Nylonschnur hatte ein rostiger Sandspierling gehangen. Den schnitt sie ab, und Roland fragte, ob er einen Spinnköder an ihrer Angel befestigen solle. »Nein«, hatte sie gesagt. Sie wollte keine Hilfe. »Ich angle lieber mit Würmern«, sagte sie, und so geschah es. Sie fuhren auf dem Weg ins Fjell am Supermarkt vorbei und kauften Bleischrot, Schwimmer, Haken und neue Angelschnur. »Die Würmer mußt du dir selber besorgen«, hatte Roland gesagt, und das hatte sie getan.

Es zeigte sich, daß die ungefähr vierzigjährige Moss eine ganz andere war als die zwölfjährige Margaret, die ohne Widerwillen Würmer ausgegraben hatte. Moss würgte und schüttelte sich, während sie widerspenstige Exemplare mit Bauchbinde aus der Erde rund um Maria Kolbjørnsens Rosen fischte.

Sie hatte vorher gefragt.

Und ein Ja bekommen und ein leeres Honigglas obendrein.

Darin befanden sich jetzt die Würmer zwischen ein paar Moosbüscheln. Margaret versuchte sie zu vergessen, während das Auto den steilen Wirtschaftsweg hinaufpolterte.

Zu Beginn des Weges gab es eine Mautstelle mit Selbstbedienung. Roland steckte zwanzig Kronen in einen Briefkasten auf einem Gegenstand, der aussah wie eine altmodische Milchabholrampe, schrieb das Autokennzeichen, seinen Namen und das Datum auf ein Formular, riß den Durchschlag ab, steckte ihn in seine Tasche und öffnete die Schranke. Dann konnten sie durchfahren.

»Hier in der Gegend hat man anscheinend Vertrauen zueinander«, sagte Moss gutgelaunt. »O doch«, sagte Roland Rud, startete den Wagen wieder und hielt sich in der Kurve vorsichtig an der Gebirgswand, denn tief dort unten brauste der Fluß. »Aber es könnte ein Aufseher kommen und darum bitten, den Durchschlag sehen zu dürfen.«

»Oh«, sagte Margaret. »Wir haben den Angelschein vergessen.«

Sie tauschten Blicke, doch dann mußte Roland wieder geradeaus sehen, denn jetzt war kaum noch Spielraum. Der Farn, der auf den Felsvorsprüngen über ihnen wuchs, fegte über das Autodach, und auf den Geröllhalden oberhalb und unterhalb des Weges lagen riesige Steinblöcke, die anzeigten, was passieren konnte. Margaret traute sich nicht mehr, auf ihrer Seite aus dem Fenster zu sehen.

Der Abgrund war zu tief.

»Wenn wir hier jemandem begegnen, müssen wir den ganzen Weg rückwärts fahren«, sagte sie.

»Halt den Mund«, sagte Roland Rud, dem der Schweiß auf der Stirn stand.

Nach einem Gatter, das Margaret öffnen mußte, und einer weiteren Haarnadelkurve mit Steilhängen oberhalb und unterhalb des Weges und toten Bäumen, die hoch oben quer über den Weg ragten, befanden sie sich plötzlich in einer Idylle, die sie an die Abbildungen auf den guten, alten Keksdosen erinnerte: Vor ihnen lag eine Wiese mit wogenden Gräsern und Hornklee, die zu einem großen See abfiel. Der Weg setzte sich nach rechts fort und verschwand hinter einer weiteren Schranke, die allerdings mit einem Hängeschloß versehen war. Vermutlich war der Weg nur für die Einheimischen zugänglich. Roland fuhr das Auto neben eine kleine Bretterhütte, hielt und zog die Handbremse an.

»Wie hieß der See noch?« fragte er, während sein Blick angesichts der großen Auswahl von Spinnködern bereits abwesend wurde.

»Ich erinnere mich nicht«, sagte Moss. »Sie hat keinen Namen genannt, übrigens ist das der aufgestaute See, glaube ich. Guck mal da drüben!«

Sie zeigte mit dem Finger auf ein paar graue Zementstufen, die hinter der Bretterhütte zu einer langen und schmalen grauen Mauer führten, die mit Geländern aus gestrichenen Metallrohren versehen war. Während Roland die Angeln und diverse Ausrüstungsteile auslud, ging sie auf das Wehr hinaus.

Der See war groß und ruhig und erstreckte sich weit zwischen den blauen, abgerundeten Bergen. Verstreute Häuschen und etwas, das aussah wie alte Almhütten, lagen zwischen niedrigen Wäldchen aus Fjellbirken und Ebereschen, auf grünen Wiesen bewegten sich grauweiße Büschel: Schafe. Schwacher Glockenklang tönte gedämpft über den See.

Unter Margaret warf sich das Wasser mit großem Getöse hinab und endete mit starkem Lärm und weißem Schaum acht bis zehn Meter tiefer. Dort verlief es in Stromschnellen zwischen großen Steinblöcken und verschwand hinter einer jähen Biegung auf seinem Weg in den Ort.

Eine kühle Brise ging, und die Schöße ihres Parkas flatterten im Wind.

Drüben am Auto hatte Roland an ihrer Angel Vorfach, Schwimmer, Bleischrot und Haken montiert. Im stillen war sie dankbar. Es war hundert Jahre her, seit sie in Süßwasser geangelt hatte.

Eine Stunde später heulte sie fast vor Wut. Sie stand unsicher und wackelig auf einem Stein im reißenden Fluß, ein gutes Stück vom Ufer entfernt. Das Haar klebte an der verschwitzten Stirn, sie hatte den Reißverschluß ihrer Jacke bis zum Kinn hochgezogen und die Ärmel bis zu den Fingerspitzen hinuntergezogen, und die Sonne brannte vom Himmel herab, es waren sicher fünfundzwanzig Grad, sobald die Wolken dort oben am Himmel zur Seite glitten. Der Schweiß lief ihr den Rücken hinab und unter T-Shirt und Pullover, aber die Gnitzen und Stechmücken hatten sich im Schatten der Bäume als so kriegerisch erwiesen, daß man einfach nicht mit nackter Haut dort stehen konnte.

Sie hatte sich mit Mückenschutzöl eingerieben, aber es half nichts.

Nicht gegen die Gnitzen.

Sie krabbelten unter den Kragen und unter die Achseln und warfen sich kamikazeartig auf Augen und Nasenlöcher. Sie schnaufte und schüttelte den Kopf, unter ihr wackelte der Stein, und der Haken, den sie so behutsam in den kleinen Kolk hinter dem großen Stein draußen im Fluß geworfen hatte, verhakte sich im Grund, und sie fiel beinahe hin, als sie versuchte, ihn loszubekommen.

Sie kratzte sich am Hals und sah sich wütend nach Roland um. Er war nicht zu sehen. Bei ihm hatte sofort etwas angebissen, aber die Forelle war entwischt, und seitdem sah und hörte er nichts mehr, sondern angelte sich verbissen immer weiter flußabwärts, bis er um die Flußbiegung verschwunden war. Von Mücken schien er jedenfalls nicht geplagt zu werden.

Moss hockte zwischen den Steinen und mühte sich mit dem Wurmglas ab. Die Sonne stach im Nacken. Die Würmer, die noch da waren, taten ihr Bestes, um sich im Moos festzuhalten, während sie an ihnen zog. Jetzt hatte sich ihr gesamtes damenhaftes Schaudern in Luft aufgelöst; wütend und verschwitzt zupfte sie an dem schlaffen Weichtier, bis es *schwupp* machte und der Wurm seinen Halt verlor. Dann preßte sie den Haken in die dickste Stelle des Tierchens, das sich in einem letzten Versuch, lebendig davonzukommen, um ihre Finger krümmte.

»Reiß dich zusammen, verdammt noch mal!« zischte Margaret dem Wurm verbissen zu. »Halt doch still!«

Sie erinnerte sich an die Weisheit aus ihrer Kindheit, daß die Spitze des Hakens nicht sichtbar sein durfte.

Sie erhob sich unsicher und warf unbeholfen Wurm, Schwimmer und Bleikugeln in den braunen kleinen Kolk. Wischte sich mit den Fingern unter der Nase entlang. Es roch heftig nach Mückenschutzöl und Würmern.

Eine winzige Bewegung der Schnur, ein beinahe unsichtbares Zucken am Schwimmer, sie zog an der Angel und verlor im selben Moment auf ihrem wackeligen Stein das Gleichgewicht, trat daneben und in das flache Wasser, daß es nur so platschte.

Das Wasser, das in den linken Joggingschuh sickerte, war eiskalt.

Sie hob die Angelrute. Der Haken war leer. Der Fisch war weg, natürlich.

Als sie an Land kam, überfiel sie ein neuer und ausgeruhter Schwarm von Gnitzen, und sie schlug um sich. Der Haken blieb am Saum ihres Parkas hängen, das Glas mit den Würmern kippte um, und Würmer und Moos verschwanden in den Spalten zwischen den Steinen, sie bekam Mückenschutzöl in die Augen und warf die Angel von sich, riß den Haken ab, versetzte dem Wurmglas einen wütenden Tritt, hob die Angel wieder auf, rollte die Schnur ein und biß den Haken ab, warf ihn weg und sprang zwischen Fjellbirken und Weidendickicht bergauf, so daß der moosige Moorboden nur so spritzte. Sie kletterte und lief, ohne sich vorzusehen – wie eine Kuhherde, die wild vor Mückenstichen aus dem Wald stürmt und zum Stall auf die Alm, so stürmte sie den Abhang hinauf und auf den kleinen roten Bretterverschlag zu, wo das Auto stand.

Als sie sich viele Monate später diesen Tag ins Gedächtnis rief, trat ihr das Bild eines Wintergrüns vor Augen, einer Blume, die sie seit ihrer Kindheit nicht mehr gesehen hatte und an der sie vorbeigerannt war.

Sie gönnte sich am Auto keine Zeit zum Innehalten, sondern warf die Angel von sich und streifte im Laufen schnell die Kleider ab, und als sie schließlich auf dem Wehr stand, hatte sie nur noch die Shorts und das kleine, weiße Unterhemd an.

Hier draußen wehte es.

Stechmücken und Gnitzen waren verschwunden, sie hob die Arme und winkte, ihr Haar flatterte in der Brise, und der Schweiß auf dem Körper trocknete. Sie schneuzte sich in die Finger. Rieb sich die Augen mit dem Handrücken.

Legte den Kopf in den Nacken und schloß die Augen.

Atmete tief durch.

Da knallte es.

Eigentlich knallte es nicht, es war ein seltsames Geräusch wie von einer Wespe oder Bremse, ein dünnes *pi-i-i-nnng!*, das irgendwie vorbeisauste.

Sie öffnete die Augen und sah sich um.

Der nächste Knall war anders und klarer. Er traf die Kante des Eisengeländers, und als das Geschoß an der Mauer abprallte, auf der sie stand, machte es zunächst *boinng!* und danach *smack!*

Endlich begriff sie, was es war, wie in Zeitlupe ging sie langsam zurück zur Bretterhütte und konnte sich gerade noch in Sicherheit bringen, hinter ihr splitterte das Holz, als sich die nächste Kugel in die Bretter bohrte.

Sie preßte sich flach an die zersplitterten Bretter, und ihr Herz pochte so, daß der ganze Körper zitterte.

Was zum Teufel war das?

Die Schüsse waren von unterhalb des Wehrs gekommen. Wer auch immer die Schützen waren, so standen sie jedenfalls auf dem Abhang, der zum Fluß hinunterführte, aber auf der gegenüberliegenden Seite.

Sie riskierte einen schnellen Blick um die Ecke der Bretterhütte. Blinzelte ins scharfe Licht.

Die glänzenden Blätter der Fjellbirke säuselten im Wind, es brauste vom Fluß, weit entfernt blökte ein Schaf.

Keine Bewegung im Unterholz. Keine wippenden Zweige, nichts.

Sie zog sich zurück und atmete tief durch.

Wo zum Teufel blieb Roland?

Sie streckte den Hals. Sein rotkariertes Hemd würde leicht zu sehen sein, aber am Flußufer regte sich rein gar nichts. Sie mußte ganz aufs Wehr hinaus, um vernünftig sehen zu können, aber das traute sie sich nicht – eine lebende Zielscheibe für irgendwelche Verrückten mit Gewehr abzugeben, im Leben nicht?

Denn es mußte ein Gewehr sein, das sah sie an der Stelle im Beton, wo das Geschoß abgeprallt war.

Sie hatte es auch am Geräusch erkannt.

Glaubte sie zumindest.

War jetzt Jagdsaison?

Nein. Erst im Herbst. Was jagten sie wohl in dieser Gegend? Hirsche vermutlich. Waren es vielleicht ein paar Lausbuben, die sich hier herumtrieben? Die eine verbotene Schießübung abhielten oder sogar wilderten und sie einfach nicht gesehen hatten?

Das kam ihr allerdings merkwürdig vor.

Sie hielt den Atem an und lauschte, was durch das Rauschen vom Wehr jedoch erschwert wurde. Weit entfernt kläffte ein Hund. Jäger hatten oft Hunde. Aber eigentlich konnten ja keine Jäger unterwegs sein, denn ...

»Na, für wen hast du denn gestrippt?«

Sie schrie auf und warf sich herum.

Roland stand direkt hinter ihr, mit dem Zigarettenstummel im Mund, aufgeknöpftem Hemd, der Angel in der einen und vier kleinen Forellen in der anderen Hand, die er auf einen Ring aus Weidenzweigen gezogen hatte. »Guck mal! Gut, was? Dabei hab ich so viele Jahre nicht mehr in Süßwasser geangelt!«

Sie starrte ihn an, während ihr Herz sich hinter den Rippen langsam wieder beruhigte. »Verdammt«, sagte sie und spürte, wie ihre Stimme kippte. »Sie haben auf mich geschossen! Deine Forellen sind mir doch scheißegal, sie haben geschossen!«

19

Let's call the whole thing off.

Gershwin/Gershwin

Die etwa zwanzig Meter von der roten Bretterhütte zum Auto kamen ihr weit vor. Margaret bezwang ihre Lust zu laufen und erinnerte sich selbst daran, daß sich der Schütze jenseits des Flusses befinden mußte und sie jetzt, wo sie das Wehr verlassen hatte, nicht mehr sah.

Roland startete das Auto und wendete.

Sie sagten nichts, während sie den schmalen Wirtschaftsweg entlangrumpelten. Als das Gatter hinter der Kurve auftauchte, hielt Roland an und ließ den Motor laufen, während er selbst hinausging und öffnete. Er kam zurück, fuhr durch, hielt an, ging wieder hinaus und schloß das Gatter, bevor er weiterfuhr.

Erst als sie fast ganz unten an der Mautstelle waren, sagte er etwas.

»Das sollte man wohl der Polizei melden.«

Sie nickte.

»Das müssen irgendwelche Jungs gewesen sein.«

Sie nickte wieder.

»Komisch, daß sie dich nicht gesehen haben. Aber vielleicht standen sie ganz unten am Abhang.«

»Der See ist an der Stelle, wo er gestaut ist, ziemlich schmal – wie sollen sie mich da übersehen haben?«

»Stimmt.«

Vor der letzten Haarnadelkurve bremste er beinahe ganz ab, unter ihnen lag der Ort. An den Stellen, wo die Wolken vorbeizogen, warfen sie Schatten über Fjell und Fjord. »Können wir nicht ein bißchen warten, bevor wir ganz hinunterfahren?« fragte sie. »Können wir nicht erst mal nachdenken?«

Er sah sich um. Eine schmale Fahrspur führte nach links über eine Rodung. Er bog ein, und sie rumpelten etwa fünfzig oder sechzig Meter weit, bevor er wendete und rückwärts fuhr, bis sie mit der Front zum Weg standen. Sie befanden sich im tiefen Schatten von großen Tannen, aber draußen auf der Lichtung flatterten zwei Zitronenfalter in der schweren, warmen, sonnengesättigten Luft.

»Gesetzt den Fall, jemand verfolgt mich«, sagte Margaret. Er warf ihr einen schnellen Blick zu, dann wühlte er nach seinem Tabakpäckchen. Auf seinem Handrücken hafteten kleine, glitzernde Fischschuppen.

»Wer sollte das sein?« sagte er.

»Stimmt«, sagte sie. »Wer sollte das schon sein.«

Sie schwiegen und folgten den Schmetterlingen mit ihren Blicken. Sie verschwanden und kamen zurück, verschwanden erneut und kamen wieder zurück, der Wind strich durch die riesigen Adlerfarne.

»Irgend jemand war ja in Oslo hinter mir her«, sagte sie schließlich. »Vielleicht sind sie hergekommen.«

Er steckte sich die Zigarette in den Mund und zündete sie mit einem zerkratzten Feuerzeug an. »Ich weiß nicht«, sagte er.

Sie rieb sich das Gesicht. Ihr Finger rochen noch immer nach Mückenschutzöl und Würmern.

»Laß es uns mal umgekehrt betrachten«, sagte sie dann. »Wenn jetzt wirklich jemand absichtlich nach mir geschossen hat, wie wollten sie denn davonkommen, ohne erwischt zu werden? Ich meine, wenn sie getroffen hätten, dann wäre ich vermutlich auf dem Wehr liegengeblieben, auf beiden Seiten gibt es ja Geländer, und du hättest mich gesehen, sobald du zurückgekommen wärest. Wenn sie wissen, daß ich hier bin, wissen sie, daß du ebenfalls hier bist und daß du die Sache im Ort melden würdest, und dann wäre doch der Teufel los.«

»Gut«, sagte er. »Vielleicht haben sie sich darauf verlassen, daß die Polizei es nie herausfinden würde. Daß sie sich mit der Erklärung zufriedengeben würde, daß es irgendwelche Jungen waren, Wilderer, was weiß ich.«

»Und wenn sie nur geschossen haben, um mir Angst einzujagen?« sagte Margaret. »Ein erfahrener Schütze hätte niemals danebengeschossen, so, wie ich dagestanden habe, völlig regungslos, mitten auf dem Wehr und im Gegenlicht gut als Silhouette zu erkennen.«

Roland seufzte. »Und ich hab geglaubt, das wird ein Urlaub«, sagte er. »Nur eine Erbschaftsangelegenheit, hast du gesagt. Von wegen!«

Er kurbelte das Fenster ganz hinunter und spuckte weit aus. Plötzlich hob er den Kopf. »Hör mal!«

Sie lauschte ebenfalls.

Ein Auto kam bergab gefahren. Langsam und in einem niedrigen Gang, so wie sie selbst vor etwa zehn Minuten hinuntergefahren waren.

Sie starrten beide über die Lichtung zum Weg hinüber.

Ein Auto mit blauer Metalliclackierung und Spoilern tauchte im Sonnenlicht auf, der Fahrer hatte den Ellenbogen aus dem offenen Fenster gelehnt und starrte – zumindest sah es so aus – angespannt geradeaus. Dann verschwand das Auto die kurvige Straße hinab.

»Der Bankdirektor«, sagte Margaret Moss.

Sie saß ganz still da.

Roland Rud sah sie aus den Augenwinkeln an.

»Ich hätte nicht übel Lust, mit dem Gang zur Polizei zu warten«, sagte sie schließlich.

»Erzähl mir irgendwas, was ich noch nicht weiß«, sagte Roland und legte den ersten Gang ein.

Roland bestand darauf, beim Supermarkt vorbeizufahren. Gleichgültig, was geschehen war, wollte er trotzdem eine

Zeitung, mehr Bier und Fjellbutter für die Forellen kaufen. Margaret zuckte die Schultern, dann nickte sie.

Sie sagte wenig auf dem Weg bergab, ab und zu schaute sie auf die Uhr.

»Bist du im Zeitdruck, oder was?« fragte Roland schließlich.

»Ich hatte vor, noch zum Bankdirektor zu gehen.«

»Ist das jetzt besonders schlau?«

»Das ist es doch wohl, verdammt noch mal!«

Er warf ihr einen Blick zu und konzentrierte sich dann darauf, das Auto an einem riesigen Sattelschlepper vorbeizumanövrieren, der einen Schwanz von Personenwagen hinter sich hatte. Die Fähre mußte gerade eingelaufen sein.

»Aber ich muß mich erst umziehen«, sagte sie dann. »So kann ich da nicht hingehen.«

Mit gerunzelten Augenbrauen starrte sie jedes Auto an, das vorbeikam. Ab und zu warf sie einen Blick in den Seitenspiegel. Er legte ihr die Hand aufs Knie. »Du hast Angst bekommen dort oben«, sagte er. »Kannst du dir das nicht eingestehen?«

Sie antwortete nicht.

Er bog am Supermarkt ab und hielt an.

Sie meinte, sie wolle im Auto sitzenbleiben, während er einkaufte.

»Meine Beine sind so müde«, sagte sie, als er sie fragend ansah. Als er im Laden verschwunden war, überlegte sie es sich anders, riß die Autotür auf, sprang hinaus und lief ihm hinterher. Er hatte gerade einen Einkaufskorb geholt und sah sie überrascht an.

»Ich habe vergessen, dir eine Sache zu sagen, die wir kaufen müssen«, sagte sie.

»Ah ja?« sagte er nur, aber sie sah es ihm an: Ihm war klar, daß sie sich nicht traute, allein dort draußen sitzenzubleiben.

Sie preßte die Lippen zusammen und ging mit langen Schritten auf die Gemüseabteilung zu.

Ließ sich viel Zeit, wählte mit großer Sorgfalt eine Salatgurke aus, ein paar Tomaten, dann stand sie da und überlegte, ob sie eine Melone mitnehmen sollte.

Ganz ruhig bleiben, verdammt!

So tun, als sei man eine ganze normale Touristin, keine, die einfach so aufs Geratewohl beschossen wurde, sobald sie sich draußen auf einem Wehr zeigte, keine verdammte Zielscheibe, eine ganz gewöhnliche ...

Drüben an einer der Gefriertruhen standen zwei Männer in sogenannter Outdoorausrüstung vom Typus Tarnanzug. Sie standen mit dem Rücken zu ihr und sahen aus wie Dschungelkämpfer; im Grunde wartete man nur noch auf das rhythmische, knatternde Geräusch von Hubschraubern über dem Dach des Supermarktes. Ihre Stiefel waren voller Schlamm.

Sie kamen vermutlich direkt aus dem Fjell.

Sie starrte die Männer so intensiv an, daß der größere der beiden es bemerkt haben mußte. Er drehte sich um, und sein Blick fiel auf Margaret.

Sie hatte noch nie jemanden so schnell sein Gesicht verschließen sehen, er erstarrte und wandte sich wieder ab.

Sie ging mit entschlossenen Schritten und erhobenem Kinn zu Roland hinüber, der an der Kasse anstand.

»Da haben wir wahrscheinlich die fahrlässigen Schützen«, sagte sie, und ihr Herz klopfte ihr irgendwo oben im Hals. »Sie haben mich sogar erkannt, die Schweine! Ich hätte nicht übel Lust, rüberzugehen und ein Wörtchen mit ihnen zu reden. Ich will wissen, wer sie sind!«

Roland packte ihren Oberarm. »Wir werden jetzt bezahlen und gehen«, sagte er. »Du solltest dich beruhigen und keine voreiligen Schlüsse ziehen.«

»Warum hat er denn wohl sonst so reagiert? Er hat beinahe die eigene Zunge verschluckt. Wie erschlagen von meiner einzigartigen Schönheit, oder was?«

Roland antwortete nicht, sondern nahm ihr die Melone ab, die sie an die Brust gepreßt hielt, und legte sie auf das Fließband. »Beherrsch dich bitte«, murmelte er und zog die

Brieftasche heraus. Sie kniff die Lippen zusammen und ging demonstrativ hinaus. Blieb im Vorraum zwischen der inneren und der äußeren Tür stehen, wo es eine Pinnwand gab. Sie steckte die Hände in die Hosentaschen, um dem Zittern Einhalt zu gebieten, und betrachtete die Zettel, die dort angebracht waren. Sie durfte ihre Erregung nicht zeigen.

Platz bei Tagesmutter frei ab Herbst.

Jemand hatte am Nationalfeiertag eine Trachtentasche verloren.

Der Schützenverein kündigte für nächste Woche eine Versammlung an. »Verkauf von Munition und Kaffee«, stand da.

Du meine Güte, schossen sie hier aufeinander, wenn sie sich vergnügen wollten?

Sie zuckte zusammen, als Roland sich hinter ihr aufbaute.

»Ich werde mit ihnen reden!«

»Nein, das wirst du nicht«, sagte Roland. »Wir warten erst mal ab.«

»Was warten wir ab?«

»Zunächst mal, was für ein Auto sie fahren.«

Sie sah ihn an. Da kamen die beiden Männer auf die Tür zu, und sie konzentrierte sich wieder auf die Pinnwand, hörte nur, wie Stiefel hinter ihr über den Boden schleiften. Dann seufzte die doppelte Eingangstür, und die Männer verschwanden auf den Parkplatz.

Gingen auf einen großen Chevy-Van zu.

Roland trottete hinterher, gleichgültig, zusammengesunken und vornübergebeugt, wie er es zu tun pflegte, mit der Einkaufstüte in der Hand. Er blieb mitten auf dem Parkplatz stehen, beugte sich vor und steckte sich seine Zigarettenkippe im Mundwinkel an.

Der Chevy-Van fuhr an ihm vorbei. Beschleunigte und verschwand hinter einer Hausecke.

»Und?« sagte sie und tauchte neben ihm auf.

»Das Auto ist in Oslo registriert«, sagte er.

»Aber es ist kein grüner Volvo Amazon«, sagte sie.

Als sie zum Campingplatz zurückkamen, machte Roland sich daran, das Essen in den Kühlschrank zu stellen und die Forellen auszunehmen.

Margaret pellte sich aus den schmutzigen und verschwitzten Kleidern und zog sich saubere Shorts und ein beinahe faltenfreies Hemd an. Ihr Herz pochte noch immer unangenehm schnell.

Sie war entschlossen, den Bankdirektor zu treffen.

Mehr als je zuvor.

Roland sagte nichts, als sie hinausging, neben ihm stand eine Bierdose, und er las die Lokalzeitung. Aber sie spürte seinen Blick im Rücken.

Gut, wenn ein Flieger an Höhe verliert, steigt er wieder, so schnell er kann, das war bekannt. Zumindest bei denjenigen, die in ihrer Kindheit die ›Biggles‹-Comics gelesen hatten, und das hatte Moss getan. Sie hatte sie von ihrem Vater geerbt.

Es galt, keine Angst zu bekommen.

Der Kies knirschte unter ihren Sandalen, irgendwo rauschte Wasser. Sie blickte hoch und entdeckte Maria Kolbjørnsen, die mit dem Gartenschlauch einen kleinen, schnittigen Toyota abspritzte. Sie zuckte zusammen, als Margaret sie ansprach, und es dauerte eine Weile, bis sie das Wasser abgedreht hatte und auf sie zukam, während sie sich die Hände an der Hose abwischte.

»Na, war es schön im Fjell? Haben Sie den See gefunden?«

»Ja«, sagte Moss. »Netter Wagen, ist das Ihrer?«

»Ja, das ist meiner. Aber Kåre hat ihn heute benutzt. Er und Barry haben damit eine Runde gedreht.«

Ihr Ton war kurz angebunden, und Margaret war ebenso kurz, sie grüßte und ging davon.

Das Auto von Maria Kolbjørnsen war voll von schwarzem Schlamm gewesen.

Es schien, als sei heute im Bergwald Hochbetrieb gewesen.

Am Fähranleger blieb sie jäh stehen und verzog sich zwischen zwei geparkte Autos. Blickte vorsichtig über das Dach des einen.

Der Chevy-Van stand halb auf dem Bürgersteig der schmalen Straße.

Offenbar war er leer, sie wartete eine Weile und riskierte dann, so ruhig und selbstverständlich wie möglich zum Auto hinüberzugehen. Sie mußte beinahe den Bauch einziehen, um sich zwischen dem Auto und der Hauswand durchzuquetschen.

Sie sah auf den Vordersitz.

Dort lag eine zusammengefaltete Straßenkarte von der Sorte, wie sie selbst eine besaß, Südnorwegen bis Trondheim, und ein Mobiltelefon. Sie konnte gerade noch denken, daß es dumme Leute sein mußten, die einen so wertvollen Gegenstand wie ein Mobiltelefon offen im Auto liegenließen, bevor ihr simultan drei Gedanken durch den Kopf schossen – daß Mobiltelefone nicht mehr so teuer waren, daß da vorne ein Mann im Tarnanzug um die Ecke bog und daß es Karens Mobiltelefon war.

Sie hockte sich blitzschnell hin, als der Mann auf das Auto zuging, hörte, wie er die Schlüssel herausholte und daß es klickte, als sich die Zentralverriegelung öffnete. Sie sah sich nach einer Möglichkeit um, sich aus dem Staub zu machen, bevor er losfuhr, und krabbelte, noch immer in der Hocke und dankbar für all die geparkten Autos, hinter einen großen, kommunalen Müllbehälter aus Beton, und die ganze Zeit dröhnten die panischen Herzschläge von Kopf bis Fuß: Karens Mobiltelefon!

Ob sie sich geirrt hatte?

Hatten noch andere Leute ihr Telefon mit einem goldfarbenen Filzstift dekoriert?

Sie starrte auf ihre Sandalen, aber sie antworteten ihr nicht.

Der Chevy-Van beschleunigte, fuhr um die Ecke und war verschwunden, sie erhob sich langsam. Der Bankdirektor war völlig bedeutungslos geworden. Sie ging steifbeinig zum Fähranleger hinunter und betrat eine Telefonzelle. Dort rief sie die Auskunft an und erkundigte sich nach der Nummer des Kindergartens auf Ekeberg. Wartete und fluchte, während die Kronen durchrasselten und die Sekunden vergingen.

Die Auskunft hatte die teuerste Telefonnummer Norwegens.

Dann schrieb sie die Ziffern, die durchgesagt wurden, auf den Rand des ausgefransten Telefonbuchs über Møre und Romsdal. Wählte die Nummer, wartete. Schließlich erklang eine nette Frauenstimme.

»Kindergarten Eikenøtten?«

»Ja, hallo, hier ist Margaret Moss, ich wollte mit Karen sprechen. Ist sie gerade da?«

»Nein, sie ist schon länger nicht mehr hiergewesen.«

Jetzt klopfte Margarets Herz so stark, daß sie kaum noch hörte, was die junge Frau sagte. »Wissen Sie, warum sie nicht da ist?«

»Na ja, eigentlich ist gerade Urlaubszeit, aber wir haben trotzdem geöffnet. Ich glaube, sie sollte eigentlich hier sein, aber ich bin auch nur Aushilfe, insofern ... Ich frag mich gerade, ob nicht jemand hier angerufen und gesagt hat, daß sie krank sei, ihr Freund oder so. Aber sie hat ein Handy, ich kann Ihnen die Nummer geben!«

»Nein danke, nicht nötig«, sagte Margaret und legte auf. Dann suchte sie mit heftig zitternden Fingern die Nummer des Hotels in Geiranger heraus.

Sie schickte ein Stoßgebet zum Himmel, daß Maisen in ihrem Zimmer sein möge, und sie hatte Glück, die Tante antwortete sofort.

Margaret wollte nicht sagen, was passiert war, denn noch dachte sie, daß sie sich geirrt haben könnte, daß Karen mit Halsentzündung im Bett lag oder einfach blaumachte. Ungeduldig hörte sie sich eine Weile lang Erzählungen von überbordenden Mittagstischen und intensiven Bridgespielen an, dann sagte sie wie zufällig: »Hast du was von Karen gehört?«

»Nein«, sagte die Tante. »Aber ich habe versucht, sie anzurufen.«

»Und?«

»Ach, das Telefon funktioniert offenbar nicht. Es sagt immer nur, daß es keine Verbindung kriegt oder so ähnlich. Du, es ist aber nichts Schlimmes passiert, oder?«

»Nein. Nein, es ist nichts.«

»Margaret! Da ist doch was! Das höre ich! Ich verlange, daß du mir sofort ...«

Margaret unterbrach sie schnell: »Es ist nichts! Ich habe mir nur ein bißchen Sorgen gemacht, weil ich auch versucht habe, sie zu erreichen. Im Kindergarten ist sie auch nicht.«

»Ich wußte es!« kam es düster vom anderen Ende. »Ich wußte, daß irgendwas ist.«

»Nein!« rief Margaret. »Das muß doch gar nicht sein!«

»Und ich sitze hier«, sagte die Stimme. »Völlig hilflos! Gestrandet am ... ja, am Strand. Und das, wo dieser schreckliche Kerl frei herumläuft!«

»Wer denn?« fragte Moss.

»Der Amazon-Mann«, sagte Maisen. »Und da war gestern jemand im Hotel und hat nach dir gefragt. Ein Herr im Jackett mit hochgekrempelten Ärmeln, das kann ich nicht ausstehen, Margaret, wenn man einen Anzug trägt, krempelt man die Ärmel nicht hoch, das ist doch proletenhaft ...«

»Maisen!«

Margaret wurde schier wahnsinnig vor Ärger und Verzweiflung. »Warum hast du das nicht sofort gesagt? Wer war es? Hat er gesagt, wie er heißt?«

»Du brauchst nicht zu schreien, ich bin nicht taub«, sagte die Stimme am anderen Ende würdevoll. »Ich habe gar nicht mit ihm gesprochen, ich habe ihn bloß gesehen, als ich die Treppe hinunterging. Und er war schon weg, als ich endlich unten war, du weißt, meine Knie, und dann haben mir die

Leute vom Empfang hinterhergerufen und gesagt, daß er nach dir gefragt hätte.«

»Verdammt!« sagte Moss. »Daß du nicht erfahren hast, wer es war!«

»Er hatte so ein Auto, weißt du«, sagte die Tante. »Eine Art besserer Lieferwagen, groß und ziemlich breit. Beige.«

»Ein Chevy-Van«, sagte Moss. »Du hast aber gut aus dem Fenster geschaut!«

»Aus der Tür«, korrigierte die Tante. »Hör mal, ich bin doch keine Idiotin!«

20

When the drinks finally hit her
she says: I'm no quitter
but I've finally quit livin' on dreams.

Bowling/Bynum

Margaret zwang sich zu gehen – nicht zu laufen, was sie am liebsten getan hätte. Sie nahm sich sogar die Zeit, sich auf dem Weg zur Hütte Nummer sechs zu bücken und ein oder zwei Stengel Mädesüß zu pflücken, sie konnte ja nicht sicher sein, ob sie nicht vielleicht beobachtet wurde. Hinter jedem Fenster auf diesem verdammten Campingplatz konnten Leute sitzen, aus Wohnmobilen und Zelten hinausschauen, sich in den Apfelbäumen verstecken, mit einem Fernglas oben auf dem Berg stehen, sich in den Booten, die sachte hin- und herschaukelten, versteckt halten. Sie riß die Tür auf und ging in die Hütte.

Roland schlief.

Sie warf ihre Tasche auf den Boden. »Roland!«

Er fuhr hoch, starrte sie an, schlaftrunken.

»Sie haben Karen entführt!« sagte sie, und dann verließ sie der letzte Rest von Beherrschung, und sie setzte sich hin und preßte die Hände mit gespreizten Fingern vors Gesicht.

Es dauerte eine Weile, bis Roland begriffen hatte, was passiert war. Dann sagte er all das, was sie erwartet hatte: Daß es nicht unbedingt Karens Telefon gewesen sein müsse, und selbst wenn, dann müßten sie nicht notwendigerweise Karen entführt haben. Es sei sogar eher unwahrscheinlich, denn es sei nicht nur beschwerlich, sondern auch strafbar, Menschen zu kidnappen, und sogar Verbrecher versuchten das soweit wie möglich zu vermeiden.

Sie hörte ihm zu. Putzte sich die Nase.

»Sie kann es sogar auf der Straße verloren haben«, sagte er schließlich. »Du weißt doch, wie Karen ist.«

Sie sah ihn an. Zuckte die Schultern.

»Manchmal gibt es ja solche Zufälle«, sagte er hartnäckig. »Diese Typen kommen doch aus Oslo, sie können das Mobiltelefon ja auf der Straße, in einer öffentlichen Toilette, auf einem Bussitz oder sonstwo gefunden und es mitgenommen haben.«

Sie zuckte wieder die Schultern. »Ich will nach Hause«, sagte sie, und ihr war übel und schwindlig. »Auf jeden Fall. Es ist vorbei, ich kann nicht mehr. Die ganze Sache entwickelt sich gerade zu einem Alptraum. Warum auch immer.«

»Okay, gesetzt den Fall, daß es wirklich Karens Telefon war, was du da gesehen hast«, sagte Roland Rud und griff nach dem Tabakpäckchen auf dem Tisch, »und daß sie es nicht gefunden, sondern … na ja, konfisziert haben, dann würde es ganz gut passen, daß es dieselben Leute waren, die heute im Fjell auf dich geschossen haben.«

Er warf Margaret einen raschen Blick zu. Zog ein Zigarettenblättchen aus dem Päckchen.

Sie biß sich auf die Knöchel der rechten Hand und nickte.

»Und nicht der Bankdirektor, obwohl der auch in den Bergen war«, fuhr Roland fort.

»Der Chevy-Van stand vorhin in der Straße geparkt, wo die Bank ist«, sagte Margaret. »Und der Typ ist aus dem Eingang der Bank gekommen. Kann da herausgekommen sein«, verbesserte sie sich. Sie besaß trotz allem noch nicht die Fähigkeit, um die Straßenecke sehen zu können. »Und Maria wäscht ihr Auto, sie hat gesagt, daß Kåre und Barry es sich für einen Ausflug ins Fjell ausgeliehen hätten! Vielleicht hat sie gelogen, vielleicht ist sie selbst dort gewesen. Wie viele Schurken gibt es hier eigentlich, verdammt noch mal!«

Sie stand jäh auf. Ging vor und zurück.

Drei Schritte vor, drei zurück.

»Wir reisen ab«, sagte sie und schlug mit der geballten Faust gegen die Schranktür. »Jetzt. Sofort! Wir packen das Auto und reisen ab.«

Sie bückte sich und packte die Bettdecke, die unter ihm auf dem Schlafsofa lag, und riß an den Bändern, mit denen der Bettbezug zugeknotet war.

»Hallo«, sagte Roland langsam. »Denk mal nach. Wenn es wirklich so ist, wie du glaubst, wenn auch nur die geringste Chance besteht, daß hier so viele Schurken herumlaufen, wie es den Anschein haben mag – dann warten wir mit der Abreise. Wir tun so, als wäre nichts geschehen. Dann hauen wir morgen in aller Frühe ab. Sonst sind sie uns sofort auf den Fersen. Die sind schlau, diese Typen. Ich werde auf der Karte nachsehen, ob noch andere Wege aus dem Ort führen als die vorgesehene Hauptstraße.«

Er sah zu ihr hoch. »Ja, ich weiß, daß du dir Sorgen machst und Angst hast! Aber du kommst nicht nach Oslo und kannst nicht nachsehen, ob Karen in Ordnung ist, wenn jemand dich auf dem Weg dahin abknallt!«

Einem Menschen, der so unruhig war wie Margaret Moss, mußten die nächsten Stunden wie Jahre vorkommen. Alle ihre Instinkte schrien und riefen danach, das Tempo ihres Vorgehens zu beschleunigen. Schließlich wurde sie von Roland hinausgeschickt, während er hinter geschlossener Tür packte. Sie saß mit klopfendem Herzen und Ohrensausen am Strand, drehte Kieselsteinchen und tat so, als genieße sie die Aussicht.

Plopp! Sie warf einen Stein ins Wasser. Die Kreise wurden immer größer.

Was zum Teufel ging hier vor sich?

Wer war es nur, der ihr diese Verrückten auf den Hals gehetzt hatte?

Plopp! Noch ein Stein.

Die Scharniere der Hüttentür quietschten, sie drehte sich um und sah Roland um die Ecke kommen. Er formte die

Hände vor dem Mund zu einem Megaphon, seine Stimme gellte über das stille Wasser.

»Willst du eine Jacke mitnehmen? Es könnte kühl werden!«

War er völlig durchgedreht? Sie erhob sich und kam den Abhang mit langen Schritten hinauf. »Was zum Teufel ist denn mit dir los?« zischte sie ihm ins Gesicht.

Er ging wieder in die Sechs hinein. Sie kam hinterher.

»Ich dachte, wir machen noch eine Art Spaziergang«, sagte er nur.

»Eine Art Spaziergang?« sagte sie. »Was machen wir denn eigentlich?«

»Warten«, sagte er.

Sie bummelten am Fjord entlang, Roland hatte den Arm um ihre Schultern gelegt und rauchte, sie balancierten auf Steinen und kletterten über hervorstehende Felsen. Bald hatten sie den Campingplatz hinter sich gelassen.

»Ich habe alles eingepackt außer dem Bettzeug«, sagte er. »Du wirst dein Bettzeug opfern müssen. Wenn jemand reinschaut, soll es so aussehen, als wären wir nur auf einem Tagesausflug.«

Sie blickte ihn an.

Nickte.

Dann betraten sie den dichten Laubwald oberhalb des Campingplatzes, rutschten und stolperten steile Pfade entlang, Margaret sah ständig auf die Uhr und war von der Abendsonne, die durch das Eichenlaub und die Lindenblätter schien, ganz grün im Gesicht. »Ach, können wir nicht einfach abreisen?«

Er sah sie an, sie seufzte.

Bald leuchtete Maria Kolbjørnsens Hose durch die Bäume dort unten. Margaret kniff die Augen zusammen, unfreundlich fixierte sie den gelben Farbfleck, der sich so geschäftig hin- und herbewegte.

Sie überquerten einen ungemähten Wiesenstreifen, und Margaret pflückte einen Blumenstrauß – wenn es schon so aussehen sollte, als wäre nichts Besonderes vorgefallen, mußte sie sich eben zusammenreißen.

»Wenn sie jetzt wissen, daß wir wissen, daß sie geschossen haben ...«, sagte sie und sah zu ihm hoch. »Ich meine, wenn wir gewöhnliche Touristen wären, auf die geschossen worden wäre, hätten wir es doch gemeldet und würden uns nicht hier herumtreiben!«

Er zuckte die Schultern. »Wir müssen es riskieren.«

Sie bückte sich wieder.

Storchschnabel, scharfer Hahnenfuß, Wiesenkerbel, roter Klee, Margeriten, Nelkenwurz und lange Grashalme – ihre Finger arrangierten einen Mittsommerstrauß, während sie zu den Häusern hinuntergingen.

Roland nieste.

»Kriegst du gerade eine Erkältung?« fragte sie abwesend.

»Nein«, sagte er. »Ich habe Heuschnupfen. Mußt du das ganze Gras da mitschleppen?«

»Gras, na hör mal. Kommst du nicht vom Land?«

»Ich?« sagte er. »Ich komm nicht vom Land, ich komme aus Elverum.«

Sie bogen zu den Häusern ab, er hatte den Arm um sie gelegt, und sie hatte die Hände voller Blumen.

Ferienidylle.

Als Maria Kolbjørnsen die beiden kommen sah, stellte sie den blauen Plastikeimer auf den Boden, den sie gerade in der Hand hielt. »Was für ein schöner Strauß«, sagte sie. Margaret nickte, lächelte, hatte einen Grashalm im Mund. »Es ist wunderschön hier«, sagte sie.

»Sie werden also noch eine Weile bleiben«, sagte Maria K.

»Auf alle Fälle noch diese Woche.«

Margaret sah Roland an. Er nickte. »Wir ...«, sagte er und räusperte sich. Er war nicht so gut im Lügen wie Moss. »Wir wollten morgen am Fjord entlangfahren«, fuhr er fort. »Mit Angelruten.«

»Mit dem Wagen ist das eher mühsam«, sagte Maria. »Und Sie kommen nicht weiter als bis Bødal. Aber am

Bødalsosen kann man gut fischen. Dort gibt es auch Meerforellen.«

Sie lächelte und nickte, nahm ihren Eimer und ging davon. Moss und Rud verschwanden in der Sechs.

»Ach«, sagte Moss, lehnte sich an die Tür und ließ den Blumenstrauß zu Boden fallen. »Ich bringe das nicht überzeugend genug!«

»Doch, du machst das sehr gut«, sagte Roland und hockte sich hin, hob die Blumen vom Boden auf. Holte ein Litermaß aus dem Schrank, füllte es sorgfältig mit Wasser, stellte es auf den Tisch. Der Blumenstrauß beherrschte das ganze Zimmer, groß und üppig stand er da.

Dann mußte er wieder niesen.

Sie aßen ein paar Scheiben Brot.

Margaret versuchte zu schlafen, doch es gelang ihr nicht. Roland saß da, das eine Bein untergeschlagen, das andere auf der Schlafcouch ausgestreckt, und rauchte.

Eine Selbstgedrehte nach der anderen, während die Nacht draußen vor dem Fenster blauer und blauer wurde.

Sie mußte schließlich doch weggedöst sein, Gesichter glitten ins Bewußtsein und wieder hinaus, grüner Wald, ein Abgrund mit einem See darunter, sie richtete sich plötzlich auf.

Es war vier.

Das Licht draußen war seltsam bleich und farblos geworden. Die See lag still und zinnfarben zwischen den schwarzen Bergen. Sie rieb sich die Augen. Sah Roland an. Er nickte. Sie erhob sich langsam und sah sich nach ihrer Reisetasche und ihrem Koffer um. Es war alles weg.

»Ich hab's ins Auto gebracht«, sagte er leise. »Ich hab's durchs Fenster geworfen, bin dann selbst hinterhergesprungen und hab es ins Auto gepackt. Ich glaube nicht, daß mich jemand gesehen hat. Es scheint so, als wäre alles ruhig.«

Sie blickte sich um. Die Betten mit dem zerwühlten Bettzeug, der Blumenstrauß auf dem Tisch. Die Blütenblätter von Storchschnabel und Wiesenkerbel fielen bereits ab, in den Aschenbecher mit Rolands Zigarettenkippen. Der Abwasch stapelte sich im Spülbecken. Ein halbvolles Glas Pils, daneben die Flasche. Doch, man konnte schon glauben, daß hier noch eine Weile Leute wohnen würden. Das Geld für die letzte Nacht hatte sie in die Besteckschublade gelegt. Dort würden sie es finden, wenn sie abwuschen. Und sie mußten sich nicht weiter um die Bezahlung kümmern.

Er sah sie an: »Vielleicht sollte ich wieder den Weg durchs Fenster nehmen? Dann kannst du allein durch die Tür gehen.«

Sie nickte. »Ich tue so, als wolle ich auf die Toilette gehen«, sagte sie.

Roland öffnete das Fenster, das zum Meer hinausging, dann war er draußen. Sie schloß das Fenster hinter ihm. Zog die Gardinen zu. Sah sich ein letztes Mal um und öffnete die Tür. Alles war ruhig, sie schauderte plötzlich, bekam Gänsehaut auf den Armen. Dann ging sie schnell und ohne sich umzuschauen die wenigen Schritte zum Toilettengebäude hinüber. Schlüpfte in die Damentoilette, es war dunkel und still.

Sie blickte aus dem winzigen Fenster.

Die Apfelbäume standen unbeweglich im perlgrauen Licht, Zelte und Wohnmobile waren dunkel und still. Oben im Haus waren alle Lichter erloschen.

Zwei der Toilettentüren waren geschlossen, sie schlich hin und drückte ihre Fingerkuppen sachte gegen die eine, sie öffnete sich: leer. Dann drückte sie mit den Fingerkuppen gegen die andere, die sich ebenfalls öffnete: Sie zuckte zusammen, spürte einen Schrei in der Kehle aufsteigen, preßte die Hand vor den Mund, um ihn zurückzuhalten.

Bente Bertelsen saß auf der Toilette, aber der Winkel ihres Körpers stimmte nicht, sie schien fast hinunterzufallen. Um ihren linken Oberarm war ein Gürtel festgezurrt. Ihr Mund war offen, die Augen auch. Aus einem Mundwinkel quoll ein bißchen Schaum.

Steif beugte Moss sich vor und legte die Finger an die Wange des Mädchens.

Kühl und feucht.

Sie hätte sie nicht berühren müssen, die blaue Färbung der Lippen, die grauweiße Haut sagte ihr mehr als genug.

Sie hatte in ihrem Leben schon mehrere Drogentote gesehen. Hier nützte es wenig, Hilfe zu holen, es war zu spät.

Sie suchte nach der Spritze, die fast bis in die Nachbarkabine hinübergerollt war.

Dann fiel ihr etwas ein, und sie betrachtete noch einmal den strammgezogenen Gürtel.

Es war der falsche Arm, oder?

Linkshänder setzten sich ihre Spritzen doch nicht mit der rechten Hand, oder?

Sie spürte, wie sich ihre Nackenhaare sträubten, sie zog sich langsam zurück, bis sie die Tür erreichte. Tastete nach der Klinke, öffnete, sah sich mit angehaltenem Atem um.

Niemand zu sehen, sie ging hinaus in die perlgraue Morgendämmerung.

Sie horchte, bis sie meinte, ihre Ohren müßten sich bewegen.

Das einzige, was sie hörte, war ein ganz leises Rauschen: Bald würde Niedrigwasser sein, das Meer zog sich zurück.

21

Nothin's left but the floor,
no one lives here anymore,
just the memories of a poor miner's daughter.

Loretta Lynn

Sie fuhren ohne Licht, bis sie den Ort verlassen hatten und die langen Kurven, die zum Paß hinaufführten, immer steiler wurden.

Sie starrte geradeaus und fühlte sich ebenso grau im Gesicht wie Bente Bertelsen.

Sie hatte sich auf ihre Hände gesetzt; ob sie das tat, um sie am Zittern zu hindern oder weil sie fror, vermochte sie nicht zu sagen.

Es war auch egal.

»An der Stelle, wo wir zum Stausee abgebogen sind, zweigt ein weiterer Weg Richtung Norden ab«, sagte Roland Rud, der offenbar beschlossen hatte, vorerst nicht mehr über den Leichenfund zu sprechen.

Eine Sache zur Zeit, so war Roland Rud.

Endlich schaltete er die Beleuchtung an. Die Scheinwerfer glitten über dichtes Buschwerk. »Auf der Karte sieht der Weg nicht besonders gut aus, aber wenn er befahrbar ist, gelangen wir allmählich in ein Tal namens Strinddalen, und wenn die Informationen nicht veraltet sind, gibt es dort eine Fährverbindung über den Fjord, und dann können wir nach Åndalsnes hinüber.«

»Åndalsnes?« fragte Moss. Geographie war nicht gerade ihre starke Seite.

»Wir fahren über das Dovrefjell zurück«, sagte er.

Schweigend fuhren sie weiter.

Die wenigen Häuser, an denen sie vorbeikamen, lagen noch immer schlafend da, eine bleiche Außenlampe leuchtete hier und da, irgendwo bellte ein Hund. Und da war endlich der Weg, der nach links abbog. Er sah schmal und nicht gerade vielversprechend aus.

»Das ist nur eine Traktorfahrspur«, sagte Margaret nervös und starrte nach vorne. Das Auto rumpelte und holperte, und die Lichtstrahlen der Scheinwerfer hüpften wie Discobeleuchtung über Stock und Stein. »Wenn jemand unten im Ort jetzt hochguckt, dann sieht er uns!«

Roland schaltete das Licht wieder aus. Dann fuhren sie im Schrittempo weiter, und Margaret fühlte sich daran erinnert, wie es war, wenn man im Mondschein auf Skiern stand: Die Wahrnehmung von Steigungen und Gefälle verschwand im bleichen Halbdunkel. Sie fuhren in tiefe Löcher und polterten über unerwartete Vertiefungen hinweg, so daß Margaret sich auf die Zunge biß und mit dem Kopf an die Decke schlug. Roland saß über das Steuer gekrümmt da wie Quasimodo und stöhnte über die unsanfte Behandlung, die dem geliehenen Auto widerfuhr.

»Das geht nicht«, sagte er schließlich. »Wir müssen anhalten und warten, bis es richtig hell wird.«

Als er die Handbremse anzog, lehnte Margaret den Kopf nach hinten und schloß die Augen.

»Wenn wir wenigstens was zu trinken hätten«, sagte sie.

Bente Bertelsen haftete noch immer auf ihrer Netzhaut.

Sie mußte dem Vater Bescheid geben, aber noch nicht.

Den Gedanken an Karen ließ sie nicht an sich heran.

Der Regen kam zusammen mit dem Tageslicht. Er trommelte aufs Autodach, und langsam stiegen die riesigen, runden Umrisse des Fjells aus Dunst und Dunkelheit hervor. Roland saß mit der Taschenlampe in der einen und der Karte in der anderen Hand da. »Sieh mal«, sagte er und schüttelte den Kopf. »Ich weiß wirklich nicht, ob wir das riskieren können.«

Sie sah ebenfalls auf die Karte.

Der Weg, auf dem sie sich befanden, war nur eine gestrichelte Linie. Er drehte die Karte um und suchte nach der Legende. »Karrenweg, Fußsteig, Pfad« stand da.

»Wir kehren um«, sagte Margaret.

»Wo denn?« sagte Roland. »Ich wende hier nicht, damit du das nur weißt!«

Sie drehte sich auf dem Sitz und sah sich um.

Auf beiden Seiten des Weges war es sumpfig und naß. Büschel von Moltebeerblättern und Wollgras.

»Gut, dann fahren wir eben ein Stückchen weiter«, sagte sie kurz. Die Panik, jetzt hatte sie ernsthaft von ihr Besitz ergriffen, das Zwerchfell war angespannt und der Atem kurz. »Weiter vorne muß es doch irgendwo eine Stelle geben, wo man wenden kann! Wir können nicht den ganzen Tag hierbleiben!«

Er antwortete nicht, legte nur den ersten Gang ein und startete.

Als sie etwa einen Kilometer gefahren waren, sahen sie plötzlich etwas Hausähnliches.

»Da muß es einen Wendeplatz geben«, murmelte Roland.

»Warte mal!« sagte Margaret schnell. »Was ist, wenn da Leute wohnen?«

Er sah sie an, sie zuckte die Schultern. »Na gut«, sagte sie. »Wenn da oben keiner wohnt, dann können wir da von mir aus wenden, aber kannst du mit Sicherheit sagen, ob das nicht das Haus der Tante vom Bankdirektor ist oder die Jagdhütte des Chevy-Manns oder ...«

»Vielleicht ist es nur ein Heuschuppen«, fiel ihr Roland ins Wort, »oder ein Kuhstall.«

Er fuhr so langsam, daß es kaum unter den Rädern knirschte.

Es war kein Kuhstall, sondern eine zweistöckige verfallene Almhütte, die einen Eingang mit Vordach hatte. Eines der Fenster im Erdgeschoß war herausgebrochen, und jemand hatte Pappe davorgenagelt, aber das mußte schon lange hersein, denn die Pappe war gelbbraun und alt. Einen Augenblick meinte sie ein Licht hinter der noch vorhandenen Scheibe flackern gesehen zu haben, aber sie mußte sich geirrt haben, denn als sie noch einmal hinsah, war es dunkel.

Eine Gartentür schlug hin und her.

»Es muß lange hersein, daß jemand hier gewohnt hat«, sagte Margaret und spürte eine gewisse Erleichterung.

»Jedenfalls ist da ein Wendeplatz«, sagte Roland. »Aber da muß ich rückwärts fahren. Gehst du raus und guckst, damit ich mich nicht festfahre?«

Sie sammelte den Parka um sich und ging hinaus.

Riesige Wolkenfetzen zogen schnell über den Himmel, aber das Tageslicht war definitiv gekommen, um zu bleiben.

Das erste, was sie sah, als sie sich zum durchweichten Boden hinabbeugte, waren Reifenspuren. Sie waren frisch, das Profil der Reifen war im Matsch so deutlich zu sehen, daß die Verkehrswacht vor Begeisterung in die Hände geklatscht hätte.

»Hier ist gerade jemand entlanggefahren«, sagte sie. »Aber sie sind von oben gekommen, das muß ja heißen, daß der Weg übers Fjell befahrbar ist.«

»Und es kann heißen, daß jemand da drin ist«, sagte er.

Sie zuckte zusammen und blickte über die Schulter. »Was?« sagte sie.

»Die Spuren führen nicht wieder hinaus«, sagte er. »Siehst du das nicht?«

Sie wollte gerade etwas sagen, da spürte sie es: den schwachen Geruch von Holzfeuerung. Sie sah wieder zum dunklen Haus hinüber.

»Es riecht nach Rauch«, flüsterte sie und beugte sich durchs Autofenster zu Roland hinunter.

»Dann muß ja jemand hiersein!« flüsterte er zurück.

»Das wissen wir noch nicht. Ich gehe rüber und schau mal.«

»Das tust du verdammt noch mal nicht!« sagte er, aber da war es schon zu spät. Sie lief über das kleine Stück Grasnarbe, das früher einmal eine Almwiese gewesen war, und sah schnell um die Hausecke.

Ebenso schnell zog sie den Kopf zurück.

Ein großes silbergraues Auto stand auf dem Hofplatz. Alle Instinkte rieten ihr, sich aus dem Staub zu machen, doch sie konnte es nicht lassen, sie mußte es sich näher ansehen. Sie bedachte das Haus mit einem raschen Blick, dann lief sie in drei langen Sprüngen zum Wagen und sah vorsichtig hinein. Es war ein Bentley. Sie kannte sich nicht besonders gut mit Autos aus, aber dies hier sah ungeheuer vornehm aus, so sehr es auch mit Matsch bespritzt war. Aus dem Inneren des Autos ließen sich keine weiteren Rückschlüsse ziehen. Keine Taschen, keine Zeitungen, nichts. Sie hob schnell den Kopf, als sie ein leises Motorengeräusch hörte, doch dann ging ihr auf, daß das Roland sein mußte, der das Auto wendete.

Sie schaute auf das Autokennzeichen. Es sah aus wie ein Osloer Kennzeichen, aber so wie die Regeln heutzutage waren, konnte man sich da nicht mehr sicher sein. Roland kannte sich besser aus als sie, sie wünschte, daß er jetzt käme, und das tat er, groß und blaß und verärgert kam er um die Hausecke.

»Sieh zu, daß du mit diesem Quatsch fertig wirst, damit wir weiterfahren können!«

Er blieb jäh stehen, als er das Auto sah.

»Jemand muß den hier abgestellt haben, ich frage mich nur, warum«, sagte sie leise, als er neben ihr stand. »Und wer es sein könnte. Kann der Typ im Chevy-Van um Verstärkung gebeten haben?«

»Jetzt hauen wir ab«, sagte er, und es klang so, als meinte er es ernst. Ihr war klar, daß sie seine Geduld bis zum äußersten strapazierte, aber sie konnte nicht aufhören.

»Ich meine, das Auto paßt nicht in diese Umgebung, verstehst du? Das ist nicht die Art von Auto, die man im Fjell benutzen würde, so ein altes Rassepferd!«

»Wer auch immer es ist«, sagte Roland Rud beinahe unhörbar, »so sind sie nicht weit weg.«

Er nickte zum Haus hinüber.

Der schwache Geruch nach Holzfeuerung hing noch immer in der Luft, aber er mußte nicht unbedingt aus dem Haus kommen. Ein Gardinenfetzen hing im Fenster des oberen Stockwerks, ansonsten wirkte es leer. Jenseits der Almwiese gab es ein Wirtschaftsgebäude, vielleicht ein alter Kuhstall, die Tür war von außen mit einem soliden und rostigen Riegel verschlossen.

»Hier ist niemand«, sagte Margaret. »Sie müssen das Auto abgestellt haben und zu Fuß weitergegangen sein.«

»Es ist ja nicht so weit zum Ort runter«, sagte Roland. »Etwa zwanzig Minuten für jemanden, der einigermaßen schnell zu Fuß ist.«

»Das ist ein besonderes Auto«, sagte Moss und musterte den Bentley. »Eines, an das sich die Leute im Ort erinnern würden, wenn sie es gesehen hätten. Vielleicht steht es deshalb hier.«

»In jedem Fall hauen wir jetzt ab«, sagte Roland und sah auf die Uhr. Es war bald halb sechs. »Noch schaffen wir es, zur Hauptstraße zurückzukommen, bevor der Verkehr zunimmt.«

Sie arbeiteten sich mühsam durch das hochgewachsene Gras. Margarets Jeans war schon naß bis zu den Knien. Als sie am Vorbau des Hauses vorbeikamen, konnte sie es nicht lassen: Sie ging lautlos die morsche Treppe hinauf und drückte vorsichtig gegen die Tür.

Die öffnete sich mit einem lauten Knarren, und Moss zuckte erschreckt zurück. Dann besann sie sich und sah vorsichtig hinein.

Im Flur war es pechschwarz.

Sie stand ganz still, lauschte mit offenem Mund. Bildete sie sich das nur ein, oder waren von irgendwoher Stimmen zu hören?

Sie machte einen zögernden Schritt hinein. Blieb stehen und horchte wieder. Ein penetranter Geruch nach Mäusen und Ratten schlug ihr entgegen. Der Geruch von Rauch war ein bißchen stärker – oder nicht?

Ihre Augen hatten sich an die Dunkelheit im Flur gewöhnt, und sie sah eine schmale Treppe, die in den ersten Stock hinaufführte, während sich rechts und links von ihr zwei verschlossene Türen befanden.

Der Flur in der Mitte, die Küche auf der einen, die Kammer auf der anderen Seite, überlegte sie. Sie öffnete so leise wie möglich die linke Tür.

Nichts. Nur ein leeres Zimmer mit einem wackligen Stuhl und einem rostigen Petroleumofen. Sie drehte sich um und sah zur anderen Tür hinüber. Draußen konnte sie Rolands ungeduldiges Räuspern hören. Da drinnen sprach doch jemand? Sie schüttelte den Kopf, als wolle sie die Ohren freibekommen, sie war seit vielen Tagen angespannt und steif vor Angst und Streß, ihre Nackenmuskeln fühlten sich an wie Stein, und sie wußte von früher, daß sie in solchen Situationen oft Ohrensausen und Schlimmeres bekam.

Da kam es, laut und mehrstimmig hinter der verschlossenen Tür: »Wir haben dich gekriegt! Wir haben dich vernichtet! Haben wir's nicht gesagt!«

Margaret bekam eine solche Angst, daß ihr Herz beinahe stehenblieb. Sie drehte sich um und wollte weglaufen, stolperte aber über ihre eigenen Beine und fiel mit lautem Getöse auf den Boden. Sofort geschahen zwei Dinge gleichzeitig: Roland Rud kam von draußen hereingeschossen, und die Tür hinter ihr wurde aufgerissen.

»Hände hoch! Wir haben Sie entdeckt!«

Eine tiefe Stimme mit perfekter Artikulation.

Sie sah hoch.

So sprach niemand außerhalb des Nationaltheaters.

»August Angell«, sagte sie zu Roland Rud, der mit herabhängenden Armen in der Haustür stand. »Und Benedicte Bryhde. Tante Maisen kennst du von früher.«

»O Gott«, sagte Maisen und schneuzte sich in ein kleines Spitzentaschentuch. »Du hast uns zu Tode erschreckt!«

Margaret sah sie an. Die Tante hatte sich in eine Reisedekke gehüllt. Benny Bryhde trug ein schwarzes Cape und eine ausgestellte Hose sowie etwas, das unverkennbar wie Nike Joggingschuhe aussah, und der alte Ehrenmann Angell hatte den Kragen seines Kamelhaarulsters hochgeschlagen. Sie hatten in einem alten Eisenofen Feuer gemacht, zerknüllte Zeitungsblätter lagen zusammen mit ein paar alten morschen Holzscheiten auf dem Fußboden. Auf einem Tisch, von dem die Farbe abgeblättert war, standen eine Thermoskanne und eine beinahe leere Flasche »Bache Gabrielsen Konjak«. Außerdem lag da ein Kartenspiel.

»Was macht ihr hier?« fragte Moss.

»Wir ...« Tante Maisen stockte.

»Wir spielen Poker«, sagte Benny Bryhde.

»Maisen und ich haben Benny vernichtet«, sagte August Angell zufrieden.

»Aber ich habe den Großteil des Cognacs getrunken«, sagte Benny Bryhde.

»Dann ist das vermutlich der Grund, weshalb du verloren hast«, sagte Tante Maisen.

Margaret strich sich übers Gesicht. Jetzt wurde die ganze Situation wieder so farceartig und surreal wie beinahe immer, wenn die Tante auftauchte. »Warum«, sagte sie laut, um das Gespräch der drei am Tisch zu übertönen, »warum seid ihr hier mitten im wilden Gebirge, wo ihr doch so schön in Geiranger wohnt?«

»Wir wollten dir doch zur Seite stehen«, sagte die Tante. »In der Stunde der Not. Wir haben uns nur ein bißchen verfahren, nicht wahr, August?«

»Was heißt hier falsch«, dröhnte es tief und volltönend. »Ihr wolltet das Fjell sehen, und das habt ihr zu sehen bekommen.«

»Aber dann war plötzlich kein Benzin mehr da«, sagte Tante Maisen.

Margaret betrachtete die drei Gesichter, die im flackernden Feuerschein leuchteten, die Ofenluke stand offen.

»Seid ihr die ganze Nacht hier gewesen?« fragte sie.

»Ja sicher«, sagte Tante Maisen. »Wir sind gestern abend gegen acht gestartet, nicht wahr?«

Roland stand an die Wand gelehnt da und drehte sich gerade eine Zigarette. »Haben Sie ausgecheckt?« sagte er. »Im Hotel?«

Dreifaches Nicken vom Tisch.

»Wo wollen Sie denn jetzt hin?«

Die drei tauschten Blicke.

»Jedenfalls noch nicht nach Hause«, sagte Tante Maisen schnell. Margaret betrachtete sie genauer. Schon lange hatte sie nicht mehr so feurig und gesund ausgesehen.

Roland schob sich von der Wand weg und ging zu Margaret hinüber. »Weißt du was?« sagte er leise. »Das könnte unsere Rettung sein!«

Sie sah ihn an, sein Blick unter den zusammengewachsenen Augenbrauen war intensiv und konzentriert.

»Meinst du, wir sollten bei ihnen mitfahren?« fragte sie leise.

»Wir tauschen die Autos«, sagte er, drehte sich zu den anderen um und räusperte sich etwas verlegen. Roland Rud war kein Mensch, dem der Umgang mit Fremden besonders leicht fiel, vor allem nicht mit so aparten Personen im Kamelhaarulster. »Angeln Sie gern?« fragte er nuschelnd August Angell. »Unten am Bødalsosen oder wie er heißt soll es nämlich Meerforellen geben.«

22

Abilene, Abilene, prettiest town I've ever seen,
women don't treat you mean in Abilene, my Abilene.

Brown/Gibson/Loudmilk

Der Motor des Bentley schnurrte wie eine Katze.

Das war etwas ganz anderes als das alte, klapprige Großraumtaxi, das jetzt Richtung Bødalsosen rollte. Margaret hatte die beiden Damen in Reisedecken und Capes gepackt und ein schlechtes Gewissen gehabt. »Unsinn, Mädchen«, sagte Tante Maisen. »Es ist notwendig und außerdem richtig lustig, oder etwa nicht?«

Benny Bryhde und August Angell hatten genickt.

»Nicht tanken, bevor Sie ein gutes Stück an Våganger vorbei sind«, sagte Roland. Er hatte den Tank des Bentley mit dem Reservekanister aufgefüllt. »Und fahren Sie langsam durch Bødal, damit den Leuten das Auto richtig auffällt.«

Dann fuhr der Bentley ostwärts, und das Großraumtaxi nahm die langen Abfahrten zum Fjord hinunter in Angriff.

Sie hielten unterwegs nicht an. Kauften sich nur ein paar heiße Würstchen an einer Tankstelle irgendwo im Gudbrandsdal. Margaret versuchte erneut, Karens Handynummer anzuwählen, ohne Erfolg. Auf der Heimreise gab es sonst keine weiteren Vorfälle. Es regnete, und ab und zu regnete es nicht. Am Anfang hatte Margaret sich ständig umgedreht, doch in dem spärlichen Verkehr waren keine Bekannten zu entdecken. Sie sank in ihrem Sitz zusammen und spürte, wie erschöpft sie war, bei Minnesund erlaubte sie sich eine Entspannungspause mit tröstenden Gedanken.

Karen und Vokter waren zum Zelten gefahren.

Karen besuchte eine Freundin.

Karen schlief in ihrer Wohnung in der Altstadt. Karen hatte, wo auch immer sie gerade steckte, ein schlechtes Gewissen, weil sie das Mobiltelefon verbummelt hatte. Das hätte sie ganz sicher. Margaret hätte wissen müssen, daß Karen es verbummeln würde, Karen hatte so viele Schlüssel ihres Elternhauses in Smestad verloren, daß Margaret inzwischen immer gleich mehrere Nachschlüssel auf einmal machen ließ.

Sie gähnte.

Schloß die Augen. Bente Bertelsen war einen Moment lang in ihrem Bewußtsein, doch Margaret schob sie entschlossen beiseite.

Später.

Als sie die Augen wieder öffnete, fuhren sie den Trondheimsvei hinunter, und in der Ferne schimmerte Oslo wie ein Märchenschloß an einem sonnenglitzernden Fjord. Selten war Margaret Moss so froh gewesen, ihre Stadt wiederzusehen, wie an diesem hellen Nachmittag Ende Juni. Als sie den Ringvei Richtung Smestad fuhren, hingen die weißen Wolken der Spierensträucher über den Zäunen, und die Abgase schwebten sommerblau über der Sinsenkreuzung.

Ihr Herz schlug schneller, als sie in die Straße einbogen, in der sie wohnten, denn sie hegte eine winzige Hoffnung, daß Karen aus irgendwelchen Gründen beschlossen habe, nach Hause zu ziehen. Aber das Haus sah leer aus, und leer war es auch.

Sie hatte geglaubt, sie würde am nächsten Morgen lange schlafen, aber sie wachte gegen sechs auf und konnte nicht wieder einschlafen. Draußen sangen die Drosseln, durchs offene Fenster wehte die Gardine langsam ins Zimmer und wieder hinaus, Roland lag auf dem Bauch im Bett und schlief wie ein Stein. Sie stand vorsichtig auf, ohne ihn zu wecken, zog den Bademantel an, schlich in die Küche und setzte Wasser auf. Dann saß sie am Küchentisch und wartete darauf, daß der Tag käme, so daß sie beginnen könnte, Karen zu suchen.

Um neun Uhr wählte sie die Nummer von Bertelsen. Niemand nahm ab.

Um zehn Uhr rief sie in Karens WG an.

Roland war nach Prinsdal gefahren. Den Bentley hatte er oben bei Margaret stehenlassen.

Die Sonne schien in die schmale Straße, und es dauerte eine Weile, bis jemand kam und öffnete. Wie sich herausstellte, war es Simen, einer von Karens Mitbewohnern. Er nahm Moss mit hinauf in die Wohnung und ließ sie in Karens und Vokters Zimmer.

Offenbar war nur noch er übrig, jetzt, wo der Sommer richtig begonnen hatte. Die meisten WG-Bewohner waren Studenten. Er erinnerte sich nicht genau, wann Karen losgefahren war, aber es sei ganz bestimmt nach Vokters Abreise gewesen, meinte er.

»Und wann ist Vokter losgefahren?«

Es kribbelte in Margaret vor Ungeduld. Alles mußte man ihm aus der Nase ziehen.

»Ach, ich weiß nicht. Kurz vor Mittsommer, glaube ich.«

»Und Karen ist ein paar Tage später losgefahren?«

Ja, das glaubte er zumindest. Simen war schmal und blond und trug einen nicht besonders vertrauenerweckenden Versuch eines Bartansatzes.

Moss ließ ihn gehen. Er sagte, er habe wenig Zeit; sie selbst hielt das in erster Linie für einen Vorwand, um nicht weiter verhört werden zu müssen. Er war genau der Typ, der eigentlich wenig zu verbergen hatte, aber so unruhig wurde, wenn man ihn ansprach, daß es den Anschein hatte, als habe er alles mögliche auf dem Kerbholz.

Sie sah sich um. Nichts deutete auf einen hastigen Aufbruch hin. Da sie keinen Überblick mehr hatte, welche Kleider Karen trug, nützte es nichts zu überprüfen, ob sie etwas mitgenommen hatte.

Die Doc-Martens-Stiefel waren jedenfalls nicht hier.

Sie schaute das durch, was auf dem Schreibtisch lag, es war nicht viel.

Schreiben, die mit dem Kindergarten Eikenøtten zu tun hatten. Einige Bücher aus der Bücherei – vor allem über Astronomie, das mußte Vokter sein, und eine abgenutzte Ausgabe von Tolkiens ›Herr der Ringe‹, sie öffnete sie und sah hinein. Eine Ansichtskarte lag darin, eine Art Reklame für das Hotel Klubben in Tønsberg. Das Bild war collageartig aus verschiedenen Fotos zusammengesetzt: der Schloßberg, der alte Dampfer »Kysten«, eine Innenansicht des hoteleigenen Restaurants, eine Fassade voller Flaggen. Sie drehte die Karte um. Sie war mit großen Druckbuchstaben an Karen adressiert und mit Vebjørn unterschrieben, und der Poststempel war vom 24. Juni 1998. Margarets Herz machte einen Sprung und begann heftig zu klopfen, sie setzte sich auf den mitgenommenen Bürostuhl und las, was Vokter mit seiner etwas schiefen Jungenschrift geschrieben hatte.

Hallo!

Wohne ich nicht schön? So ist es, wenn man einen Haufen Kohle hat. Willst Du nicht vorbeikommen und Kolibriflügel und so was im Hotel essen? Das würde Dir sicher gefallen. Ha ha!

Liebe Grüße von Vebjørn.

Sie erhob sich. Steckte die Karte in die Tasche, ging in den Flur hinaus, sah sich nach dem Kerl um, der Simen hieß, doch er war weg. Dann ging sie und zog die Tür hinter sich zu.

Als sie in der Straßenbahn saß, überlegte sie, ob sie erleichtert war oder wütend.

Vor allem erleichtert und ein bißchen wütend, dachte sie, als sie an der Haltestelle Majorstua ausstieg und die Kreuzung bei Grün überquerte, um die U-Bahn nach Hause nach Smestad zu nehmen.

Das Mädchen hätte Bescheid geben können.

Sie war sicher auch von ihrem Job im Kindergarten abgehauen, hatte sich freigenommen, sobald Vokter gewunken hatte.

Karen gegenüber nannte er sich also Vebjørn, das war eigentlich überraschend, Moss stand in der prallen Sonne auf dem Bahnsteig und grübelte, während die Leute sie von allen Seiten anrempelten; die Straßenbahnen kamen und fuhren weiter, und sie wartete auf die Kolsås-Bahn.

Sie steckte die Hand in die Tasche und holte die Karte wieder hervor, drehte sie um.

In gewisser Weise war das ... na ja, etwas uncharakteristisch. Irgendwie kindlich geschrieben. Und was zum Teufel machte er im Hotel Klubben in Tønsberg mit einem Haufen Kohle?

Sie dachte darüber nach, während sie die Karte drehte und wendete. Da bemerkte sie, daß dort, wo das Datum hätte stehen sollen, ein weißer, matter Fleck war.

Tippex? Offensichtlich, aber warum? Sie betrachtete den Poststempel. Etwas undeutlich, aber lesbar. Da machte ihr Herz wieder einen Sprung und hämmerte los.

Jemand hatte das Datum manipuliert, die Acht war mit Bleistift nachgetragen, sie rieb mit dem Finger daran. Darunter war ebenfalls Tippex, das jetzt grau wurde. Als sie genauer hinsah, war außerdem die Hälfte der Karte, auf der die Adresse stand, aus matterem Papier als die andere.

Margaret Moss wartete nicht länger auf die Kolsås-Bahn. Sie verließ den Bahnhof, so schnell sie konnte, durch den Seiteneingang und nahm sich ein Taxi nach Hause.

Das kleine rechteckige Papierstück, das den ursprünglichen Adressaten überdeckte, war mit Alleskleber erster Güte festgeklebt. Sie versuchte erst, es vorsichtig mit einer Messerklinge abzulösen, dann hielt sie es über Wasserdampf. Dabei wurde es in jedem Fall so durchsichtig, daß sie entziffern konnte, was da stand.

»Astrid Valseth, Budalsveien 7, Nøtterøy«.

Sie bemerkte auch ein winziges Loch mitten am oberen Rand der Karte.

Vebjørn hatte irgendwann in den neunziger Jahren eine Karte an seine Mutter geschrieben, und die Mutter hatte sie mit einer Reißzwecke an der Wand oder an einer Pinnwand befestigt. Dann hatte jemand sie weggenommen und dazu benutzt, Karen nach Tønsberg zu locken.

So war es.

Karen hatte keinerlei Mißtrauen gehegt, sie hatte ihre Tasche gepackt und war abgereist.

Moss ging zum Eckschrank und suchte nach etwas zu trinken, aber es war nichts da. Da holte sie tief Atem, setzte sich ans Telefon und rief die Auskunft an. Dort bekam sie die Nummer vom Mädchenheim des Bruderkreises.

Niemand nahm ab.

Sie ließ es klingeln und klingeln, zählte bis zwanzig, bevor sie auflegte.

Als sie es beim Hotel Klubben versuchte, zitterten ihre Finger so, daß sie es beinahe nicht fertigbrachte, die Nummer einzutippen, aber dort gab es niemanden, der Valseth hieß. Auch nicht Moss oder Holmgren, der Name, den Karen von ihrem schwedischen Vater hatte. Sie bat, ohne weiter darüber nachzudenken, um eine Zimmerreservierung.

»Tut mir leid, hier ist alles voll«, antwortete die Stimme freundlich.

»Aber irgendwas müssen Sie doch haben«, sagte Moss verzweifelt.

»Nein«, antwortete es noch immer freundlich. »Es ist wegen Rhonda Dahl, wissen Sie?«

»Rhonda Dahl?« fragte Moss.

»Lesen Sie denn keine Zeitungen?« meinte die Frau. Moss hatte schon eine ganze Weile keine Zeitungen mehr gelesen. Jetzt holte sie das nach. Ein Stapel von ›Aftenposten‹ lag in Tante Maisens Küche, wo der Nachbar die Post hinterlegte, wenn Maisen nicht zu Hause war.

Falls die Katze jemals weggewesen war, dann war sie jetzt jedenfalls wieder zu Hause. Ein kräftiger Geruch nach Kater war der Beweis. Das Tier hatte eine Katzenluke in der Kellertür und kam allein zurecht – und wurde wahrscheinlich von den Nachbarn gefüttert.

Sie blätterte und blätterte, während der Geruch von Katzenurin in der Nase brannte. In der Zeitung vom 28. Juni fand sie, was sie suchte:

Tønsbergs großer Stolz, der ehemalige Kinderstar Rhonda Dahl, besucht diesen Sommer die Stadt ihrer Kindheit. Drei Abende sind für ihre berühmte One-Woman-Show im Hotel Klubben reserviert.

Dann folgten Details aus ihrem Leben in Kalifornien als gefeierter Kabarettstar, ein Foto aus der Zeit, als Rhonda noch Ragnhild hieß und ein Kinderstar war, und ein Bild aus Las Vegas mit Flitter und Federn. Offensichtlich würde die Unterhaltungsindustrie in diesen Tagen vor Ort sein, die meisten waren eingeladen und würden in großer Zahl erscheinen. Margaret Moss hatte nur eine schwache Erinnerung an den Kinderstar Ragnhild, aber dann fiel ihr ein, daß Ragnhild das Wunschkonzert jahrelang mit einem Lied heimgesucht hatte ... wie hieß es noch? Richtig, ›Valdemar und ich‹.

Und hier, in der Duftwolke des Katers, kam Margaret Moss eine Idee, die sie selbst für den Jahrhundertschuß ins Blaue hielt. Doch sie hatte nur eine einzige Spur, die zu ihrer Tochter führen konnte, und die wies zum Hotel Klubben in Tønsberg. Sie legte die Zeitung weg und ging in ihre Wohnung hinauf, während sie in Gedanken fieberhaft den Schrank durchging und herauszufinden versuchte, was sie mitnehmen müßte.

Wollte man in Våganger herumschnüffeln, tat man das als Campingtourist.

Wollte man jetzt in Tønsberg herumschnüffeln, mußte man sich unters Premierenpublikum mischen.

23

Baby, won't you please come home.

Warfield/Williams

Die blonde Dame mit der schwarzen Lacktasche und dem todschicken pfirsichfarbenen Seidenkostüm, die vier Stunden später in Tønsberg aus dem Zug stieg, sah nur mäßig zufrieden aus, während sie sich durch die Reisenden auf dem Weg zum Taxistand durcharbeitete.

Kein Wunder.

Erstens trug sie einen kleinen, aber bleischweren Koffer, zweitens hatte sie sich das Kostüm geliehen und der Rock war enger, als sie es gewohnt war.

Sie konnte gerade mal ein Bein vor das andere setzen.

Moss hatte letztendlich nichts in ihrem eigenen Kleiderschrank gefunden, was zu ihrer Rolle als »Prominentes Gesicht der Osloer High-Society« paßte, und hatte auf Jorun Vaarli zurückgreifen müssen, die sich zumindest ab und zu elegant kleidete.

Jetzt stolperte sie auf hohen Lackpumps einher, und der Koffer knallte gegen das Knie.

Sie fragte sich, was eigentlich so schwer war, sie hatte ihres Wissens nur den Parka, die Joggingschuhe und ähnlich leichte Dinge eingepackt, doch dann kam sie darauf: ihr Kulturbeutel war der Schuldige.

Das war er immer.

Privatdetektivin Margaret Moss, die Frau mit der schwersten Zahnbürste der Welt, trifft in diesem Moment in Tønsberg ein – einer Stadt voll von bangen Ahnungen und mögli-

chen Mördern. Von der billigen Sorte, solchen, deren Haltbarkeitsdatum abgelaufen ist.

Sie schüttelte das lange blonde Haar und hob damenhaft die Augenbrauen. Dann lächelte sie breit. Es war immer ein erhebendes Gefühl, wenn sie handeln konnte, und jetzt handelte sie.

Sie war unterwegs, und sie würde ihre Tochter finden.

Natürlich!

Es war ihr gelungen, bei einer eher bescheidenen Pension, nicht allzu weit entfernt vom Hotel Klubben, so lange zu betteln, bis sie ein Zimmer bekommen hatte. Jetzt setzte sie sich in ein freies Taxi und bat darum, dort hingefahren zu werden. Der Fahrer drehte sich langsam um und musterte sie: »Das ist doch gleich um die Ecke«, sagte er.

»Das hilft nichts«, sagte Moss. »Ich trage hochhackige Schuhe.«

Um sieben Uhr abends summte es geradezu in der Empfangshalle vom Hotel Klubben. Die Gäste hatten sich auf die Bürgersteige und Landungsbrücken verstreut, die Sonne glitzerte im Oslofjord, der alte Dampfer »Kysten« stand unter Dampf, und es wimmelte von bekannten Gesichtern.

Moss hatte sowohl sich als auch die blonde Perücke auf Vordermann gebracht, und sie blinzelte mit künstlichen Augenwimpern den Bekannten und Unbekannten zu. Hier waren die Vertreter der ersten Kategorie in der Überzahl. Ihre Vergangenheit als Schauspielerin half wenig, hier nützte viel mehr, daß sie ab und zu die Klatschspalten in den Zeitungen und Zeitschriften studierte, denn jetzt war es da, das Premierenpublikum. Viele waren schon sonnengebräunt, die meisten von ihnen hatten ein Sommerhäuschen in der Gegend. Die Sommer-Vestfoldinger mit ihren Winterwohnungen in den Osloer Stadtteilen Frogner oder Fagerborg, bronzefarben von der Junisonne oder von Selbstbräunungscreme, in hellen Kleidern und leichten Sommerjacken, ab und zu waren auch Blazer mit Abzeichen zu sehen – der

Duft der, nun ja, nicht der feinen Welt, vielleicht eher von dem, was man früher als »demimonde« bezeichnete?

Meine Güte! Bist Du ein Snob, Moss! murmelte das Alter ego.

Ja, ja, ich weiß, dachte Moss resigniert. Die Kombination von feiner, alter Familie mit dem Studium des Kommunistischen Manifests war eine faule Mischung.

Sie brannte darauf, das Make-up und die Perücke zu überprüfen.

Wie sah sie eigentlich aus – war sie wiederzuerkennen?

Auf der Suche nach einem Spiegel manövrierte sie sich zwischen den Menschen hindurch. Sie fand einen in der Empfangshalle, sah hinein und seufzte erleichtert.

Die Dame mit den schweren Augen, dem beinahe weißen Haar und dem teuren Seidenkostüm von Molstad hatte mit der alltäglichen Margaret Moss wenig gemeinsam.

Eine Brille trug sie auch. Sie war echt, es waren sogenannte Gleitsichtgläser, aber sie benutzte sie trotz der Ermahnungen des Optikers fast nie, außer wenn sie fernsah oder ins Kino ging. Jetzt machte die Brille das Leben gefährlich, sie brachte den Boden unter ihren Füßen ins Wanken und ließ die Tischkanten mit plötzlichen Bewegungen davongleiten.

Sie hob verstohlen die Oberlippe, um zu sehen, ob sie Lippenstift auf die vorderen Zähne bekommen hatte, dann machte sie elegant auf dem Absatz kehrt und blinzelte nach draußen.

Die Vorstellung sollte erst um acht beginnen. Noch waren Leute im Restaurant, und draußen spazierten Menschen am Kai entlang und sahen die Sonne im Westen untergehen, Kaldnes Mechanische Werkstatt spiegelte sich im Wasser, der Komiker Øyvind Blunck unterhielt sich mit der Frau seines Kollegen Harald Heide Steen, und auf dem Fjord dröhnte es beständig von Motorbooten. Moss drängte sich mit der Brille auf der Nase zur Rezeption hinüber.

Dort war Hochbetrieb. Sie stellte sich an und wartete

geduldig. Endlich wurde es etwas ruhiger, und die Rezeptionsdame wandte sich mit einem verbindlichen Lächeln Moss zu. »Ja bitte?« sagte sie.

»Hallo! Ich wollte Sie nur etwas fragen: Mein Sohn und meine Tochter sind vor ein paar Wochen hergereist, ja, sie wollten in unser Wochenendhäuschen auf Hvasser fahren, doch dann habe ich gehört, daß sie hier sein sollen! Aber ich habe schon vorhin auf Ihrer Gästeliste nachgesehen, und da stehen sie nicht.«

Sie lachte, wie man es in den Lustspielen zu Tante Maisens Zeit getan hatte, und legte die eine Hand kokett auf die Brust. »Sie haben soviel Unsinn im Kopf, die lieben Kinder! Aber jetzt bin ich also gekommen, und ich hatte gedacht, ich frage Sie mal, ob Sie sie gesehen haben.«

»Wenn sie nicht hier wohnen, dann wohnen sie nicht hier«, meinte die Frau philosophisch.

Moss rückte die Brille zurecht. »Gut«, sagte sie. »Ich werde es schon herausfinden. Sie haben vielleicht nur ein paarmal hier im Restaurant gegessen. Ich dachte bloß, daß sie Ihnen vielleicht aufgefallen wären. Mein Sohn ist lang und dünn und geht etwas gebeugt, zur Zeit hat er sich den Kopf rasiert. Meine Tochter ist nicht ganz so groß, sie hat buntes Haar, kohlrabenschwarz und blau gestreift.«

Die Rezeptionsdame lächelte, vermutlich über die Einfälle der Jugend. »Übrigens, wissen Sie was«, sagte sie, »ich glaube, ich habe sie wirklich gesehen. Jedenfalls Ihre Tochter. Anfang der Woche hat hier mal ein Mädchen mit solchen Haaren gesessen und auf jemanden gewartet, wann kann das bloß gewesen sein?«

Sie dachte nach.

Moss konnte nur mit Mühe ihre innere Unruhe unterdrücken.

»Ich glaube, es muß am Dienstag gewesen sein. Ich bin nicht jeden Tag hier, ja, es war wohl am Dienstag. Sie hat nach irgend jemandem gefragt, der allerdings nicht hier wohnte, wie sich herausstellte, und dann bat sie darum, eine

Weile hier in der Empfangshalle sitzen und warten zu dürfen. Sie hat sich hier bestimmt eine Stunde lang aufgehalten.«

»Ist derjenige gekommen, auf den sie gewartet hat?«

Die Frau schüttelte langsam den Kopf. »Das weiß ich nicht. Zumindest kein Junge mit rasiertem Kopf. Jedenfalls nicht, soweit ich das gesehen habe. Warten Sie, sie hat mit einem Mann gesprochen, jetzt erinnere ich mich. Ein ganz normaler Mann, groß und im Anzug. Aber ob der hier wohnte, weiß ich nicht. Danach war sie verschwunden.«

Die Rezeptionsdame lächelte und sah Moss an, die sich gezwungen sah zurückzulächeln. »Das war vermutlich mein Mann«, sagte sie schnell. »Ja, ja, vielen Dank für Ihre Hilfe.«

Sie nickte und drehte sich um. Mit unsicheren Schritten ging sie auf die Tür zu, hinaus und die Treppe hinunter, reihte sich zwischen den Menschen ein, die nach Zigarettenrauch und Parfüm rochen.

Drüben am Kai blieb sie stehen. Starrte in das ölschimmernde, regenbogenfarbene Wasser.

Wo zum Teufel steckte Karen!

Sie bemühte sich, ruhig durchzuatmen.

Sie hatten Karen hergelockt, und dann war jemand gekommen und hatte sie mitgenommen. Keine brutale und ungeschickte Entführung auf offener Straße in Oslo mit massenhaft Zeugen, nein, das Mädchen war ganz und gar freiwillig nach Tønsberg gefahren. Überglücklich, endlich von Vokter hierher eingeladen zu werden.

Die Sommerferien im Blick und den Bikini in der Tasche, verdammt!

Dann waren sie gekommen. Der Mann im Anzug hatte sicher eine Nachricht für sie dabeigehabt.

Vokter ist verhindert und kann deshalb nicht selbst kommen, und er hat mich gebeten, dich abzuholen. Ich habe das Auto draußen stehen, willkommen in Tønsberg, es war nur zu klar, was geschehen war.

Aber warum?

Die Sicherheitsreserve, Moss! Falls es ihnen nicht gelingen sollte, dir in Vestlandet den Garaus zu machen, wollten sie dir mit Karen drohen.

Ja. So mußte es sein.

Oder?

Plötzlich dachte sie an zwei andere Mädchen, die verschwunden waren, und was ihnen widerfahren war. Doch warum sollte Karen so etwas passieren? Sie war schließlich keine ... sie trieb sich doch wohl nicht ... sie konnte doch nicht ... Moss kämpfte gegen ein weißes Schwindelgefühl an und machte einen unsicheren Schritt vom Kai weg.

Eigentlich wußte sie nichts Genaueres darüber, was Karen im Lauf des letzten Jahres gemacht hatte.

Nicht, seit sie Vokter getroffen hatte.

Und seitdem war eine Menge passiert.

Das ließ sich nicht ändern.

Sie starrte ins Wasser hinunter. Das Wasser starrte zurück. Dann machte sie auf dem Absatz kehrt und ging wieder in die Empfangshalle zurück.

Als sie Roland endlich zu fassen bekam, hatte die Vorstellung begonnen, und die Lobby hatte sich geleert.

Sie sah auf die Uhr.

Jetzt hätte es geholfen, sich mit Rud zu unterhalten, er regte sich nie auf. Aber sie hatte noch viel Zeit.

Viel zuviel.

Die Fahrt von Prinsdal direkt außerhalb von Oslo bis nach Tønsberg dauerte eine ganze Weile, selbst wenn er über Moss und Horten fuhr und es mit den Fähranschlüssen klappte.

Sie sah sich ratlos um, sie würde eine Zeitung kaufen und sich solange in die Empfangshalle setzen müssen. Es gab nur noch ›Verdens gang‹, sie zahlte und setzte sich außer Sichtweite hinter eine große Grünpflanze. Sich zu konzentrieren fiel ihr schwer, sie merkte, daß sie las, ohne ein Wort zu verstehen, und begann von vorne.

Die Titelseite hatte Fußball, Parteizwistigkeiten bei der Arbeiterpartei AP sowie Rhonda Dahl zu bieten.

In einem tapferen Versuch, sich abzulenken, blätterte sie weiter, um mehr über Rhonda zu erfahren. Doch da blieb sie mitten in dem AP-Skandal hängen und spürte, wie ihr Herzschlag den Hals emporstieg, bevor er sich wieder beruhigte.

Es ging um Våganger.

Der Artikel, der mit riesigen Überschriften, Kartenausschnitten und Fotos aufgezogen war, handelte von dem, was als Skandal im politischen Leben der Region Sunnmøre bezeichnet wurde.

Das Foto eines AP-Funktionärs aus Ålesund war abgebildet, aber auch eines von Bankdirektor Storfjord.

Herausragender AP-Politiker muß seinen Hut nehmen. Untreuer Diener. Schanzte nahen Freunden und Verwandten Aufträge im Verwaltungsgebiet zu. Sein Größenwahn fällte schließlich nicht nur ihn, sondern auch viele seiner Genossen. Bankdirektor verkaufte Grundstücke für Ausbauprojekt im großen Stil – Grundstücke, die er nicht besaß.

Sie überflog den Artikel, der sich über zwei Seiten erstreckte, dann fing sie ganz von vorne an, diesmal las sie genauer.

Storfjord wollte offenbar den Ort und seine Bank für die Zukunft absichern und hatte deshalb eine Siedlung von Ferienhäuschen außerhalb von Våganger geplant – für reiche Stadtmenschen und Ausländer, die sich Topkomfort in der Gebirgswelt leisten konnten. Gleichzeitig wollte er seinen alten Freund und Genossen, den AP-Politiker aus Ålesund, unterstützen, der so gerne die Fähren abschaffen und statt dessen Tunnel und Brücken bauen wollte. Die Bevölkerung von Våganger und den anderen betroffenen kleinen Orten hatte sich nicht eindeutig positiv zum Straßenbauprojekt geäußert, denn die möglichen Folgen wirkten abschreckend. Man sah doch, wie es den anderen kleinen Orten erging, die den Brückenverbindungen zum Festland zugestimmt hatten: Die letzten Reste des örtlichen Geschäftslebens waren verlorengegangen. Auch an höherer Stelle hatte man gezögert – bis der Bankdirektor von Vågan-ger seinen Trumpf, nämlich einen Großteil der umliegenden Berggebiete, auf den Tisch gelegt und mit deutschen Autotouristen gelockt hatte.

Nur, daß er diese Gebiete in den Bergen eigentlich nicht besaß.

Eigentümer war der Vater der beiden Kolbjørnsenbrüder gewesen.

Doch der kleine Bruder Kåre hatte sich von seinem Freund, dem Bankdirektor, der genau wußte, wie es sich mit dem Eigentumsrecht verhielt, überreden lassen, dieses unangenehme Detail zu übersehen und den Besitz zu übereignen.

An Storfjord und seinen Politikerfreund.

Gegen eine erkleckliche Summe, wie es in der Zeitung hieß – und gegen Versprechungen, mit den Mächtigen Kirschen essen zu dürfen.

Aus dem Kirschenessen war nun nichts geworden, die örtlichen Politiker waren durch das Spektakel um die Enthüllungen aufgeschreckt und hatten versprochen, sich für die Erhaltung des Gemeinlandes einzusetzen.

Kristoffer Kolbjørnsens Instinkte hatten nicht getrogen: Es *hätte* nach dem Tod der Mutter etwas zu erben gegeben. Jede Menge Geld – wenn die Grundstücke verkauft worden wären. Jetzt, wo die Bevölkerung das Eigentumsrecht offenbar in Frage stellte, würde vielleicht doch nichts für den Bruderkreis abfallen.

Die Bombe mußte an dem Tag geplatzt sein, als Margaret Moss und Roland Rud im Fjell angeln gewesen waren. Kåre Kolbjørnsen, dieser Idiot – wie hatte er nur glauben können, bei so einer Angelegenheit schadlos davonkommen zu können!

Nun würde es für ihn und Maria wohl keinen Karibikurlaub geben.

Moss legte den Kopf gegen die lederbezogene Rückenlehne und schloß die Augen.

Dachte daran, wieviel sie von dem Ganzen nicht durchschaut hatte.

Peinlich, Moss, peinlich!

Aber sie war von all dem anderen so abgelenkt gewesen. Und dann war die Sache mit Karen passiert, und sie hatte alles stehen und liegen lassen und war einfach ...

Sie sah schnell auf die Uhr.

Viel Zeit war nicht vergangen, seit sie zuletzt auf die Uhr gesehen hatte.

Sie konnte ebensogut etwas essen. Das merkwürdige Schwindelgefühl, an dem sie noch immer litt, verschwand nicht unbedingt dadurch, daß sie den ganzen Tag nicht mehr als eine Scheibe Brot gegessen hatte.

Auch nicht durch solche Enthüllungen wie eben in der Zeitung.

Sie überquerte den großen, mit Teppichboden ausgelegten Raum und stieg die Treppen zum Restaurant hinauf.

Am Fenster saß eine Gruppe Amerikaner, sonst war niemand hier. Sie suchte sich einen Tisch und setzte sich.

Faltete die eiskalten Hände vor sich auf der Tischdecke.

An einem warmen Abend wie diesem standen alle Türen offen, von weitem erklangen bekannte Töne: Der Kinderstar brachte mal wieder das Lied von Valdemar.

Moss aß Graved Lachs mit Senfsauce und geröstetem Brot, es war eine Vorspeise und so wenig, daß sie damit rechnete, es aufessen zu können.

Sie hatte keinen Hunger.

Sobald ihre Gedanken den Vågangerskandal verließen und in das Loch fielen, das Karens Verschwinden darstellte, wurde ihr abwechselnd eiskalt und kochend heiß, ein dünner Schweißfilm breitete sich auf der gesamten Haut aus, und sie wischte sich mit dem Handrücken über die Nase, während sie an etwas kaute und kaute, das nicht hinunterwollte.

Sie trank etwas Wein.

Schluckte.

Betrachtete die Kellner. Vor dem Großeinsatz des Abends herrschte Hochbetrieb, eine hübsche, blonde junge Frau in schwarzer Weste und langer Schürze legte blitzschnell kleine Spitzendeckchen in einen Stapel Brotkörbe. Eine andere, ebenso blonde, bewegte sich im Frachtverkehr zwischen dem Tisch mit den Amerikanern und der Küche hin und her.

Die Schwingtüren öffneten und schlossen sich.

Es zischte vom Grill.

Die Zeit arbeitete sich im Schneckentempo vorwärts. Sie blickte ständig auf die Armbanduhr, bald war es fast eine Stunde her, seit sie Roland angerufen hatte.

Sie kippelte mit dem Weinglas.

Hinter ihr kamen ein paar Gäste die Treppe aus der Empfangshalle hinauf ins Restaurant.

Man wies ihnen den Nachbartisch zu. Nur Männer, schien es, drei Stück, sie setzten sich, breiteten die Servietten aus, bekamen die Speisekarte. Moss hob ihre Halbliterflasche Weißwein und tat so, als studierte sie das Etikett. Dabei blickte sie verstohlen zu den neuen Nachbarn hinüber.

Der eine war schlank, mit dünnem, nach hinten gestrichenem Haar und grauem Anzug.

Der kleinere und stämmige Mann trug ein Goldkettchen auf einer sonnenverbrannten roten Brust und dazu ein schwarzes Seidenhemd. Die Tatsache, daß es ein Knopfloch zu weit geöffnet war, verriet den Schwulen. Der dritte saß parallel zu ihr, so daß sie ihn nicht beobachten konnte, ohne sich ganz herumzudrehen, und das wäre zu sehr aufgefallen.

Moss betrachtete das Weinetikett, irgend etwas erwachte in ihrer Erinnerung.

Der Typ mit dem Goldkettchen, Moss! Wie lange brauchst du eigentlich noch, um zu schalten! Bislett an einem grauen Märztag! Wetten, er fährt einen Volvo Amazon! Sowohl Karen als auch Maisen war das Goldkettchen aufgefallen. Kommt er dir etwa nicht bekannt vor? Beherrsch dich!

Ja, Moss beherrschte sich. Die Hand, die die Weinflasche hielt, zitterte so, daß sie sie abstellen mußte.

Sie legte die Hand in den Schoß.

Und der Dünne im Anzug? War er es, der in Bislett hinter dem blonden Mädchen aus der Tür gekommen war? War das der Mann, der sich im Supermarkt in Våganger umgedreht und sie angesehen hatte?

Sie war sich plötzlich ganz sicher.

Dann hatte er letzten Montag hier in der Empfangshalle mit Karen gesprochen.

Sie sah in ihren Teller hinunter und schob mit der Gabel ein Stück Lachs beiseite. Nahm die Brille vom Tisch und setzte sie auf. Der Lachs schwamm undeutlich in der Senfsauce.

Sie würden sie wiedererkennen.

Der Goldkettchenmann und der Anzugmann brauchten nur den Kopf zu drehen, dann würden sie sie sehen. Was taten sie hier?

Sie essen zu Abend, Moss.

Ja. Vermutlich mußten auch Verbrecher manchmal etwas essen.

Sie nahm sich zusammen, atmete langsam, trank einen Schluck Wein. Als sie sich vorhin im Spiegel gesehen hatte, war sie tatsächlich unkenntlich gewesen. Außerdem glaubten sie, daß sie noch immer in Vestlandet sei. Hoffte sie zumindest.

Sie nahm einen neuen Schluck.

Neben ihr wurde geredet. Der Wein war serviert worden, jetzt kam auch das Essen, irgend etwas vom Grill, die Kellner flogen mit den Platten hin und her, das Besteck klapperte, und der kleine Breite mit dem Goldkettchen machte sich auch im Gespräch breit.

»Verdammt, Jungs, jetzt brauchen wir was zu essen, wie? Na, Boye, dich hat wohl der Appetit ganz verlassen, was? Mensch, Jungs, seht euch das mal an. Da sickert das Blut aus dem Fleisch, das soll so sein, durchgebratenes Fleisch ist nichts für richtige Kerle! Na denn Prost, Boye! Prost!«

Der Typ im Anzug sprach leiser und in einem anderen

Soziolekt, aber aus Oslo kamen sie beide. Der dritte schwieg. Er klapperte mit Messer und Gabel, Moss bemerkte eine behaarte Hand, die sich ab und zu nach dem Glas ausstreckte, eine weiße Manschette, einen khakifarbenen Jackettärmel.

Er trank Mineralwasser. Kein Bier, registrierte sie.

Moss saß regungslos da, ab und zu hob sie das Glas an die Lippen, schabte mit dem Besteck über den Teller, tat so, als esse sie noch.

Sie sah auf die Uhr.

Sicher war die Vorstellung bald zu Ende, und sie behielt recht. Nur wenige Minuten später kam der erste Schwung des Premierenpublikums. Aufgekratzt und laut und vernehmlich nahmen sie ihre im voraus bestellten Plätze ein, und die Kellner liefen, die Schwingtüren waren in Bewegung, es zischte immer lauter vom Grill, es war allmählich schwierig zu hören, was am Nachbartisch geredet wurde.

Dann sauste und brauste es in der Luft, alles drehte sich um: Rhonda Dahl eroberte das Lokal. Mit kobaltblauen Straußenfedern und orangefarbenem Haar trat sie ein, und um sie herum scharten sich die Herren im Smoking und die Herren in Jacketts mit Abzeichen, hier und da waren auch einige Damen zu sehen. Sie setzten sich an einen großen Tisch und blickten wie gebannt auf die Diva.

Da riskierte Moss es, sich umzudrehen.

Die drei neben ihr starrten auch, glücklicherweise aber auf Rhonda.

Moss schluckte, und die Brille fiel ihr fast von der Nase.

Der Mann, der auf dem Sofa nur einen Meter von ihr entfernt saß, mit blassem Gesicht und großen Schweißperlen auf der Stirn, war der Stortingsabgeordnete Didrik Dombestein.

24

You should have heard that knocked out jailbird sing.

Leiber/Stoller

Die Aufregung um die Diva hatte sich etwas gelegt, und der Lärmpegel im Restaurant sank auf ein angenehmes, halblautes Summen.

Die Kellner liefen.

Moss schwitzte und starrte auf den Teller. Gerade dachte sie, sie müsse sich aus dem Staub machen, bevor sie sie bemerkten, als sie plötzlich hörte, wie die Stimmen neben ihr lauter wurden, und ihr war sofort klar, daß sie anderes im Sinn hatten, als Frauen an den Nachbartischen zu beobachten.

»... kann einfach nicht mehr!« sagte Dombestein, und sein gutturales R aus dem südlichen Vestland bahnte sich seinen Weg durch das Klirren von Besteck auf Geschirr.

»Reiß dich zusammen, Mann!«

Das war die Stimme des Mannes im Anzug. Moss blickte ihn aus dem Augenwinkel an und bemerkte, daß er sich schnell umsah, sein Blick blieb jedoch glücklicherweise nicht an ihr hängen. Sie saß da, die Fingerspitzen an die Stirn gedrückt, versteckte sich halbwegs hinter der Hand und lauschte, bis die Kopfhaut strammte.

»Ich stelle mich!«

Dombestein wirkte so, als sei er im Begriff aufzustehen und zu gehen, seine Hände machten sich an der Serviette zu schaffen.

Der mit dem Goldkettchen war als erster aufgestanden.

»Los, komm, wir gehen zum Auto!« sagte er leise, aber

deutlich. Moss sah nur seine breite Hand in einem eisernen Griff um die khakifarbene Schulter. Der Anzugmann rief nach der Kellnerin.

»Wir müssen nur mal kurz auf den Parkplatz, aber wir kommen wieder. Halten Sie uns bitte den Tisch. Hier – Zimmer 234.«

Dann verschwand er zusammen mit den beiden anderen die kleine Treppe zur Empfangshalle hinunter.

Moss stand jäh auf.

»Wo ist denn hier der Parkplatz?« sagte sie leise zur Kellnerin, die gerade den Nachbartisch abräumte. Das Mädchen hielt inne und sah sie erstaunt an.

»Das war ... das war mein Mann!« sagte Moss und packte das Mädchen am Arm. »Er hat herausgefunden, daß ich ... sie sind hinausgegangen, um Pläne zu schmieden! Er wird mir die Kinder wegnehmen! Gibt es irgendeinen Schleichweg zum Parkplatz?«

»Die Küche«, sagte das Mädchen verwirrt. »Durch die Küche. Und dann durch den Notausgang, dahinter ist noch ein Gang – hallo! Ihre Rechnung!«

»Verdammt!« sagte Moss und riß ihr Portemonnaie heraus. Sie entdeckte zu ihrer großen Erleichterung, daß sie genügend Bargeld dabeihatte und nicht mit Karte zahlen mußte, gab fünfzig Kronen Trinkgeld und sauste durch die Schwingtür hinaus in die Küche.

Es brodelte in Töpfen und spritzte aus Pfannen. Die Köche standen wie gelähmt da und starrten die blonde Dame in Seide an, die quer durch die Küche lief und auf der anderen Seite wieder hinausstürmte.

Der durchdringende Geruch von Pommes frites und gedünstetem Fisch ließ im Gang hinter der Küche allmählich nach.

Moss stieg aus den Lackpumps und steckte sie in die Tasche, ging barfuß weiter.

Da war endlich ein Fenster, sie sah hinaus und direkt auf den Parkplatz hinunter. Da war auch der Chevy-Van, aber zu weit entfernt, die drei Männer stiegen gerade ein. Dombestein zuerst, mit großen Gebärden.

Es schien direkt oberhalb des Autos ein offenes Fenster zu geben, und sie betete zu Gott, daß es sich um ein Büro handelte, und schlich lautlos über den Flur. Es war ein Büro, und wer auch immer es nutzte, so war der oder die Betreffende zu dieser Tageszeit nicht am Arbeitsplatz.

Das Fenster war einen Spaltbreit geöffnet, und bleiches Abendlicht strömte hinein.

Sie hockte sich hin und schob das Fenster ein kleines bißchen weiter auf.

Der Chevy-Van war nur einen Meter entfernt.

Sie befanden sich mitten in einer heftigen Auseinandersetzung.

Dombestein und der Anzugmann saßen vorn, der Typ mit dem Goldkettchen hinten. In der lauen Luft des Sommerabends waren ihre Stimmen gut zu hören, sie hatten die Autofenster geöffnet, und die Akustik im Hinterhof war wohl besser, als sie gedacht hatten.

»... keinen anderen Ausweg gesehen!«

Dombesteins Stimme war laut und erregt. Der Anzugmann antwortete, seine Stimme war leiser, aber nicht minder erregt: »Wie konntest du nur so dumm sein, Dombestein! Hast du nicht kapiert, daß sie an Land treiben würde? Warum hättest du das nicht uns überlassen können?«

Der Typ mit dem Goldkettchen lehnte sich nach vorne zwischen die beiden: »Wir haben das ja schon mal für dich geregelt, nicht wahr? Wir hätten es wieder tun können! Jetzt hast du alles versaut, verdammt noch mal!«

Es war eine Weile still, dann sagte Dombestein mürrisch: »Diese Detektivin, wo ist die jetzt?«

»Wir haben sie in Vestlandet verloren«, sagte der mit dem Kettchen. »Irgendein Politskandal ist aufgeflogen, und der ganze Ort war voller Journalisten. Aber ich glaube, wir haben ihr da einen ganz schönen Schrecken eingejagt!«

Er lachte laut.

»Und die kleine Bente?« fragte Dombestein mit zitternder Stimme. »War sie nicht auch in Våganger? Sollte sie nicht zurückkommen?«

»Bente?« sagte der Mann, der Boye hieß. »Die kommt wohl kaum zurück.«

Der mit dem Goldkettchen lachte erneut.

»Sie hat zuviel gehört, Dombestein. Und jetzt gibt es eine weniger, die dich kennt, nicht wahr? Die weiß, was du so treibst. Sie wollte auch nicht mehr. Sie wollte raus aus dem Ganzen. Barry hat erzählt, sie habe versucht, Kontakt zu Moss aufzunehmen. Zu dieser Detektivin. Aber sie hat es vermutlich nicht mehr geschafft.«

»Nicht mehr geschafft?«

Dombestein drehte sich um.

Der mit dem Goldkettchen machte eine vielsagende Bewegung: Er setzte sich eine fiktive Spritze.

Jetzt brach der Stortingsabgeordnete vollends zusammen, er gestikulierte erst so ausladend, daß sich der Mann, der Boye hieß, ducken mußte, dann schlug er sich mit den Fäusten gegen die Stirn und rief: »Ich stelle mich! Ich will meine gerechte Strafe! Ich stelle mich!«

Der Anzugmann unterbrach ihn und sagte laut: »Du kapierst das offenbar nicht. Bei dieser Sache geht es nicht nur um dich. Wenn du zur Polizei gehst, reißt du uns alle mit in den Abgrund. Liss Larsen auch. Und die Mädels.«

»Du verdammtes Arschloch!« sagte eine Stimme von der Rückbank. »Ich kapier echt nicht, wie du es so weit gebracht hast! Du bist verdammt noch mal das beschränkteste ...«

Der Anzugmann übernahm. »Daß du die Gelder für deine Sekte unterschlagen hast, das mag in deinen Augen so aussehen, als sei es ganz allein deine Angelegenheit, aber so ist es nicht. Du hast sie schließlich an uns gezahlt, hast du das vergessen? Sind wir etwa nicht in die ganze Sache verwikkelt?«

»Ihr habt mich erpreßt!« heulte Dombestein.

»Wir hätten dir helfen können, die Sache in Ordnung bringen können, das hätte sich irgendwie regeln lassen, aber du mußt natürlich losgehen und ein Mädel ins Meer werfen, nicht wahr? Herrgott, jetzt reiß dich doch mal am Riemen, Mann!«

Jetzt führte Dombestein im Chevy-Van die reinste griechische Tragödie auf, er warf seinen großen Körper auf dem Sitz vor und zurück und stöhnte und weinte. »Vergeßt nicht, wer ich bin! Vergeßt nicht, daß ich Parlamentsabgeordneter bin!« rief er.

»Mach nicht so einen Lärm, verdammt noch mal!« zischte der Typ mit dem Goldkettchen. »Boye, gleich kommt Liss, wir müssen zurück ins Restaurant. Was zum Teufel machen wir mit ihm hier?«

Ohne zu antworten, steckte der Mann, der Boye hieß, die Hand in die Tasche seines Anzugjacketts, dann reichte er dem Dicken auf der Rückbank etwas, das unverkennbar eine Pistole war.

»Nicht zu hart«, sagte er. »Wir brauchen ihn später noch.«

Der Mann mit dem Goldkettchen nahm die Pistole in Empfang. Er lehnte sich etwas nach hinten, hob die Hand und schlug Dombestein, der sich gerade umdrehen wollte, mit dem Griff der Pistole ins Genick.

Der Stortingsabgeordnete sackte sofort in sich zusammen, die Stirn fiel aufs Armaturenbrett, und das Gesicht drehte sich zu Margaret. Die Augen starrten ins Leere.

Sie duckte sich.

Als sie sich wieder aufzurichten wagte, knallten gerade die Autotüren.

Die beiden Männer verließen den Wagen. Boye zog an seinem Anzugjackett, der mit dem Goldkettchen sagte etwas und strich sich das schüttere, blonde Haar mit der Hand nach hinten, und während sie außer Sichtweite verschwanden, ging Margaret auf, wer er war.

Der Sohn der Hexe in Manglerud, Frau Gundersen.

Der nicht viel wert war.

Er war damals mit dem Auto gekommen, als sie das erste Mal die Geschwister Kolbjørnsen besucht hatte.

Ein graugrünes Auto mit einem Dickwanst darin.

Das Kettchen hatte sie damals nicht bemerkt, wohl aber sein Gesicht, als sie ausparkte – an sein Gesicht erinnerte sie sich.

Sie stand langsam auf.

Ging in den Flur hinaus.

Alles war ruhig, ein fernes Klirren aus der Küche signalisierte ihr, welchen Weg sie besser nicht wählen sollte.

Es schien wenig sinnvoll, jetzt noch mehr Aufsehen zu erregen.

Sie tastete sich durch abendstille Gänge und gelangte schließlich zu ihrer großen Erleichterung wieder in die Empfangshalle.

Diskret stieg sie in die Lackschuhe.

Hinter dem Empfangstresen stand ein junger Mann mit Gel im Haar, er hatte ihr den Rücken zugedreht und sah etwas auf seinem Bildschirm nach. Sie schlich sich unbemerkt vorbei, dann streckte sie den Hals und versuchte, einen Blick ins Restaurant zu werfen.

Da saßen sie, Boye und Gundersen mit dem Goldkettchen. Keiner von ihnen sah in ihre Richtung.

Schnell verließ sie das Hotel.

Draußen wartete die sanfte Luft auf sie, erfüllt von Meer und Sommer und Abgasen.

Und noch jemand wartete – ein langer und schlaksiger Typ in ausgebeulten Jeans und einem T-Shirt mit der Aufschrift »Norwegentransport AG«. Den Aufhänger seiner Lederjacke hatte er sich um den Zeigefinger gewickelt.

»O Mann«, sagte er. »Du siehst aber blaß aus.«

Es war Roland Rud.

25

I'm beginning to see the light.

Ellington

Der Sommerabend war ruhig und schön, der Sonnenuntergang warf seinen Feuerschein auf Meerengen und Buchten.

»Wo ist deine Frau?« fragte Moss, die eigentlich etwas ganz anderes hatte sagen wollen.

»Mit den Mädchen nach Stabbestad gefahren«, sagte Rud.

Moss hatte ansonsten das meiste von dem gesagt, was gesagt werden mußte. Sie hatte schnell in der Pension ihren Koffer geholt und in rasantem Tempo zu Jeans, T-Shirt und Joggingschuhen gewechselt.

»Bist du sicher, daß sie das gesagt haben, was du meinst, das sie gesagt haben?« fragte Rud sie zum zweiten Mal, seit sie ins Auto gesprungen waren, und warf ihr einen raschen Blick zu.

»Ja!« antwortete Moss. »Natürlich bin ich das!«

Der Bentley flog wie eine graue Schwalbe durch das schwindende Licht. »Du mußt auf dem Weg hierher alle Tempolimits gebrochen haben«, sagte sie schließlich.

»Ich hatte Glück mit der Fähre.« Roland blinzelte in die niedrigstehende Sonne.

Er betätigte die Kupplung.

»Ich kann es beinahe nicht fassen, daß sie nichts mit der Våganger-Geschichte zu tun hatten«, sagte Moss und starrte geradeaus.

»Und warum waren sie dann dort? Nur, um dir angst zu machen?«

»Nur ist gut«, sagte Moss mürrisch. »Sie müssen geglaubt haben, ich wäre den Unterschlagungen im Bruderkreis auf der Spur. Daß Kristoffer Kolbjørnsen mich deshalb beauftragt hatte. Und dann haben sie wohl gedacht, ich hätte einen Tip bekommen, irgend etwas, was sie selbst nicht wußten.«

»Und Barry?« Rud warf Margaret, die blaß und angespannt auf ihrem Platz saß, einen Blick zu. »Was hatte er mit der Sache zu tun?«

»Keine Ahnung«, sagte Moss müde. »Er kennt Kåre jedenfalls von früher. Was weiß ich, vielleicht hat Marta Kolbjørnsen gegenüber der Familie Gundersen damit angegeben, wie schön es in ihrer Heimat sei, und da hat der Sohn der alten Hexe gedacht, das wäre vielleicht was für seinen Kumpel Barry mit seinem Wohnmobilbordell. Ich weiß es wirklich nicht.«

Roland sah auf die Uhr.

»Ich hoffe, Karen ist da.« Er sprach endlich laut aus, was Margaret nicht fertigbrachte. »Und daß wir rechtzeitig ankommen. Ich meine, wenn sie auf Nøtterøy ist, haben die Typen wahrscheinlich vor, wieder hinzufahren, wenn sie mit dem Essen fertig sind.«

»Sie haben auf jemanden gewartet«, sagte Moss mit erstarrten Lippen. »Auf eine Liss irgendwie.«

Roland setzte den Blinker und bog nach Strengsdal ab.

Alles sah anders aus als im Mai, die Bäume waren schwer von Laub, die Wiesen voller blühender Gräser, und weit im Süden hingen feine Schäfchenwolken am rosafarbenen Abendhimmel.

Für einen Augenblick legte er seine Hand über ihre. »Es ist nicht sicher, daß es so gefährlich ist, wie du denkst.«

»Gefährlich!« sagte sie, rief es beinahe. »Gefährlich? Verdammt, die haben schon mal jemanden umgebracht, dreimal sogar, wenn ich richtig gehört habe und die arme Bente Bertelsen mitzähle. Der Typ, den sie Boye nennen, hat eine Pistole. Wer weiß, vielleicht liegen noch mehr Waffen im Auto. Erst hab ich gedacht, daß er Karen hierhergelockt hat, um mich von irgendwas abzuhalten, was auch immer es sein mag, aber jetzt habe ich meine Zweifel bekommen.«

»Ja?« sagte Rud und sah sie wieder an.

»Sie ist irgendwie in diese Sache verwickelt«, sagte Moss, und ihre Stimme war dünn und gepreßt. »Sie und Vokter. Kannst du nicht einen Zahn zulegen?«

»Ich fahre schon achtzig«, murmelte Rud. Er war froh, daß sie allein auf der Straße waren.

»Na ja«, sagte Moss schnell. »Wir sind gleich da!«

Er drosselte das Tempo, sie fuhren an der weißen Gartenpforte mit den beiden Briefkästen vorbei und dann um eine Kurve. Linker Hand lag ein Acker und rechts ein lichter Nadelwald. Ein Stückchen weiter führte eine Fahrspur zwischen die Baumstämme, Roland bog ab, es holperte heftig, und Zweige fegten über die Motorhaube.

Er hielt und zog die Handbremse an.

Sie sah ihn an. »Wir versuchen uns von der Rückseite zu nähern.«

Er nickte. »Geh mal vor, du bist schon mal hier gewesen.«

Sie klappten die Autotüren zu, beinahe lautlos.

Einen Moment blieben sie unter den Tannen stehen. Alles war ruhig, von weitem ertönte Möwengeschrei, ein paar Kinder riefen.

Moss sah sich ein letztes Mal um, dann ging sie mit langen Schritten in den Wald hinein.

Es war nur ein Wäldchen, auf der anderen Seite waren schon bald Häuser und Gärten zu sehen. Als sie Richtung Norden abbogen, brauchten sie nur wenige Schritte zu gehen, ehe die Scheune des Bruderkreises, von der die Farbe abblätterte, zwischen den Bäumen auftauchte. Margaret blieb stehen und hob die Hand. Roland kam hinterher.

»Ist es hier?« fragte er leise.

»Das ist nur ein Wirtschaftsgebäude. Sieh mal da drüben, das weiße ist das Hauptgebäude.«

Sie kletterten im Schutz der Scheune über den Lattenzaun. Mühsam arbeiteten sie sich durch den knietiefen Dschungel aus Brennesseln und Giersch zur Hausecke vor und blickten auf den Hofplatz.

Alles wirkte genauso ruhig wie an jenem Sonntag im Mai.

Moss warf Roland einen Blick zu, dann duckte sie sich, als ob sie durch Kugelhagel müsse, lief über den Rasen bis zum weißen Haus auf der anderen Seite und preßte sich dicht an die Wand unter einem Fenster, von dem sie meinte, daß es zum Wohnzimmer gehören müsse.

Hinter sich spürte sie Roland mehr, als daß sie ihn hörte.

Sie standen ganz still da. Sie hörte seinen Atem, dachte, daß sie ihn sich später mal, falls es nach diesem Tag überhaupt ein Später geben würde, wegen seiner schlechten Kondition vorknöpfen würde.

Immer bloß Auto fahren und Zigaretten drehen.

Das Fenster lag hoch oben, sie schätzte die Höhe per Augenmaß und drehte sich zu Roland um. Er faltete die Hände über dem gebeugten Knie. Sie warf ihm rasch einen Blick zu, dann kletterte sie hinauf. Klammerte sich an das Fensterbrett, streckte den Kopf knapp über die Kante. Unter ihr erklang ein halb unterdrücktes Stöhnen.

»Was zum Teufel hast du in den Taschen?« flüsterte er. »Steine?«

»Halt die Klappe«, murmelte sie und hielt sich mit beiden Händen am Fensterbrett fest. Vorsichtig sah sie hinein.

Das Zimmer war leer. Kein Mensch zu sehen. Die Stehlampe in der Ecke war umgekippt, sie lag halb auf dem Sofa. Der Schirm war hinuntergefallen und lag verkehrt herum auf dem Wohnzimmertisch.

Sie ließ los und sprang hinunter.

»Wir versuchen es an der Tür!«

Mehr laufend als gehend bogen sie um die Ecke.

Abgeschlossen. Sowohl mit Schnappschloß als auch mit Sicherheitsschloß, sie konnten die beiden Riegel in dem schmalen Spalt erkennen.

»Wir nehmen ein Fenster«, entschied sie, nahm die Treppe

in einem Satz und lief um die andere Hausecke, wo die Küche sein mußte. Auf dem Rasen stand ein alter Gartentisch aus Holz, sie trugen ihn zwischen sich und stellten ihn unter das Fenster, dann kletterte Roland hinauf, streifte sich die Jacke ab, wickelte sie sich um die Hand und schlug eine Scheibe des altmodischen Fensters ein. Steckte seine Hand vorsichtig durch, schob den Riegel beiseite.

Als er sich hineingezwängt hatte, lief Margaret zur Haustür zurück und wartete, bis er ihr öffnete.

Das Haus war leer.

Das war ihr klar gewesen, sobald sie das Wohnzimmer gesehen hatte. Die Möbel und die umgekippte Lampe hatten etwas so schrecklich Trostloses, etwas, das signalisierte, daß hier alles zu spät war.

Was Margaret anbetraf, war jetzt alle Vorsicht beiseitegefegt, mit hämmerndem Herzen lief sie von Zimmer zu Zimmer, öffnete die Türen, schaute hinein und lief weiter. Überall derselbe Eindruck wie auf einem verlassenen Schiff: die Küche pieksauber, es roch so, als sei hier schon etliche Tage nicht mehr gekocht worden, der Eßsaal mit aufmarschierten Stühlen, mitten auf dem Tisch ein Pappkarton. Als sie hineinblickten, stellte sich heraus, daß er lauter Holzwolle enthielt, sonst nichts.

Aufbruch, Aufbruch, Moss lief wieder in den großen Flur hinaus und nahm die Treppe nach oben in wenigen Sätzen, öffnete auch hier eine Tür nach der anderen.

Abgezogene Betten, die Federbetten schön zusammengelegt oder einfach beiseite geworfen. Angelehnte Schranktüren. Auf dem Fußboden in einem der Zimmer lag ein Teddybär, wie man sie früher auf dem Jahrmarkt gewann, rosa und schwarz, zerschlissen, das eine Auge hing nur noch an einem Faden, und der Teddy starrte teils an die Decke, teils aus dem Fenster.

»Sie sind abgereist«, sagte Margaret.

Sie stand draußen in dem langen Flur. »Sie sind weg, alle miteinander. Was zum Teufel ist hier passiert?«

Roland lehnte sich an die Wand und atmete aus, strich sich mit den Händen durchs Haar. »Ich weiß nicht«, sagte er nur.

Sie war außer Atem. Die Panik, die sie unter der Oberfläche hatte halten können, seitdem Roland gekommen war, brach wieder hervor.

Wo war Karen? Margaret war sich plötzlich so sicher gewesen, daß sie hier war.

Sie packte sich selbst an den Oberarmen und klapperte mit den Zähnen.

»Verdammt!« sagte sie und trat mit aller Kraft gegen die holzgetäfelte Wand. »Verdammt!«

Roland sah sie an, stumm. Sie wollte gerade etwas sagen, da hob er die Hand.

Sie schloß den Mund, lauschte.

Draußen im Kies waren Schritte zu hören.

»Ich geh runter, warte hier, mich erkennen sie vielleicht nicht«, sagte Roland schnell, und ehe sie sich's versah, war er weg.

Sie lief ans Fenster, stützte sich gegen das Fensterbrett.

Unten auf dem Hofplatz stand jemand.

Eine windschiefe, kleine Dame mit weißem Haar und gestreiftem Sommerkleid, Mildred Gustavsen aus Kruke, und da kam Roland die Treppe herunter. Er sah die Alte an und dann an der Fassade hoch und entdeckte Margaret am Fenster.

Sie machte ihm ein Zeichen, daß sie hinunterkäme.

Roland stand auf dem mit Kies bestreuten Hofplatz und unterhielt sich mit Mildred Gustavsen. Margaret ging zu ihnen hinaus und setzte sich auf die Treppe.

Auf einmal fühlte sie sich vollkommen erschöpft.

»Hallo«, sagte sie. »Erinnern Sie sich an mich?«

»Ja sicher«, die Alte nickte mehrmals. »Ich hab ihm gesagt, daß sie abgereist sind. Alle miteinander. ›Wir schließen, Mildred‹, hat Astrid gesagt. ›Unsere Zeit hier ist vorbei.‹ Dann sind sie abgefahren. Die Mädels auch.«

»Wissen Sie, warum?«

Mildred Gustavsen schüttelte den Kopf. »Es ist ganz plötzlich passiert, ein paar Tage nach Mittsommer. Auch Astrid wußte nichts Näheres, glaube ich. Sie war drüben bei meiner Nichte mit etwas Nahrungsmitteln, Kartoffeln und Kohl und so. Sie habe nicht das Herz, die Sachen wegzuwerfen, sagte sie. ›Wo sollen die Mädels denn jetzt hin?‹ hat meine Tochter gefragt, aber da hat sie nur die Schultern gezuckt. Sie wußte es nicht.«

»Sie haben sich nicht mit anderen vom Bruderkreis unterhalten?« fragte Margaret.

Mildred sah gedankenverloren aus, dann antwortete sie, nein, das habe sie nicht getan.

Margaret zögerte etwas, dann sagte sie: »Aber Dombestein, der ist hier gewesen?«

Die alten Augen blickten sie an, etwas farblos, als hätte sie Grauen Star. »Er ist wohl hier, um es zu verkaufen«, sagte sie.

»Ja?« fragte Moss, stand auf und hielt sich am schmiedeeisernen Geländer fest.

»Sie sind vor ein paar Stunden mit dem Auto nach Tønsberg gefahren«, sagte Mildred. »Er und noch zwei Männer. Ich hab erst gedacht, daß er hier der neue Besitzer wäre.« Mildred sah Roland an. »Deshalb bin ich rübergekommen. Wollte den neuen Nachbarn begrüßen.«

Sie lachte kurz. Dann wurde sie plötzlich ernst, zupfte an ihren weißen Haarsträhnchen.

»Ja, ja«, sagte sie leise. »Das war wohl zu kostspielig mit diesen Mädels. Jetzt herrschen andere Zeiten. Weltliche Zeiten. Geld haben die Leute, aber sie geben es für sich selbst aus. Ich muß los. Bodil wundert sich wahrscheinlich, wo ich bin. Vermutlich gucken sie gerade arabisches Fernsehen. Die letzte Zeit ist angebrochen. Das ist sie wirklich.«

Sie wendete sich zum Gehen und schlurfte die Auffahrt hinunter.

Margaret atmete tief durch.

Sie wollte gerade etwas sagen, als sie im Augenwinkel eine

Bewegung wahrnahm, und sie drehte den Kopf. Ein riesiger graubrauner Hund kam um die Ecke getrottet.

»Vebjørn!« Dann stand sie auf und packte Roland fest am Arm. »O Gott, da ist der Hund!«

Vebjørn kam langsam zu ihnen hinüber, schließlich schnupperte er an Rolands Hosenbein. Margaret hockte sich hin und streckte die Hand aus. Der Hund wedelte sachte mit dem Schwanz.

»Gott sei Dank«, sagte sie und sah zur Hausecke hinüber. Ihr Herz hatte ihr eine Weile bis zum Hals geschlagen. Wenn jetzt bloß Vokter und Karen kämen!

Über eine Minute verging.

Da zog Roland die Hände aus den Taschen, ging mit langen Schritten über den Kies und verschwand um die Hausecke.

Wenig später kam er auf der anderen Seite wieder zurück. Schüttelte den Kopf.

»Hier ist kein Schwein«, sagte er.

»Ich verstehe das nicht«, sagte Margaret. »Der Hund kann doch nicht abgehauen und aus Oslo ganz allein hierhergelaufen sein!«

Sie sah sich den riesigen Hund genauer an. Er sah nicht so aus, als sei er länger unterwegs gewesen. Er legte seine kalte Schnauze an ihre Wange und leckte sie mit seiner langen Zunge ab. Sie entzog sich ihm. »Vielleicht erkennt er mich«, sagte sie. »Vielleicht riecht er ja, daß ich Karens Mutter ...«

Sie unterbrach sich und stand schnell auf.

Der Hund wedelte eifrig mit dem Schwanz.

»Vebjørn!« sagte sie laut und sah erst Roland an und dann den Hund. »Such Karen! Wo ist Karen!«

Jetzt wedelte der Hund so heftig mit dem Schwanz, daß er kaum noch geradestehen konnte.

»Guck mal da«, sagte Margaret, packte den Hund am Halsband und zeigte auf die Haustür. »Komm, sei ein braver Hund! Such Karen!«

26

In a restless world like this
love is over before it's begun.

Heyman/Young

Alles war so offenkundig, daß Margaret aufstöhnte, als sie sie entdeckte. Es hatte keine Leiter dort gestanden, und sie hatte einfach nicht nach oben geschaut: Die Luke zum Dachboden im langen Flur des ersten Stocks war weiß getäfelt und von der Decke beinahe nicht zu unterscheiden.

Der Hund winselte und heulte. Er sah immer wieder Margaret an, dann starrte er wieder hoch zur Luke.

Es dauerte nicht lange, bis Roland die Leiter gefunden hatte. Sie war ordentlich an zwei kräftigen Haken hinter der Tür des nächsten Schlafzimmers aufgehängt. Er lehnte sie an die Luke, und hinten klappten sich zwei Beine aus, so daß eine Art Trittleiter entstand. Dann kletterte er hinauf und drückte mit der Hand gegen die Luke. Sie hob sich, zunächst widerwillig, doch dann polterte sie dort oben auf dem Dachboden zur Seite. Schnell kletterte Roland die letzten Stufen nach oben. Margaret sah nur seine Hosenbeine, während sie ungeduldig unten im Flur stand und der Hund um sie herumsprang.

»Komm schon, sag doch was!« rief sie. »Ist jemand da oben?«

»Ja«, sagte eine ferne Stimme über ihr, dann verschwanden auch noch seine Beine, und sie hörte seine Schritte auf dem Fußboden der Dachkammer.

Sie kletterte hinterher, so schnell sie konnte. Hinter ihr

kläffte der Hund, seine Tatzen kratzten über den Boden. Dann ging das Kläffen in Winseln über.

Karen saß auf einer alten Matratze in der hintersten Ecke des großen Bodenraums. Direkt über ihrem Kopf war ein kleines Fenster im Giebel, das nach Westen hinausging, und Karens Gesicht leuchtete im Widerschein des Abendhimmels wie das eines präraffaelitischen Engels.

Sie trug ein schwarzes T-Shirt und Jeansshorts, ihr Haar war durcheinander, und sie weinte. Damit hatte sie offenbar angefangen, als sie gesehen hatte, daß es Roland war, der durch die Luke gestiegen kam.

Neben ihr auf der breiten Matratze, die mit Schmutzstreifen überzogen und voller undefinierbarer Flecken war, lag eine reglose Gestalt. Margaret glaubte erst, es sei Vokter, doch als sie näher kam, sah sie, daß es das kleine, blonde Mädchen war, das sie und Jorun Vaarli an jenem Maisonntag auf die Treppe begleitet hatte.

Das gesamte Blut hatte Margarets Kopf verlassen und sich im Magen gesammelt, als sie Karen erblickte. Der Fußboden schaukelte und drohte ihr ins Gesicht zu schlagen. Da hockte sie sich hin und legte erst die Stirn auf die Knie und hob dann den Kopf und betrachtete ihre Tochter. Karen schluchzte und weinte, rieb sich mit schmutzigen Händen übers Gesicht.

»Mein Gott«, sagte Margaret und atmete tief durch. »Mein Gott.«

Sie nahm Karen vorsichtig in die Arme. Zog sie an sich.

Es roch nach Staub und Schweiß. In einem vergeblichen Versuch, die Tränen zurückzuhalten, kniff Margaret die Augen zusammen, während Karen sich an ihrer Schulter ausweinte. Roland hatte das andere Mädchen umgedreht, er beugte sich hinunter und legte das Ohr an ihre Brust.

»Sie atmet jedenfalls«, sagte er und richtete sich auf.

Karen befreite sich aus den Armen ihrer Mutter. »Das ist Liv«, schniefte sie. »Sie heißt Liv.«

»Haben sie ihr etwas angetan?« sagte Moss schnell.

Karen schüttelte den Kopf. Dann nickte sie. Streckte schnell ihren Arm aus und betrachtete ihn, hielt ihn ins Licht. Er sah aus, als wären ihr eine Menge Blutproben entnommen worden, und zwar durch einen besonders glücklosen Krankenpfleger. Unter der Haut befanden sich große, blutrote Flecken und Streifen von geronnenem Blut.

»Sie haben mir Spritzen gegeben«, sagte sie und war kurz davor, wieder zu weinen. Preßte die Lippen zusammen. »Ich wollte nicht, aber das hat nichts geholfen. Es war irgendwas, wovon wir eingeschlafen sind. Ich weiß nicht, was es war. Mehrmals am Tag haben sie das gemacht.«

»Wie lange bist du schon hier?« fragte Moss. Sie war aufgestanden.

Karen sah zu ihr auf. »Was für ein Tag ist heute?« fragte sie mit rostiger Stimme.

»Freitag«, antwortete Margaret.

Karen griff sich an den Kopf, wühlte im Haar herum, rieb sich die Augen. Ihr Gesicht war fürchterlich dreckig. Streifen von Staub und Schmutz umgaben Nase und Augen. Sie hatte vermutlich viel geweint.

Eine Wut loderte in Margaret auf, so heftig, daß ihr schwarz vor Augen wurde. Sie atmete tief durch, dann sagte sie: »Du bist vermutlich am Dienstag nach Tønsberg gefahren. Die Frau am Empfang im Hotel Klubben meinte, daß sie dich da gesehen hat.«

Karen nickte. »Ich wollte mich mit Vokter treffen«, sagte sie. Dann flossen die Tränen wieder, und sie wischte sie schnell ab. »Wo ist er, Mama?«

»Ich weiß es nicht«, sagte Margaret. »Der Hund ist hier, direkt unter uns.«

»Ich habe ihn gehört«, flüsterte Karen. »Das war es, was mich geweckt hat. Ich hab geschlafen. Vorher war ich wach. Aber es war so warm hier. Und da bin ich wieder eingeschlafen.«

»Aber du bist am Dienstagabend hergekommen?« fragte

Margaret und gab sich Mühe, ruhig zu sprechen. Karen sah zu ihr hoch. »Ja?« sagte sie zögernd. »Vielleicht.«

»Wer hat dich am Hotel abgeholt?« fragte Margaret. Sie bezwang die Mutter in sich, sprach schnell, es galt, soviel wie möglich zu erfahren.

Jetzt war weder Zeit für Klagen noch für Jubel.

»Boye«, sagte Karen mit dünner Stimme. »Er heißt Boye Blomquist. Er hat gesagt, er arbeitet hier im Heim. Aber das tut er gar nicht.«

Sie schaute wieder auf den Boden. Dann sagte sie: »Der andere heißt Marlon. Marlon Gundersen, glaube ich. Marlon hat mir die Spritzen gegeben. Er und eine, die Liss Larsen heißt.«

Dann schien es, als sei ihr plötzlich etwas aufgegangen, sie schlug die Hand vor den Mund: »Mama!« sagte sie. »Ich dachte, sie hätten dich erschossen! Das haben sie gesagt!«

»Was?« sagte Moss.

»Sie haben gesagt, ich könnte ebensogut aufgeben und tun, was sie sagen, denn es könne mir ohnehin niemand helfen. Sie haben gesagt, sie hätten dich in Vestlandet gesehen! Du wärest oben im Fjell gewesen. Er hätte dich im Visier gehabt, hat Marlon gemeint. Und dann hat er gesagt, daß er abgedrückt hätte!«

Karen weinte jetzt laut und hemmungslos.

Margaret hatte sich neben sie gesetzt. Jetzt streichelte sie ihr über den Rücken, streichelte und streichelte, während Karen redete, abgehackt und unzusammenhängend, unterbrochen von langen Schluchzern.

Vokter hatte ihr schon zu Beginn des Winters von den Problemen seiner Eltern erzählt: daß der Vater wieder zu trinken angefangen habe, nachdem er viele Jahre trocken gewesen sei, und daß die Mutter glaubte, es läge daran, daß er Gelder des Bruderkreises veruntreut habe.

»Wußte sie, daß Geld unterschlagen worden war?«

Karen nickte. Das hatte sie gewußt. Und sie hatte gedacht,

es sei ihr Ehemann gewesen, der für den Betrieb des Heims zuständig war. Aber sie hatte nicht fertiggebracht, ihn damit zu konfrontieren. Vokter war dort gewesen, sooft er konnte. Unter dem Vorwand, die Eltern zu besuchen, hatte er die anfallende Arbeit erledigt, die eigentlich Sache des Vaters gewesen wäre, die er aber nicht ausführen konnte, wenn er betrunken war. Nach und nach war Vokter zu der Ansicht gelangt, daß die Mutter sich irren mußte und daß der Vater seine Stellung als Verwalter nicht mißbraucht hatte, um sich auf unrechtmäßige Weise zu bereichern. Vokter fing an, etwas herumzuschnüffeln, fragte die Mädchen nach dem aus, was sie wußten, machte Besorgungen im Hauptquartier in Sagene und lauschte dem Gerede.

Er war im Bruderkreis aufgewachsen, die Leute kannten ihn, und sie redeten unbefangen, auch wenn er anwesend war.

Seit Beginn des Frühjahrs verdächtigte er den Vorsitzenden des Bruderkreises. Er hatte Karen davon erzählt, und sie hatte Angst bekommen.

»Er hat gesagt, daß er glaubte, Dombestein wäre in irgendwas Kriminelles hineingeschlittert. Ich hab gesagt, er solle sich da raushalten, aber das wollte er nicht.«

»Aber«, Moss versuchte all das zu verdauen, was die Tochter da erzählt hatte, »aber wie haben sie herausbekommen, daß du etwas weißt?«

Karen ließ den Kopf hängen. »Ich war dumm«, sagte sie. »Eines Tages hat jemand angeklingelt und nach Vokter gefragt. Es war Liss Larsen, und jetzt weiß ich ja ... Aber da ahnte ich nicht, wer sie war. Sie sagte, sie sei vom Bruderkreis und wolle gerne reinkommen und ein bißchen reden. Ich ließ sie herein, Vokter war nicht zu Hause. Ich hatte mir solche Sorgen gemacht, und deshalb war ich total erleichtert, daß sich jemand um die Sache kümmerte und versuchte, dort auf Nøtterøy aufzuräumen. Mir war nicht klar, daß ich mich verraten hatte. Ich habe ihr vertraut.«

»Hast du auch das mit Dombestein gesagt? Daß Vokter

meinte, er habe etwas mit der Unterschlagung zu tun? Daß er in schlechte Gesellschaft geraten sei?«

Karen nickte. Rieb sich die Augen.

»Wann war das?«

Karen versuchte offenbar nachzudenken, was ihr nicht leichtzufallen schien. Sie sah verwirrt und mitgenommen aus, und Margaret dachte, daß diese Befragung nicht hier und jetzt hätte stattfinden sollen.

Wie lange würden sie noch im Hotel Klubben sitzenbleiben?

»Liss Larsen kam einen Tag, bevor du und Maisen nach Vestlandet gereist seid«, sagte Karen schließlich. »Vokter war am Tag davor losgefahren, er wollte erst hierher und dann nach Sandefjord, um irgendwelchen Bekannten mit einem Boot zu helfen. Er hatte versprochen, mich anzurufen, aber dann habe ich statt dessen eine Karte bekommen.«

Sie blickte auf ihre Knie.

Dann sah sie wieder hoch, und diesmal war ihr Blick von Panik erfüllt. »Mama! Wir müssen weg! Wir können nicht hierbleiben! Sie kommen zurück!«

»Ja«, sagte Moss. »Wir müssen los. Aber die da müssen wir mitnehmen.«

Sie ging schnell in die Hocke, schüttelte das Mädchen, das mit halbgeschlossenen Augen dalag und dem, was geschah, keine Beachtung zu schenken schien. Moss packte sie an der Wange, kniff zu. Da öffnete sie die Augen ganz und sah Moss mit verschleiertem Blick an. »Was ist denn?« fragte sie.

»Wir müssen uns beeilen«, sagte Karen, und die Tränen flossen wieder. »Wir müssen weg! Sie kommen zurück!«

Die steifen und benommenen Mädchen die steile Leiter hinunterzubugsieren war schwierig. Liv schaffte es am besten, sie war als erste unten, zuckte jedoch zurück, als sie Vebjørn sah. »Nehmen Sie den Hund weg!« rief sie mit scharfer Stimme. »Nehmen Sie den verdammten Hund weg!«

Roland trieb sie an. »Los jetzt«, sagte er laut und ungeduldig. »Wir haben nicht den ganzen Tag Zeit!«

Als sie endlich auf den Hofplatz hinaustraten, hörten sie plötzlich das, worauf Margaret die ganze Zeit gewartet hatte: das Geräusch von einem leistungsstarken Auto, das in der Kurve abbremste, um dann wieder zu beschleunigen. Sie packte Karen am Arm. »Komm«, sagte sie. »Hier entlang! Lauft, was ihr könnt, schnell jetzt!«

Sie hatten es gerade noch um die Ecke der Scheune geschafft, als der Chevy-Van zwischen den Bäumen am Wegesrand auftauchte.

Margaret zog den Kopf zurück und hob warnend die Hand.

Roland hielt den Hund fest, der ein Halsband, aber keine Hundeleine trug. Er schnaufte im Würgegriff und zog, was er nur konnte, um loszukommen.

Wo zum Teufel ist Vokter! dachte Moss und fragte sich, ob Karen wohl dasselbe dachte, aber vorläufig schien es, als hätte das Mädchen, das an die Wand gelehnt dastand, mehr als genug mit sich selbst zu tun.

Der Motor lief im Leerlauf, danach waren ein Quietschen und Schritte im Kies zu hören: Sie hatten die große Gartenpforte geöffnet und fuhren den Wagen auf den Hofplatz.

Dann knallten Türen.

Einmal, zweimal ... mehrmals hintereinander. Vielleicht insgesamt viermal. Die letzten beiden klangen weiter entfernt.

Margaret riskierte einen kurzen Blick um die Ecke.

Der Mann im grauen Anzug, der nach Karens Aussage Boye Blomquist hieß, ging gerade die Treppe zum Haus hinauf. Hinter ihm war Marlon mit dem Goldkettchen im Begriff, etwas Schweres aus dem Chevy-Van auszuladen. Vor der Pforte stand ein weiteres Auto, ein weißer Personenwagen, vermutlich ein Mercedes. Eine dunkelhaarige Frau saß darin, sie blickte gerade auf ihre Armbanduhr.

Moss zog sich schnell zurück.

Sie standen hinter der Wand mit der abblätternden Farbe und warteten. Karen war gelblichweiß im Gesicht, Margaret befürchtete, daß sie umkippen würde, und packte sie warnend am Arm, drückte ihn: Kopf hoch! Es wird schon gutgehen!

Liv stand an die Wand gelehnt, ihr Atem ging schnell unter dem kleinen orangefarbenen Oberteil, das sie zur Baumwollhose trug. Ihre Arme waren extrem dünn, die Schatten unter den Augen violetter denn je.

Roland sah Margaret an. Alles war jetzt still. Äußerst vorsichtig blickte sie noch einmal um die Ecke, dann zeigte sie mit dem Daumen nach hinten: Sie könnten die Gelegenheit nutzen, um sich aus dem Staub zu machen. Alle waren hineingegangen.

Der Zaun war hoch, und es war schwierig, die Mädchen hinüberzubekommen.

Als sie den Hund dazu bewegen wollten, über den Zaun zu springen, drehte er sich jäh um und verschwand um die Hausecke. Karen öffnete den Mund, um nach ihm zu rufen. Da legte Margaret ihr die Hand auf den Mund.

Dann stolperten sie zwischen den Baumstämmen des Waldstücks vorwärts.

Als das weiße Haus außer Sichtweite war, blieb Roland stehen.

»Ich hab mir gedacht«, sagte er, »daß es vielleicht ein zu großes Risiko ist, wenn wir mit dem Bentley fahren.«

Margaret sah ihn an.

»Sie haben zwei Autos«, sagte er. »In diesem Augenblick entdecken sie vermutlich, daß die Mädchen weg sind. Nur ein Weg führt von hier zur E 18, soweit ich weiß. Sie werden uns sofort verfolgen. Wir werden es nicht rechtzeitig hinüber auf die Tønsberger Seite schaffen.«

Sie tauschten Blicke aus.

Moss sah, daß er dasselbe dachte wie sie. *Sie sind zu mehreren, sie sind bewaffnet, sie haben schon mal jemanden umgebracht, und sie können es wieder tun.*

Direkt über ihnen lachte eine Elster.

Karen fuhr zusammen.

»Wollen wir nicht auf Vokter warten?« fragte sie mit dünner Stimme.

»Das geht nicht«, sagte Margaret. »Du hast recht, Roland. Wir können nicht mit dem Auto fahren.«

Sie schwieg. Fühlte sich plötzlich völlig handlungsunfähig.

Alles war darauf konzentriert gewesen, Karen zu finden, und jetzt hatte sie sie gefunden, aber sie konnten nicht fliehen, nicht mit den beiden Mädchen, die so aussahen, als würden sie jeden Moment umkippen.

Dann entschied sie sich. »Wir nehmen den anderen Weg«, sagte sie. »Wir gehen zum Meer hinunter. Dabei haben wir Zeit, uns Gedanken zu machen. Hoffentlich suchen sie im Norden, Richtung Tønsberg.«

27

Love for sale, appetizing young love for sale.
Love that's fresh and still unspoiled,
love that's only slightly soiled, love for sale.

Cole Porter

Der Vrengensund lag spiegelblank und perlmuttfarben im schwindenden Abendlicht. Rechter Hand sahen sie gerade noch den Bogen der Brücke, die hinüber nach Tjøme führte. Es waren nur wenige Boote unterwegs, ein altes, ölverschmiertes Motorboot tuckerte mit blauem Rauch aus dem Auspuff näher und verschwand in Richtung Kjøpmannsskjær.

Es war ein hartes Stück Arbeit gewesen, mit den Mädchen durch das unwegsame Gelände zu gehen, überall waren Häuser und Gärten, und es war nicht leicht, ungesehen vorbeizukommen, aber nun waren sie endlich an einer Bucht, wo ein langer Bootssteg auf drei Holzbeinen im Meer balancierte, und konnten durchatmen. Am Steg lagen die Boote in Reih und Glied und schaukelten sachte hin und her.

Es war inzwischen Nacht.

»Wo ist Vebjørn geblieben?« fragte Karen. Sie fror in ihren Shorts und bekam Gänsehaut an Armen und Beinen.

»Er ist abgehauen, erinnerst du dich nicht«, sagte Moss leise.

Karen schwieg. Sie schob die Hände unter die Pobacken und zitterte vor Schock und Kälte.

Das Mädchen, das Liv hieß, saß, die Knie bis unters Kinn angezogen, da und hielt die dünnen Arme an die Brust gepreßt. Sie fror sicher nicht weniger.

Jetzt wäre der Parka praktisch gewesen, aber der lag noch im Bentley.

Moss seufzte und musterte den Strand und die steilen Felsen. Den ganzen Strand entlang lagen Hütten, dahinter befanden sich Häuser und weiter rechts weitere Hütten.

Gott sei Dank war es kühl und bald Mitternacht.

Sie hatten nur wenige Autos gesehen, während sie sich an den Gärten vorbei und durch kleine Waldstückchen geschlichen hatten. Auch kein Boye Blomquist oder Marlon Gundersen und keine Liss Larsen waren zu sehen gewesen.

Sie suchten hoffentlich in der falschen Richtung.

Noch.

Moss sah links am Felsen hoch. Sie merkte, daß sie selbst jetzt auch mit den Zähnen klapperte, und ihr war klar, daß es vor allem vor Erschöpfung und Schreck war.

Sie bereute, daß sie nicht trotzdem das Risiko mit dem Bentley auf sich genommen hatten, die Mädchen sahen aus, als würden sie gleich umkippen.

Roland Rud war auf den schmalen Bootssteg hinausgegangen. Moss sah ihm hinterher, es gefiel ihr gar nicht, daß er dort herumging, er konnte von den Hütten aus gesehen werden. Da knirschte es auf einmal in Sand und Kies, jemand ging zwischen den Felskuppen den Pfad zum schmalen Strand hinunter.

Moss und die beiden Mädchen schoben sich dichter an den Felsen heran, unter dem sie saßen, und Roland blieb mitten auf dem Steg jäh stehen.

Es war eine kleine, gebückte Gestalt, die dort angeschlendert kam.

Mildred Gustavsen aus Kruke.

Sie hob den Kopf und betrachtete sie, sie schien nicht sonderlich überrascht.

»Na«, sagte sie, als sie ganz zu ihnen herangekommen war. »Sehen Sie sich den schönen Abend an?«

Margaret Moss zögerte eine Sekunde und sagte dann: »Wir verstecken uns, wissen Sie? Es hat sich herausgestellt, daß die Leute, die das Haus des Bruderkreises jetzt übernommen haben, gefährlich sind. Sie haben die Mädchen hier gefangengehalten. Wir versuchen zu fliehen.«

Die alte Frau betrachtete sie lange.

Sie trug eine Strickjacke, die bis oben zugeknöpft war, und dazu ein kariertes Kleid mit Schürze. Ihre Strümpfe waren dick und braun, die Schuhe abgenutzt.

»Ich hab gewußt, daß da was faul war«, sagte sie schließlich. »In meinem Innersten hab ich das gewußt. *Engelmacherinnen* hat man früher die Frauen genannt, die den Mädchen sozusagen helfen sollten, die ihnen aber schließlich das Leben nahmen. So war es auch im Heim, oder? Ich hab's heute schon am Telefon gesagt, es ist gut, daß es geschlossen wurde, das hab ich gesagt.«

»Engel*macher* wären das wohl in diesem Fall«, sagte Moss mit zittriger Stimme und dachte daran, was mit Karen hätte passieren können, wenn sie nicht rechtzeitig gekommen wären. »Es ist nur eine Frau dabei, ansonsten sind an dieser Sache vor allem Männer beteiligt.«

»Ja, ja«, sagte Mildred aus Kruke und sah übers Meer. »Ja, ja. Ist der wirklich in die Sache verwickelt, dieser Dombestein?«

Moss nickte.

»Wir müssen zusehen, daß wir hier wegkommen«, sagte sie dann und preßte ihre Kiefer zusammen, um nicht mit den Zähnen zu klappern.

»Das ist mir schon klar«, sagte die Alte und schüttelte den Kopf. »Aber es ist ja für mich als alten Menschen nicht so einfach, etwas zu unternehmen. Wenn nur meine Nichte und ihr Mann bald kämen. Auf die warte ich nämlich. Sie sind mit dem Boot unterwegs.«

Sie setzte sich mühsam auf einen Stein. Strich mit zitternden Händen das Kleid über den Knien glatt.

Margaret fiel etwas ein, sie warf Roland, der an dem Fels neben ihr lehnte, einen Blick zu. »Verdammt! Der Koffer liegt noch im Auto. Zum Glück habe ich meine Umhängetasche mitgenommen. Im Bentley liegt nichts mit deinem Namen drauf, oder?«

Er sah einen Moment verunsichert aus, dann schüttelte er den Kopf. »Meine Jacke hab ich hier«, sagte er. »Und der Fahrzeugschein ist auf den Namen von August Angell ausgestellt.«

Während er das sagte, war plötzlich ein leises Brummen zu hören, und ein Kabinenkreuzer glitt ihnen durch die Meerenge entgegen. Mildred Gustavsen stand auf. »Da kommen sie«, sagte sie erleichtert.

Der Mann von Mildreds Nichte trug eine Schiffermütze, eine Helly-Hansen-Jacke und eine graue Hose.

»Aha«, sagte er und sah sich die kleine Gruppe an, die wie die Hühner auf der Stange aufgereiht auf dem Felsen saß. »Und wer ist das?«

Er hieß Bjarne Bråten und war Unternehmer.

Er bekam die ganze Geschichte zu hören – oder zumindest soviel, wie Margaret für nötig hielt.

»Ja, ja«, sagte er schließlich und sah über den Vrengensund hinaus. »So ist es also dem Bruderkreis ergangen. Ich kann ja offen sagen, wie es ist. Mir hat es mißfallen, daß diese Mädchen hier bei uns in der Gegend gewesen sind. Wir sind anständige Leute hier!«

Er blickte verstohlen zu Liv und Karen hinüber. Liv schnitt eine Grimasse.

»Und was haben Sie gedacht, wie sie hier wegkommen könnten?« fragte er.

Da erhob sich Mildred aus Kruke mühsam.

Sie ging schwerfällig über die Felsen und packte ihn am Arm. »Weißt du, Bjarne«, sagte sie, »ich hab mir gedacht, die Schurken werden nur darauf warten, daß die kleinen Mädels hier Richtung Stadt fliehen. Sie werden auf den Straßen nach ihnen suchen. Und da wäre es ja schlau, das Entgegengesetzte zu machen.«

»Und das wäre?« fragte Bjarne Bråten.

»Hast du nicht dein Boot da unten liegen?« fragte die Alte ruhig.

Bjarne Bråten betrachtete die Tante seiner Frau lange. »Aha«, sagte er schließlich. »Dann soll ich sie also retten!«

»Ja«, sagte Mildred. »So wie du dir die Finger nach dem Grundstück des Bruderkreises geleckt hast! Dank dieser beiden Mädchen steht das Haus jetzt leer. Du kannst es abreißen und Reihenhäuser bauen, so viele du willst!«

Bjarne Brätens Boot war luxuriös – in Anbetracht der Tatsache, daß es ein gewöhnlicher Kabinenkreuzer war.

Er verdiente offenbar gutes Geld mit seinem Unternehmen.

Als er seine Frau und deren Tante zum Auto begleitet hatte, das oben geparkt stand, kam er zurück, sprang an Bord und begann, die Vertäuungen zu lösen und die Persenning abzunehmen, die er gerade befestigt hatte. Die anderen warteten am Strand, bis alles fertig war, und gingen dann im Gänsemarsch über den schmalen Holzsteg an Bord.

Karen stolperte, als sie unter Deck sollte, Roland mußte sie beinahe hinuntertragen.

»Sie haben nicht zufällig Kaffee an Bord?« fragte Margaret Moss und sah Bjarne Bråten an. »Die Mädchen hier kippen uns nämlich bald um.«

»Unten gibt es einen Gaskocher«, sagte er. »Wasser ist im Plastikkanister, Pulverkaffee im Schrank. Nehmen Sie ordentlich Zucker, das soll gut sein bei Schock.«

Er schaute sie etwas resigniert an, dann ging er wieder hinauf auf den Bootssteg. Machte sich an irgend etwas zu schaffen. Er sah aus, als fühle er sich bei dem Auftrag, der ihm auferlegt worden war, unwohl. Und das war durchaus nachvollziehbar, dachte Moss, die sich jetzt schon seit so langer Zeit unwohl fühlte, daß sie ganz vergessen hatte, wie es war, wenn man sich entspannte und es sich gutgehen ließ.

Die Mädchen saßen auf je einer Sitzbank im Salon an

einem Tisch mit Schlingerkante. Roland Rud stand an das Schott gelehnt und drehte sich eine Zigarette. Moss hantierte mit der Gasflamme und den Kaffeebechern und gab sich Mühe, so ruhig wie möglich zu sein, wobei ihr beklemmend bewußt wurde, daß an dem stillen Abend jedes Geräusch zu hören war.

Wer konnte schon wissen, was sich an Land ereignete, wo sich das blaue Sommernachtsdunkel inzwischen verdichtet hatte und alle Konturen ausradierte.

Dann brummte es ein wenig, und der Schiffsrumpf erzitterte.

Der Motor lief, hinten blubberte es vom Propeller. Margaret setzte sich, lehnte den Kopf nach hinten und schloß die Augen. Sie war völlig erledigt.

Dort oben ging Bjarne Bråten mit langen Schritten auf und ab.

Sie brannte darauf, daß er fertig würde, damit sie bald den Bootssteg verlassen und hinaus in die Meerenge fahren könnten, weg von Nøtterøy. Da öffnete sie rasch wieder die Augen.

Zum Brummen des Motors war eine heftige und unregelmäßige Erschütterung gekommen, die sich zum Schiff, das mit der Breitseite am Steg lag, fortpflanzte. Das konnte nur eins bedeuten: Jemand lief über den schmalen Holzsteg.

Sie erhob sich jäh und schlug fast mit dem Kopf gegen die Decke, dann streckte sie den Kopf vorsichtig hinaus.

Eine lange Gestalt setzte den Fuß an Deck und sprang an Bord. Bråten sagte irgend etwas, und Margaret sah plötzlich, wer es war.

Vokter.

Der Hund sprang ihm ungeschickt und ängstlich hinterher und rutschte mit gespreizten Beinen über das glatte Deck.

»Ich bin zum Haus gegangen, aber zum Glück habe ich die Autos noch rechtzeitig gesehen«, flüsterte Vokter ganz außer Atem. »Vebjørn kam plötzlich angelaufen, ich konnte ihn gerade noch mitnehmen, als ich abgehauen bin, ich bin durch den Wald gelaufen und erst ein Stückchen weiter weg auf den Weg, ich hatte Angst, daß die mich vom Haus aus sehen. Dann bin ich stehengeblieben und hab überlegt, was ich machen soll. In dem Moment kam das Auto der Bråtens vorbei, und Beate hat angehalten und gesagt, wo ihr seid. Verdammt, was ist denn passiert?«

Margaret seufzte tief.

Spürte, was für eine Angst sie bekommen hatte, als sie die laufenden Schritte hörte.

»Weitere Erklärungen folgen später«, sagte sie leise. »Laß uns von hier wegkommen!«

An diesem Abend durfte nicht noch mehr geschehen.

Das Wasser kam auf der Gasflamme schnell zum Kochen. Während das Boot langsam aus der Bucht glitt, goß Margaret das heiße Wasser in den Becher, rührte Pulverkaffee hinein, versah zwei Portionen mit Zucker und verteilte die Becher in der Runde. Ihren eigenen nahm sie mit nach oben.

Moss setzte sich auf den Sitz neben Bråten, es war ein hoher, barhockerartiger Stuhl mit gepolsterten Armlehnen und einer kräftigen Rückenlehne.

So ein Kreuzer zog vermutlich ziemlich ab, wenn der Motor mit voller Kraft voraus fuhr.

Das tat er jetzt nicht. Er dröhnte nur, tief unten in Baßlage, und schob das große Boot langsam aus der Meerenge von Vrengen hinaus mit Kurs auf das offene Meer. Die riesigen Radarkuppeln auf Mågerø leuchteten gespenstisch in der Nacht, am linken Ufer lagen luxuriöse Wochenendhäuser wie Perlen auf einer Schnur. Sie sahen aus wie hochnäsig gewordene Bootshäuser.

Das waren sie sicher auch.

Der Wind kam aus Südwest. Sie trank einen Schluck heißen Kaffee und verbrannte sich die Zunge. Dann atmete sie tief durch.

Sie waren beinahe draußen im Oslofjord.

»Søndre Årøya«, murmelte Bråten. »Jetzt beschleunigen wir.«

Und dann gab er ordentlich Gas. Das Boot legte sich unmerklich ein wenig nach hinten. Der Motor heulte auf, aber noch immer leise und zivilisiert.

Es war, wie gesagt, ein teures Schiff.

»Müssen wir nicht an Bolærne vorbei?« rief Margaret.

»Doch«, rief er zurück. »Ich hab mir aber gedacht, wir fahren rüber auf die andere Seite des Fjords, ich will diese Verrückten umgehen, wer weiß, ob die nicht irgendwo ein Boot finden. Wir fahren lieber an der östlichen Seite entlang.«

»Haben Sie vielleicht ein Telefon?«

Er nickte mit dem Kopf. Dort drüben gab es ein richtiges UKW-Sprechfunkgerät.

»Alle Achtung«, sagte Moss.

»Hin und wieder machen meine Frau und ich weite Reisen«, sagte er. »Da nützt ein Mobiltelefon gar nichts.«

Nein, vermutlich nicht. Er half ihr, die Privatnummer von Inspektor Averøy herauszufinden. Freuen würde ihr ehemaliger Chef sich wohl nicht gerade, zu Hause und mitten in der Nacht von ihr angerufen zu werden, aber Not kennt nun mal kein Gebot, und er war ironischerweise der einzige, der ihr glauben würde.

So lange kannten sie einander immerhin.

Als er ans Telefon kam, klang seine Stimme rostig und sehr überrascht, aber er faßte sich schnell.

Moss berichtete, während das Boot durch den Oslofjord fuhr und der Leuchtturm von Fuglehuk seine gleichmäßigen Signale aussandte, und noch bevor sie fertig war, funkelten ihnen die Lichter von Østfold auf der anderen Seite des Fjords entgegen.

»Was ist das da drüben?«

»Hankø«, sagte Bjarne Bråten.

Sie strich das Haar nach hinten und spürte, daß ihr Rükken naß vor Schweiß war.

Es war nicht gerade lustig gewesen, ihren ehemaligen Chef in die Angelegenheiten einzuweihen.

Er hatte verblüffend ruhig reagiert, hatte beinahe kein Wort gesagt, während sie sprach.

Sie gähnte kurz.

Es war an der Zeit, einiges zu klären. Sowohl mit den Mädchen als auch mit Vokter.

Jemand ergriff ihre Rückenlehne, sie drehte den Kopf, und da stand der Ritter der Landstraße und der Held aus den großen Wäldern, Roland Rud. Eine Zigarette hing ihm von der Unterlippe, und er hatte seine Lederjacke angezogen. Er nickte zum Funkgerät hinüber.

»Hast du Meldung gemacht?«

Sie nickte. »Averøy hat gesagt, wir müssen direkt ins Polizeipräsidium, wenn wir da sind. Aber ich muß erst mal in meinem Kopf Ordnung schaffen.«

»Wir gehen ein bißchen unter Deck«, sagte sie, griff sich den Kaffeebecher und verschwand die steile Treppe hinunter.

Der Salon war winzig, aber davor lag ein weiterer Raum mit zwei Schlafkojen. Eine Toilette gab es auch, mit Waschbekken und einem Spiegel, umrahmt von rosa Plastikblumen.

Vermutlich Beate Bråtens weibliche Hand.

Liv saß mit angezogenen Füßen. Auf der anderen Sitzbank lag Karen in Vokters Armbeuge und schien halbwegs zu schlafen. Er sah selbst so aus, als schliefe er. Roland stand an das Schott gelehnt und hatte die eine Hand an den Türrahmen zum Cockpit gelegt. Der Hund schlief ausgestreckt unter dem Tisch.

»Wir müssen uns unterhalten«, sagte Margaret Moss.

Karen öffnete die Augen. »Ich bin so müde.«

»Das weiß ich, aber der Schlaf muß warten. Kannst du nicht erst mal erzählen, wo du gewesen bist, Vokter, dann fangen wir eben bei dir an.«

Vokter richtete sich auf. Rieb sich schnell über den kurzgeschorenen Kopf. »Ich war in Sandefjord«, sagte er langsam. »Am Tag vor Mittsommer bin ich losgefahren. Ich wollte ein paar Kumpels mit einem Boot helfen. Aber erst wollte ich sehen, wie es meinen Eltern ging. Ich hatte meine Mutter angerufen, und sie hatte erzählt, daß etwas passiert sei. Sie wollte am Telefon nicht darüber reden. Als ich hinkam, habe ich auch nicht viel mehr erfahren. Sie hat nur gesagt, sie hätten die Anweisung erhalten, das Heim zu räumen.«

Vokter saß vornübergebeugt, die Ellenbogen hatte er auf die Knie gestützt, die Hände locker gefaltet. Karen starrte ihn aus den schwarzen Augen in ihrem blassen Gesicht an.

Wegen plötzlicher seitlicher Wellen mußten sie sich an etwas festhalten, Roland sah ganz kurz aus dem kleinen Fenster. Das hätte er sich sparen können, draußen war es stockdunkel.

»Und was dann?« fragte Margaret Moss.

»Ach, ich habe meiner Mutter mit einigen praktischen Dingen geholfen, sonst gab's nicht viel zu tun. Sie könnten solange in der Hausmeisterwohnung in Sagene wohnen. Sie wußte nicht, warum das Heim aufgelöst werden sollte, es hieß wegen Geldmangel, aber ihr war nicht klar, warum die Entscheidung so schnell getroffen worden war. Die Mädchen sind überallhin verstreut. Ich bin nach Sandefjord gefahren, ich konnte ja nichts ausrichten. Ein paarmal habe ich versucht, Karen anzurufen, als sich abzeichnete, daß sich die Arbeit am Boot meiner Freunde in die Länge ziehen würde, aber sie hatte das Telefon nie angeschaltet.«

»Ich habe es verloren«, sagte Karen. »Als ich nach ... als sie mich abgeholt und nach Nøtterøy gebracht haben.«

»Blomquist hat es an sich genommen«, sagte Moss. »Und darüber solltest du froh sein, sonst wäre ich nicht hier gewesen. Jetzt mußt du noch sagen, warum du hergekommen bist, ausgerechnet heute.«

Er sah sie an. »Ich habe Familie Bråten angerufen«, sagte er. »Heute nachmittag. Nur die Alte war zu Hause, Mildred.

Ich dachte, sie wüßten, ob noch jemand im Heim wäre. Ich hatte mir solche verdammten Sorgen gemacht, weil Karen nicht zu erreichen war. Ich hatte Sie auch angerufen«, sagte er und sah Margaret Moss an. »Viele Male. Sowohl Sie als auch die Frau im Erdgeschoß, Ihre Tante. Aber es war nie jemand zu Hause. Nur der Anrufbeantworter.«

»Du hast befürchtet, daß du mit deiner Annahme richtig gelegen hast«, sagte Moss. »Daß der Leiter des Bruderkreises in kriminelle Dinge verwickelt war und daß deshalb das Heim so schnell abgewickelt wurde. Und als Karen nicht ans Telefon gegangen ist, warst du dir sicher, daß sie sie entführt hatten. War das so?«

Er nickte. »Ich hab an dieses Auto da gedacht«, sagte er. »Auf Ekeberg. Das sie verfolgt hatte. Und dann hab ich in Sandefjord eine aus unserer WG getroffen, Frida, weißt du«, sagte er zu Karen gewandt. »Und sie hat gesagt, Karen sei zu mir gefahren. Nach Tønsberg nämlich.«

Er rieb sich über den kurzgeschorenen Kopf.

»Und dann hast du angerufen und mit Mildred gesprochen. Was hat sie gesagt?«

»Daß Dombestein zusammen mit zwei anderen Typen da gewesen sei. Und daß sie mit Ihnen gesprochen hätte, mit Ihnen beiden.«

Er nickte zu Margaret und Roland hinüber.

»Wie konnte sie wissen, wer wir waren?« fragte Moss.

»Sie sagte, es sei eine große, dunkelhaarige Frau da gewesen, die sehr aufgeregt wirkte, und ein Typ mit Pferdeschwanz und Zigarette«, sagte Vokter und lächelte ein wenig. »Und ich hab mir gedacht, das konnten nur Sie sein.«

»Und da hast du richtig Angst bekommen«, sagte Moss.

Er nickte. »Ich hab Panik gekriegt. Ich bin einfach abgehauen, direkt nach Tønsberg. Ich hab mir für mein letztes Geld ein Taxi genommen. Das Geld reichte nicht länger als bis Teie. Da hab ich mir ein Rad geklaut, aber ich hatte totales Pech, es war nämlich kaputt, der Schlauch hat die ganze Zeit Luft verloren. Ich mußte in einem fort anhalten und aufpumpen. Am Ende hab ich aufgegeben, ich habe es in einen Graben geworfen und bin statt dessen zu Fuß weitergegangen.«

»Und Vebjørn?« sagte Karen, und ihre Stimme hatte endlich wieder Farbe bekommen.

»Er ist davongelaufen, als das Taxi in Teie hielt«, sagte Vokter müde. »Er ist einfach verschwunden. Er muß begriffen haben, wo ich hinwollte, er ist ja früher schon mal hier gewesen.«

Moss rieb sich die Augen.

Dann blickte sie auf die Armbanduhr.

»Warte mal«, sagte sie.

Ging zu Bråten aufs Deck hinauf.

Er saß breit und sicher auf seinem Platz. Vor ihm leuchtete es grün und gespenstisch vom Kommandostand.

»Alles klar?« fragte sie.

Er drehte sich um und warf ihr einen Blick zu. »Wir haben gutes Wetter«, sagte er. »Ruhig und schön. Aber dahinten kommt irgendwer, ich weiß nicht, vermutlich bloß irgendein Verrückter, der sich was beweisen will.«

Moss streckte den Hals und spürte, wie ihr Herz einen Sprung machte, bevor es im Expreßtempo zu pochen begann.

Ganz richtig, dort hinten kam ein Boot.

»Wo sind wir jetzt?« fragte sie.

»Auf der Höhe von Moss«, er nickte Richtung Osten.

Die Lichter vom Fähranleger waren weiß und intensiv.

»Haben Sie noch mehr zu bieten?«

»Der Motor, meinen Sie?«

Sie nickte.

»Sicher«, sagte er, und seinem Gesicht war anzusehen, daß die Höchstgeschwindigkeit noch längst nicht erreicht war. Beate Bråten schätzte hohe Geschwindigkeiten wohl nicht so sehr.

»Ich gehe wieder runter«, sagte sie. »Rufen Sie mich, wenn was passiert.«

»Jetzt bist du dran«, sagte sie, als sie wieder unten war, und sah Liv an.

Sie saß zusammengekauert auf der Bank, hatte die dünnen Beine angezogen und drehte an einer blonden Locke.

Roland mußte ihr eine Zigarette gedreht haben, denn neben ihr stand ein Aschenbecher, in dem ein halbgerauchter Zigarettenstummel lag.

»Karen sagt, daß du diese Leute da von früher kennst, und ich kenne dich ja erst seit diesem Maisonntag im Heim«, sagte Moss, um das Gespräch mit Liv in Gang zu bekommen.

»Na ja, ich bin vor etwas über einem Jahr zu Liss Larsen und den anderen gekommen«, sagte Liv langsam und sah sie mit verschlossenem Gesicht an.

Es war eine Weile still. Karen sah nach unten, und Roland tastete wieder nach dem Tabakpäckchen. Vokter starrte an die Decke.

Liv räusperte sich, dann fuhr sie fort: »Als ich nach Bislett kam, habe ich zunächst unten gearbeitet, Intimmassage und so was, später hab ich das Angebot bekommen, nach oben zu ziehen, und das hab ich natürlich angenommen. Oben hat man mehr verdient. Ich selbst hatte Dombestein nicht als Kunden, aber mir war klar, daß er ab und zu nach Bislett kam. Wir sollten es nicht erfahren, aber einige von uns wußten trotzdem davon. Wir haben ein bißchen darüber gegrinst, daß er, der in der Zeitung so tugendhaft und moralisch auftrat, insgeheim bei uns verkehrte. Und er wollte Spezialbehandlungen. Das mochten nicht alle Mädels. Er stand auf SM und so was. Ich würde es nicht über mich bringen. Ich hab noch nie so was gemacht.«

Sie sah Margaret direkt in die Augen.

»Weißt du, wer das Ganze betrieben hat?« fragte Margaret nur. Liv zuckte die Schultern.

»Irgend jemand wird's schon sein«, sagte sie.

»Dombestein soll ein Mädchen umgebracht haben«, sagte Margaret. »Weißt du irgendwas darüber?«

»Nein«, sagte Liv. »Aber da war irgendwas mit einem anderen Mädchen, direkt nachdem ich angefangen hatte. In Bislett.«

»Also vor ungefähr einem Jahr?« fragte Margaret. Liv nickte.

Eines Nachts hatte sie nicht schlafen können.

Und sie wollte in die kleine Teeküche gehen, die die Mädchen sich teilten, etwas dasitzen, sich eine Tasse Tee kochen. Doch in der Küche war schon jemand, und es wurde gestritten. Sie erkannte die Stimmen von Boye Blomquist und Liss Larsen und wurde neugierig.

»Damals fand ich das, was sie so machten, spannend«, sagte sie und sah kurz zur Seite. Ihre hellen Augen waren graugrün, beinahe wie bei einem Husky. »Ich dachte, ich wäre endlich ins richtige Leben gekommen. Dort, wo was abging.«

»Was meinst du damit, was abging?« sagte Moss.

Ach, das konnte Liv nicht erklären, aber unter dem Deckmäntelchen eines Massageinstituts verbarg sich nicht nur ein gutgehendes Bordell, sondern hinter dem Bordell schien sich noch mehr zu verstecken, irgend etwas, das die Mädchen nichts anging. »Große Summen wechselten den Eigentümer, teure Anzüge, teure Autos, ich glaube, ein Teil des Geldes wurde durch Einbrüche und so herangeschafft«, sagte Liv. »Nicht, daß Boye Blomquist und Liss Larsen solche Dinge selbst getan hätten, aber im zweiten Stock gingen Leute ein und aus, die nichts mit uns zu tun hatten. Da gab es auch viel Stoff. Man konnte kriegen, was man wollte, Speed, Kokain, Heroin, Morphium.«

»Wußten alle Mädchen davon?«

Liv schüttelte den Kopf. Sie glaubte nicht.

Dann erzählte sie weiter von der Nacht, in der sie den Streit gehört hatte. »Liss war verdammt sauer«, sagte sie. »Blomquist versuchte sie zu beruhigen, sie haben von einem Mädel geredet, ich weiß nicht, von wem, aber Liss sagte etwas wie: ›War es denn nötig, sie umzubringen?‹ Und Boye hat gesagt, ja, das sei nötig gewesen. Und daß es doch ganz gut gepaßt habe, daß Marlon, der ihr den ersten Schuß verpaßt hätte, ihr jetzt auch den Goldenen Schuß gesetzt habe. Dann hat er gelacht. Da habe ich es mit der Angst zu tun gekriegt und habe mich gefragt, wovon sie eigentlich geredet haben, weil Marlon *mir* eine Woche zuvor den ersten Schuß gesetzt hatte.«

Dann hatte Liss Larsen etwas gesagt, was Liv nicht hören konnte, und darauf hatte Boye Blomquist geantwortet: »Sie hätte es ja ebensogut selbst tun können, jederzeit, sie war erledigt!« Und Liss hatte gesagt: »Was meinst du mit erledigt?« Und Boye hatte geantwortet, daß er keinen Sinn darin sehe, sich über eine kleine Nutte zu streiten, die sich früher oder später ohnehin den Goldenen Schuß gesetzt hätte. Und da hatte Liss Larsen gesagt, das Mädel sei nicht auf Heroin gewesen, als es bei ihnen angefangen hätte. Da hatte Liv sich nicht getraut, länger zu lauschen, sondern war zurück in ihr Zimmer geschlichen.

»Aber das war der Moment, wo ich gedacht habe, daß ich aufpassen muß«, sagte sie.

»Wie bist du auf Nøtterøy gelandet?«

»Ich wollte nicht länger in Bislett bleiben, und ich habe zu Liss gesagt, ich wollte aufhören, ich könnte nicht mehr. Ich hätte mich auf massenhaft Therapieplätze beworben, um von dem Zeug loszukommen, ich könnte einfach nicht mehr. Aber alle Plätze seien belegt. Da hat Liss plötzlich gesagt, ich könne in ein Heim, das sie kenne, bei Tønsberg. Wieder ein bißchen Fleisch auf die Rippen bekommen, zu Kräften kommen. Ich war damals ziemlich fertig. Und dann bin ich nach Nøtterøy gekommen. Dorthin.«

Sie nickte mit dem Kopf in die Richtung, aus der sie gekommen waren.

Dann fixierte sie Margaret mit ihren hellgrünen Augen. »Ich glaube nicht, daß sie mich gerne haben gehen lassen«, sagte sie. »Ich glaube, ihnen war klar, daß ich mehr wußte, als gut war. Ich habe es gemerkt, als ich eine Weile auf Nøtterøy gewesen war. Liss rief oft an, um zu hören, wie es mir ging. Ich glaube, sie wollte sich vergewissern, daß ich nicht abgehauen war.«

Margaret Moss rieb sich das Gesicht.

»Boye Blomquist«, sagte sie. »Der Name kommt mir so bekannt vor. Ich glaube, ich weiß, wer das ist, ich hätte ihn wiedererkennen müssen. Vor ein paar Jahren ging eine Sache durch die Presse, als die Anwohner versuchten, zwei Bordelle in Grünerløkka schließen zu lassen. Damals war Blomquist der Rechtsanwalt des Hausbesitzers. Der Verdacht wurde geäußert, daß dort mit Drogen gehandelt würde und daß es Hehlerei in großem Stil gebe. Aber er ist ein aalglatter Kerl. Die haben ihm nichts nachweisen können, soweit ich weiß.«

Draußen rief Bråten irgend etwas, und Moss erhob sich schnell und ging hoch.

Gerade passierte ein Boot, und das grüne Steuerbordlicht leuchtete zu ihnen hinüber.

»War bloß ein Deutscher«, rief Bråten über das Motorengedröhn und das Rauschen der Wellen hinweg. »Er ist so schnell herangekommen, daß ich gedacht hab, es ist mindestens Dombestein höchstpersönlich!«

Er lachte ein wenig.

»Ich werde Ihnen ewig dankbar sein«, sagte Moss und sah den Mann von Mildreds Nichte an.

»Das Grundstück des Heims würde mir ja reichen«, grinste er. »Wenn Sie mir das sichern könnten?«

»Das ist die Frage«, sagte Moss.

Sie fühlte sich, als würde sie jeden Moment umkippen, so müde war sie.

Die feuchte Seeluft drang durch die Kleidung, sie fröstelte.

Aber sie hatten überlebt, davon war sie eine Weile lang gar nicht so überzeugt gewesen.

Die Morgensonne schien schräg und bleich in den Osloer Hafen, als sie langsam in Pipervika hineinglitten und Bjarne Bråten am Akershuskai anlegte.

An Deck stand auf unsicheren Beinen eine Auswahl bleicher und müder Gestalten sowie ein zotteliger Hund und am Kai ein Polizeiauto, dessen Fahrertür offenstand. Drinnen saß Inspektor Ansgar Averøy.

»Na«, sagte er, als Margaret Moss an Land gegangen war. »Wie geht's, wie steht's? Du siehst sehr müde aus. War eine lange Nacht, was?«

28

There's no room in my heart for the blues.
Love is satisfied to leave when I lose.
Darlin', if I pass these parts let there be no broken hearts,
there's no room in my heart for the blues.

Rose/Turner

Um elf Uhr schien die Sonne mit voller Kraft auf den Innenhafen.

Die Möwen schrien, die Touristen scharten sich um die Sightseeingboote, die Straßenbahn klingelte, die Nesoddfähren kamen und gingen, zwei vom Fang zurückgekehrte Fischkutter lagen an der Anlegestelle.

Bertelsens Boot war nicht darunter, registrierte Margaret.

Karen und Vokter waren schon nach Smestad vorgefahren, Margaret hatte das Bedürfnis, jetzt ein bißchen mit ihrer Tochter zusammenzusein.

Sich zu vergewissern, daß alles in Ordnung war.

Sie selbst und Roland Rud hatten Bjarne Bråten vom Polizeipräsidium zu seinem Boot begleitet und gesehen, daß er wohlbehalten abgefahren war, bevor sie Richtung Rådhusplassen geschlendert waren.

Moss sagte zunächst nur wenig, sie hatte zuviel im Kopf.

Didrik Dombestein hatte Averøy gegenüber ein volles Geständnis abgelegt.

Das hätte sie nie für möglich gehalten. Aber Boye Blomquist und Marlon Gundersen waren wie vom Erdboden verschluckt.

Ansgar Averøy war direkt nach Margarets nächtlichem Anruf nach Nøtterøy gefahren. Als Moss sich verblüfft zeigte über eine so schnelle Reaktion auf das, was sie selbst für ein ziemlich wirres Gerede über Sprechfunk gehalten hatte, sah er sie an. Die Ellenbogen auf den Schreibtisch gestützt und die Fingerkuppen gegeneinandergepreßt, die Geste, die sie in den Jahren, als er ihr Vorgesetzter gewesen war, am meisten gestört hatte. Dann hatte er sie gefragt, ob sie allen Ernstes glaubte, daß sie sich als einzige auf der Welt für verschwundene Mädchen und Hehlerei interessierte.

Die Polizei hatte sich mit der Sache nur aus einer anderen Perspektive befaßt.

Als sie angerufen und von den Mädchen erzählt hatte, die auf dem Dachboden des Ferienheims eingeschlossen gewesen waren, und gesagt hatte, daß Boye Blomquist vor einigen Stunden noch im Hotel Klubben in Tønsberg gesessen habe und sich zur Zeit vermutlich im Ferienheim auf Nøtterøy befinde – da hatte Ansgar Averøy sofort gehandelt und war zusammen mit einem Assistenten Richtung Süden gefahren. Der Ordnung halber hatte er auch den Kollegen in Tønsberg während der Autofahrt telefonisch Bescheid gegeben. Er war zusammen mit der örtlichen Polizei um zwei Uhr fünf am Ferienheim des Bruderkreises eingetroffen.

Moss hatte Averøy unter vier Augen gesprochen. Roland und die drei Jugendlichen waren verhört worden und warteten zusammen mit einer Polizeiwachtmeisterin in der Kantine.

Moss hatte sich alles verkniffen, was sie gerne gesagt hätte, und schweigend zugehört.

Durch die akribische und zeitraubende Arbeit, bei der man versucht hatte, Boye Blomquist etwas zu entlocken, hatte die Polizei ein wachsames Auge auf den Bordellbetrieb in Bislett und dessen Kunden gehabt. An jenem kühlen Tag im März, als Margaret und Willy Bertelsen die Wasserleiche gefunden hatten, wußte die Polizei schon lange von der Verbindung des Parlamentsabgeordneten Dombestein mit dem zweifelhaften Rechtsanwalt.

Moss warf schnell ein: »Handelte es sich dabei um das Mädchen, von dem Blomquist und Marlon Gundersen gesprochen hatten und das an Land getrieben war?«

Averøy nickte.

»Und Dombestein hatte sie ins Wasser geworfen?«

Er nickte wieder und sah aus, als zögerte er etwas, dann sagte er: »Nun ja, du kannst es ebensogut erfahren.«

Dann schenkte er ihr noch eine Tasse bitteren Kaffee ein, klappte einen Ordner auf und begann mühsam von vorne, das heißt mit Didrik Dombesteins erstem Kontakt zu Boye Blomquist.

Dieser fand 1994 statt, als der Stortingsabgeordnete zum erstenmal eine gewisse Telefonnummer wählte. Liss Larsen ging ans Telefon, und von diesem Tag an war Dombesteins Schicksal besiegelt. Die Kombination aus einem Volksvertreter pietistischer Herkunft und einem hohen Verbrauch an Prostituierten erwies sich schließlich als fatal.

»Er muß doch Angst davor gehabt haben, wiedererkannt zu werden«, meinte Moss.

Doch, das hatte er auch gehabt, sagte Averøy. Und das Unvermeidliche war geschehen, aber erst zwei Jahre später. Eines Abends saß eines der Mädchen in der Bar des Hotels Plaza und prahlte damit, daß sie einen Stortingsabgeordneten als Kunden hätte, und deutete auch an, wer es sei.

Das fiel in die Zeit, als Dombestein begonnen hatte, sich als Politiker stärker zu profilieren als zuvor, was nicht zuletzt mit seinen vielen öffentlichen Ausfällen gegen Homosexuelle zu tun gehabt hatte.

Zufällig war ein Journalist von ›Verdens gang‹ an diesem Abend im Hotel Plaza gewesen. Am nächsten Tag hatte er das Massageinstitut angerufen, sich für einen Kunden ausgegeben und nach dem Mädchen gefragt, aber Liss Larsen hatte Verdacht geschöpft und gesagt, daß es hier niemanden mit diesem Namen gebe.

Dann hatte er seine Identität gelüftet und verraten, wer er sei. Er hatte angedeutet, daß es für denjenigen, der bereit sei, aus dem Nähkästchen zu plaudern, gutes Geld zu verdienen gäbe. Liss Larsen hatte nicht angebissen. Sie hatte so getan, als habe sie nicht begriffen, was er meinte, und aufgelegt.

Sie und Boye redeten mit dem Mädchen, das sich jedoch als unerwartet widerborstig entpuppte. Sie forderte Schweigegeld.

Das bekam sie nicht, und die beiden drohten ihr massiv.

Doch sie war dadurch keinesweg so eingeschüchtert, wie sie erwartet hatten. Ganz im Gegenteil – sie schrieb einen Erpresserbrief an Dombestein in der Hoffnung, statt dessen von ihm Geld zu bekommen.

Und Dombestein bezahlte, aber verheimlichte das vor Blomquist und Liss Larsen.

Einmal, zweimal, dreimal. Jedesmal zehntausend Kronen.

Das Mädchen war wie verhext von der Macht, die sie jetzt hatte.

Sie sprach immer häufiger davon, zu kündigen und in einer schönen Wohnung einen eigenen Betrieb zu starten.

Wenn sie betrunken war, drohte sie damit, an die Presse zu gehen.

Alles zu erzählen.

Da beschloß Boye Blomquist einzugreifen.

Eines Tages fanden ein paar Kinder ein totes Mädchen auf einer Bank im Stensparken. Die Polizei registrierte sie als Drogentote. In Wirklichkeit war die letzte Spritze im Leben des Mädchens von Marlon Gundersen gesetzt worden, der sie später im Schutz der nächtlichen Dunkelheit in den Park geworfen hatte.

Didrik Dombestein hatte Bescheid bekommen, daß das Mädchen ihn nicht mehr plagen würde.

Ihm war bewußt, was sie getan hatten, und er litt unter Schuldgefühlen, war aber zugleich ausgesprochen dankbar. Bald sorgte Blomquist dafür, daß er auch an anderen Dingen litt: Die Gelder, die Dombestein dem Mädchen gegeben hatte, waren von den verschiedenen Konten des Bruderkreises abgezweigt worden, die zu diesem Zeitpunkt insgesamt bedeutende Summen aufzuweisen hatten. Als Dombestein dumm genug gewesen war, diese Tatsache gegenüber dem Trio von Bislett zu erwähnen, war die Sache entschieden.

Blomquist setzte dort an, wo das Mädchen aufgehört hatte, und erpreßte weiteres Geld von Dombestein.

Jetzt konnte der Rechtsanwalt zusätzlich mit einem Todesfall drohen – eine Sache war es, als Kunde eines Bordells entlarvt zu werden, aber etwas ganz anderes, an einem Mord mitbeteiligt zu sein, hatte Blomquist gesagt.

Dombestein glaubte ihm das.

Der Druck, der auf dem Stortingsabgeordneten lastete, hatte im Winter seinen Höhepunkt erreicht. An einem kalten Märztag hatte Dombestein auf einer Sitzung der Parteiführung erfahren müssen, daß er seinen Platz auf der Abgeordnetenliste im Herbst verlieren werde, wenn er sich in den folgenden Monaten nicht vorsichtiger verhalte. Sie hatten genug von den Schlagzeilen in den Zeitungen, hatten sie gesagt. Dombestein, der sich bewußt war, zu welchen weiteren Skandalschlagzeilen es noch kommen könnte, schwitzte und kroch und versprach, ein braver Junge zu sein. Keine Pressekonferenzen mehr zum Thema registrierte gleichgeschlechtliche Lebensgemeinschaften, hatte der Parteivorsitzende gesagt.

Gegenüber den Zeitungen keine Äußerungen über Homosexuelle. Er hatte auch angedeutet, daß er von dem unerklärlichen Loch im Haushalt des Bruderkreises wisse.

Als Dombestein an diesem Tag das Storting verließ, befand er sich mit anderen Worten in einem starken Erregungszustand. Er fühlte sich gedemütigt und schikaniert. Und statt nach Hause zu fahren, tat er etwas, was er schon sehr lange nicht mehr getan hatte: Er holte sein Auto und drehte eine Runde in der Øvre Vollgate.

Vielleicht brauchte er Trost, vielleicht wollte er Blomquist und dem Rest der Welt beweisen, daß er allein zurechtkam, daß er tat, was er wollte. Jedenfalls sammelte er ein Mädchen auf, nahm sie in seinem schwarzen Mercedes mit und fuhr den Mossevei hinunter zum Parkplatz an der Hvervenbukta.

Das Mädchen, das vermutlich mit einem schnellen und einfachen Job gerechnet hatte, wurde unangenehm überrascht. Der große, schwere Mann hatte sie mit auf den Rücksitz geholt, wo er sie mit seinem Körper in den Schwitzkasten nahm. Dann hatte er ihr Jacke und Bluse ausgezogen und begonnen, sie zu schlagen.

Das Mädchen hatte versucht, sich zu befreien, sie hatte gerufen und geschrien, doch an diesem dunklen Abend war der Parkplatz leer und öde. Da hatte das Mädchen das getan, was die letzte Tat ihres Lebens werden sollte, sie hatte haß- und angsterfüllt gezischt, daß sie wisse, wer er sei. Daß sie es gesehen habe, sobald sie sich ins Auto gesetzt habe, daß er eine Null sei und ein Arschloch und daß sie ihn bei der Polizei wegen Gewaltanwendung anzeigen werde.

Da war eine große Raserei über ihn gekommen, hatte er zu Averøy gesagt. Er hatte dem Mädchen die Hände um den Hals gelegt und zugedrückt, lange.

Als er begriffen hatte, daß sie tot war, hatte ihn die Panik gepackt, er war aus dem Auto gestiegen und hatte eine Dekke über sie geworfen.

Dann war er losgefahren, es hatte ihn nicht gekümmert, wohin, aber er war wieder zu sich gekommen, als er in voller Fahrt auf der E 6 Richtung Süden unterwegs war.

Nach einigen Kilometern hatte er bei einer Tankstelle gehalten, hatte dort die Toilette benutzt, sich gewaschen und das Gesicht gekühlt. Hatte versucht, klar zu denken.

Eine ganze Weile hatte er sich in dem winzigen Spiegel betrachtet.

Hatte gedacht, daß es diesmal nicht Boye Blomquist gewesen war, der ihm aus der Klemme geholfen hatte, das hatte er selbst geschafft. Der Gedanke tröstete ihn. Verlieh ihm ein Gefühl von Stärke. Er war nicht von irgendwelchen schofligen Kriminellen abhängig, um sein Leben in den Griff zu bekommen!

Er hatte die Toilette verlassen und war in den Tankstellenshop gegangen, wo er sich ein Mineralwasser und einen zusammenklappbaren Fünfundzwanzig-Liter-Kanister aus Plastik gekauft hatte.

Dann fuhr er weiter und bog Richtung Westen zum Nesodden ab. Als Zugereister kannte er sich im Umland von Oslo kaum aus, aber ihm war klar, daß er das Mädchen ein gutes Stück außerhalb des inneren Fjordbeckens ins Wasser werfen mußte, wenn er kein allzu großes Risiko eingehen wollte.

Er suchte in der Dunkelheit lange nach einem Seitenweg zum Oslofjord hinunter und entdeckte schließlich einen. Der war steil und unwegsam, und er mußte das Mädchen auf den letzten hundert Metern hinter sich herschleppen, aber er schaffte es.

Er hatte den Kanister an ihre Fußknöchel gebunden, ihn mit Wasser gefüllt und das Ganze an einer Stelle ins Wasser hinuntergerollt, von der er meinte, daß sie mehr als tief genug sei.

Dann war er nach Hause gefahren.

Ein paar Wochen lang hatte er sich zurückgehalten, aber in den Zeitungen stand nichts über ertrunkene Mädchen.

Er begann sich sicher zu fühlen. Er hatte es geschafft.

Dann kam der unglückselige Drang wieder über ihn, es gelang ihm nicht, einer weiteren Fahrt nach Bislett zu widerstehen. Dort merkte Blomquist, daß irgend etwas passiert sein mußte, und bald hatte er ihm die Geschichte entlockt – wenn nicht die ganze, so doch zumindest die halbe.

Jetzt war Dombestein eine Bedrohung für Blomquists sorgfältig aufgebautes Kartenhaus geworden, denn Dombestein erwies sich als labile Persönlichkeit mit schwach ausgeprägter Selbstkontrolle. Ebensowenig wie es ihm gelungen war, Boye den Mord zu verschweigen, ebensowenig würde er anderen Menschen gegenüber den Mund halten können.

»Genau an dem Tag«, sagte Margaret Moss und setzte sich auf den äußersten Rand der Honnørbrygga, »als Blomquist begann, sich über seine eigene Sicherheit und sein gewinnbringendes Unternehmen Sorgen zu machen, war ich im Bordell. Ich habe meinen vollen Namen angegeben. Und am Tag danach habe ich Kristoffer Kolbjørnsen und seine Schwester in Manglerud besucht, noch immer unter vollem Namen. Und jetzt rate mal, wessen Mutter im gleichen Mietshaus wie Kolbjørnsens wohnt? Die Mutter von Marlon Gundersen. Dann sind Jorun und ich nach Nøtterøy gefahren – kein Wunder, daß Boye Blomquist geglaubt hat, ich bin ihnen auf der Spur! Außerdem haben sie herausgefunden, daß ich die Mutter von Karen bin, die wiederum mit dem Sohn des Heimleiterpaares auf Nøtterøy zusammen ist. Natürlich haben sie gedacht, alles hinge zusammen.«

»Und das Mädchen im Meer?« sagte Rud.

»Sie hieß Siren irgendwas. Kam aus Bergen, war etwa siebenundzwanzig und schon lange drogenabhängig. Eines der anderen Mädchen hatte sie in einen schwarzen Mercedes einsteigen sehen, bevor sie verschwunden war. Die Polizei war ohnehin dabei, Dombestein einzukreisen, die Freundin des Mädchens hat sich an die Buchstabenkombination auf dem Nummernschild erinnert und an zwei der Ziffern. Sie hat gesagt, daß die Mädchen sich ab und zu die Autos merken. Sie haben eine Art Instinkt für so etwas – wer von den Freiern gefährlich ist.«

»Und was ist mit Blomquist und Gundersen?«

»Die waren schon abgehauen, als Averøy auf Nøtterøy eintraf. Dombestein lag halb ohnmächtig auf dem Dachboden. Es brannte im Treppenhaus. Irgend jemand hatte kanisterweise Petroleum über alte Zeitungen und anderes Gerümpel gegossen. Ich erinnere mich daran, daß Marlon Gundersen irgendwas aus dem Auto geladen hat, als sie aus Tønsberg kamen. Auf die Weise wollten sie vermutlich das Haus, die Mädchen und Dombestein loswerden.«

Sie schauderte.
Zog alle zehn Finger durchs Haar.
Dachte an die Einstichstellen auf Karens Arm und daran, wie schwer es gewesen wäre zu beweisen, daß sie keine der vielen Drogenabhängigen war.
Obwohl man das vielleicht während der Obduktion hätte feststellen können. Rauschgiftsüchtige bekamen doch solche Verdickungen in den Wänden der häufig angestochenen Adern, sogenannte Thrombosen, oder nicht?
Bente Bertelsen war übrigens aufgefunden worden, hatte Averøy gesagt.
Er hatte sich der Angelegenheit angenommen.
Sie war vorläufig als Drogentote registriert worden, doch unter diesen Umständen würde auch das noch einmal neu aufgerollt werden.
Sie schüttelte sich wieder.
Rieb sich das Gesicht.
»Was machen wir mit dem Bentley?« fragte sie nach einer Weile.
Roland lehnte sich zurück und versuchte, seine Hand in die Tasche zu stecken, dann fischte er die Autoschlüssel heraus und warf sie ihr in den Schoß. »Hier, darum mußt du dich kümmern.«
Sie sah ihn kurz an, dann zuckte sie die Schultern und steckte die Schlüssel in die Tasche.
»Maisen und die anderen sind nach Hause gekommen«, sagte sie nur. »Als ich sie vom Präsidium angerufen habe, hat sie gesagt, sie seien wegen der schlechten Federung des Großraumtaxis beinahe draufgegangen, aber jetzt steht es jedenfalls in Smestad.«
»Ich werde meinem Freund Bescheid sagen, daß er es dort abholen kann«, sagte Rud.
Dann schwiegen sie eine ganze Weile.
Die Insel Hovedøya sah aus, als schwimme sie auf dem Wasser.
Die Lachmöwen im Hafen tauchten nach Krabbenresten,

der Rauch von Rolands selbstgedrehter Zigarette ringelte sich blau in die stille Luft.

Es war warm in der Sonne. Margaret fühlte sich in ihrem schmutzigen T-Shirt unglaublich ungepflegt und übernächtigt.

Hungrig war sie auch.

Bei diesem Fall hatte es nicht viel zu essen gegeben – sie mußte etliche Kilo abgenommen haben. Das war immerhin etwas.

Sie verzog den Mund. Dann riß sie sich zusammen, strich sich wieder das Haar aus dem Gesicht.

Sie betrachtete Roland. Er sah auf die Uhr.

»Du mußt los«, sagte Margaret. Sie fragte nicht, konstatierte es nur.

Er zuckte die Schultern. »Sie erwarten mich.«

»In eurer Hütte bei Stabbestad?«

Er antwortete nicht. Stand auf, steckte den Zeigefinger in den Aufhänger seiner Lederjacke und warf sie sich über die Schulter.

»Na gut«, sagte sie. Stand auch auf. »Nimmst du den Zug?«

»Ja. Meine Frau hat den Volvo.«

Sie standen etwas herum.

Draußen auf dem Fjord tutete es. Ein kleines Boot mit ein paar Jungen darin kreuzte gerade den Kurs der Nesoddfähre. Sie folgten ihm mit den Augen, bis die Gefahr gebannt war, dann hob Margaret Moss die eine Hand und legte sie Roland Rud schnell auf die Wange.

»Dann mach's gut.«

»Ja. Mach's gut.«

Er sah sie an, und in seinem Blick war etwas Schwarzes. Kummer? Unruhe?

»Paß auf dich auf.«

»Ja, du auch.«

Er stand noch einen Moment herum, dann machte er auf dem Absatz kehrt und ging.

Fuck you, Rud, sagte Moss.

Gerade als sie gehen wollte, fiel ihr etwas ein. Sie sah sich um und lief auf die nächste Telefonzelle zu. Suchte nach der Nummer. Averøy war noch immer bei der Arbeit, Gott sei Dank, sie räusperte sich, und plötzlich versagte ihre Stimme beinahe.

»Hier ist Moss. Mir ist eben noch was eingefallen – die Mutter von Marlon Gundersen hat eine Hütte in Bjørkelangen. Da sind sie sicher hingefahren. Boye und Marlon. Von dort aus ist es ja nicht weit nach Schweden.«

Sie legte auf.

Trat aus der Telefonzelle.

Aus irgendeinem Grund verschwamm der ganze Rådhusplassen vor ihren Augen.

Dann machte sie sich mühsam und steifbeinig auf den Weg zur Straßenbahnhaltestelle am Nationaltheater.

Henning Mankell im dtv

»Mankell gehört ohne Zweifel auch international zur Elite der Krimiautoren.«
Svenska Dagbladet

»Man denkt an Georges Simenons Maigret, an Ruth Rendells Inspektor Wexford, an Sjöwall/Wahlöös Martin Beck.«
John Leonard

Die weiße Löwin
Thriller · dtv 20150

Kommissar Wallander steht vor dem kompliziertesten Fall seiner Karriere. Alles beginnt mit dem spurlosen Verschwinden einer schwedischen Immobilienmaklerin – doch schon bald weisen immer mehr Details in Richtung eines teuflischen Komplotts von internationalen Dimensionen. Als es Wallander schließlich gelingt, die Details zu einem Bild zusammenzuführen, weiß er, daß es nicht mehr nur um das Wohl einzelner geht, sondern das Schicksal von Hunderttausenden auf dem Spiel steht ...

Mörder ohne Gesicht
Thriller · dtv 20232

Die letzten Worte der sterbenden Frau waren »Ausländer, Ausländer!« – Kommissar Wallander weiß, daß diese Information unter gar keinen Umständen an die Presse gelangen darf. Denn das Klima im Lande hat sich gewandelt, und die Möglichkeit, daß Ausländer an der Tat beteiligt waren, reicht möglicherweise aus, um eine Welle ausländerfeindlicher Gewalt auszulösen. Doch plötzlich führen die Ermittlungen in eine ganz andere Richtung: der Ermordete hat offenbar ein Doppelleben geführt ... ›Mörder ohne Gesicht‹ wurde 1992 als bester Thriller Skandinaviens ausgezeichnet.

Amanda Cross im dtv

»Amanda Cross ist und bleibt die Königin des amerikanischen literarischen Krimis.«
Publishers Weekly

Verschwörung der Frauen
Roman · dtv 8453

Tödliches Erbe
Roman · dtv 11683

Süßer Tod
Roman · dtv 11812

Der Sturz aus dem Fenster
Roman · dtv 11913

Die Tote von Harvard
Roman · dtv 11984

In besten Kreisen
Roman · dtv 20190

Spionin in eigener Sache
Roman · dtv 20191

Gefährliche Praxis
Roman · dtv 20233

Albertas Schatten
Roman · dtv 20332

Das zitternde Herz
Roman · dtv 24169

»Für diejenigen, die noch nicht die Bekanntschaft von Kate Fansler, Englischprofessorin und Detektivin, die schon viele spannende akademische Kriminalfälle gelöst hat, gemacht haben: Es ist höchste Zeit, damit anzufangen!«
Cosmopolitan